*In Erinnerung an meine Oma ‚Minchen‘,
die mich als Kind in die Welt der Phantasie
und Geschichten eingeführt hat.*

Krimi von Elke Klein-Goebel

Opfer der Flammen

Wolke und Wald ermitteln in Köln – Erster Fall

Die Deutsche Nationalbibliothek verzeichnet diese Publikation in der Deutschen Nationalbibliothek; detaillierte bibliographische Daten sind im Internet über http://dnb.d-nb.de abrufbar.

DISCLAIMER

Nachfolgender Text ist ausschließlich Fiktion, Ähnlichkeiten mit lebenden Personen und/oder Begebenheiten sind rein zufällig und nicht beabsichtigt.

© 2024, Alle Rechte vorbehalten Elke Klein-Goebel

Verlag: BoD • Books on Demand GmbH, In de Tarpen 42, 22848 Norderstedt
Druck: Libri Plureos GmbH, Friedensallee 273, 22763 Hamburg
1. Auflage
Layout und Cover: Manuela Wirtz, Schüller
Coverbild: © istockphoto Nr. 990028462, Marcus Millo

ISBN: 978-3-7597-8467-4
Printed in Germany

INHALT

Prolog	8
Mittwoch, 09. Dezember	11
Donnerstag, 10. Dezember	48
Freitag, 11. Dezember	75
Samstag, 12. Dezember	93
Sonntag, 13. Dezember	105
Montag, 14. Dezember	120
Dienstag, 15.Dezember	131
Mittwoch, 16. Dezember	147
Donnerstag, 17. Dezember	167
Freitag, 18. Dezember	183
Samstag, 19. Dezember	207
Sonntag, 20. Dezember	218
Montag, 21. Dezember	243
Dienstag, 22. Dezember	261
Danksagung	294
Über die Autorin	295

PROLOG

Vor acht Jahren dachte er, dass er den Tiefpunkt seines Lebens erreicht hätte. Doch jetzt wurde ihm klar, dass er damals noch weit davon entfernt war.

Wie immer fuhr er schwarz mit der U-Bahn Linie 18 vom Dom zum Barbarossaplatz, denn Geld für einen Fahrschein besaß er nicht.

Herbst und Winter stellten jedes Jahr eine besondere Herausforderung an seine Lebensverhältnisse dar. In dieser Nacht sollte es regnen, deshalb suchte er einen trockenen Schlafplatz für die Nacht auf. Er kannte einen geeigneten auf der Rückseite des Supermarktes am Barbarossaplatz. Dort standen einige Container mit Lebensmittelabfällen unter einem vorgezogenen Dach. Neben den Containern schlug er bei schlechtem Wetter immer sein Nachtlager auf.

Nachdem er mit der Bahn an seinem Ziel angekommen war, ging er schlurfend zur Rückseite des Supermarktes, um durch die Hauseinfahrt in den Innenhof zu gelangen.

Die Container standen gegenüber der Einfahrt. Rechts daneben, in einer dunklen Ecke, richtete er sein Nachtlager ein. Zum Glück fand er noch einige leere Pappkartons, die er als Isolierung gegen die Kälte vom Boden nehmen konnte, um seinen Schlafplatz etwas wintertauglicher gestalten zu können.

Anschließend holte er aus seiner blauen Ikea Tasche einen alten, verschmutzten Schlafsack heraus. Alles, was er noch besaß, befand sich in dieser einen Tasche.

Er hörte die Glocken der Herz-Jesu-Kirche zehn Uhr schlagen.

Wie immer, nahm er noch einen kräftigen Schluck Korn aus der Flasche und legte sich dann zum Schlafen auf sein Lager.

Was ist bloß aus meinem Leben geworden? Vor acht Jahren war meine Welt noch in Ordnung. Ich wohnte mit meiner Frau in einer schönen Wohnung und arbeitete als Lehrer.

Liegend trank er einen weiteren Schluck Korn und direkt noch einen kräftigen hinterher.

Das half … manchmal.

Wenn die Dämonen es heute Nacht gut mit ihm meinten, würde ihm der ewig gleiche Albtraum diese Nacht vielleicht erspart bleiben, und ihn, zumindest für eine Weile, ruhig schlafen lassen.

Er seufzte, schloss die Augen und durchlebte wieder einmal den Schicksalstag vor acht Jahren.

Der Alkohol tat seine Wirkung und half ihm beim Vergessen.

Langsam glitt sein Bewusstsein hinüber in den erlösenden Zustand des Schlafes, der ihn zumindest für kurze Zeit von seinen inneren Qualen erlöste.

Er träumte.

Jedoch wich die wohlige Wärme seines Traumes schlagartig jähem Entsetzen, als er realisierte, dass er nicht mehr träumte, sondern heiße Flammen an seinem Körper leckten.

Er spürte deutlich den Schmerz, als die Flammen seinen Hals und Oberkörper immer mehr erfassten und sich langsam weiter auf seinem Gesicht ausbreiteten.

Die Zeit schien für einen Moment still zu stehen.

Er war wie gelähmt, zu keiner Bewegung fähig.

Einen ähnlich höllischen Schmerz muss meine Frau gefühlt haben und das Tag für Tag und Nacht für Nacht.

Ein Gedanke explodierte in seinem Kopf. *Ich muss etwas tun!* Sein Schlafsack und seine Jacke standen bereits lichterloh in Flammen.

Panik erfasste ihn und ein stummer Schrei löste sich aus seiner Kehle.

Dann, nach einer gefühlten Ewigkeit, gehorchte ihm endlich seine Stimme wieder. Er brüllte seinen bestialischen Schmerz heraus, während er verzweifelt mit den Händen versuchte sich aus seinem Schlafsack zu befreien und gleichzeitig die Flammen um sich herum auszuschlagen. Die Schmerzen nahmen unmenschliche Dimensionen an.

Spricht da jemand mit mir? Warum hilft die Person mir nicht? Warum steht sie nur da und redet auf mich ein?

Wie durch dicke Watte gelangten die Worte über seine versengten Ohren in sein Bewusstsein.

Trotz der Schmerzen wollte er lächeln.

Er verstand, bevor die Welt um ihn herum schwarz wurde.

MITTWOCH, 09. DEZEMBER

„Hast du Lust auf ein neues Abenteuer? Dann los", spornte Tim seine Freundin Nele an.

„Tim, was soll das? Noch einmal brauche ich so eine Aufregung wirklich nicht."

„Ich weiß. Das war ein Scherz. Das letzte Mal hat mir auch gereicht. Wird schon schief gehen heute. Lass und endlich starten. Wie lange brauchst du noch?"

„Ich bin fast fertig. Aber Abenteuer brauche ich heute definitiv keins. Wo sind nur meine verdammten Handschuhe? Hast du sie irgendwo gesehen?"

Genervt lief Nele durch den Flur ihrer gemeinsamen Wohnung.

„Ich glaube, sie liegen auf dem Küchentisch."

„Stimmt!"

Nele strahlte Tim an, als sie aus der Küche kam und dabei ihre Winterhandschuhe anzog. „Hast du dir schon überlegt, wo wir heute mit dem Containern beginnen sollen?"

Sie war aufgeregter als üblich und verspürte ein nervöses Kribbeln im Magen.

„Ich denke, wir starten mit denen an der Rhöndorfer Straße und fahren dann weiter zum Barbarossaplatz", schlug Tim vor.

„Lass uns heute lieber am Barbarossaplatz beginnen. Es ist gleich schon zehn Uhr und es hat angefangen zu regnen. Wir können uns dann immer noch überlegen, ob wir auf dem Rückweg die Container in der Rhöndorfer Straße auch noch nach verwertbaren Lebensmitteln durchsuchen wollen oder nicht. Meistens ist in der Innenstadt sowieso mehr zu holen."

„Du hast Recht. So machen wir es. Wenn wir keine Lust mehr haben im Regen weiterzumachen, fahren wir nach unserer ersten Station wieder nach Hause."

Nele Schönwald und Tim Wasserfeld verließen ihre Wohnung im Stadtteil Sülz, in der sie gemeinsam seit fast zwei Jahren wohnten, um auf ihre Fahrräder zu steigen.

„Was hast du eigentlich für eine Jacke an?", fragte Nele Tim verwundert auf dem Weg nach draußen.

„Hab ich mir von Mats geliehen, cool oder? Steht mir gut, stimmt's?", lachte Tim, wobei sich kleine Grübchen in seinem Gesicht bildeten, die ihm ein schelmisches Aussehen verliehen.

„Hm, steht dir schon gut. Aber willst du die jetzt wirklich zum Containern anlassen?"

Neles Gesicht spiegelte wider, was sie dachte. Eine fremde Jacke zum Containern tragen, das war ihrer Meinung nach keine gute Idee.

„Der Jacke wird schon nichts passieren. Ansonsten kann ich sie noch waschen, bevor ich sie Mats zurückgebe. Mach dir nicht immer so viele Gedanken." Tim lächelte Nele entwaffnend an.

„Wir sollten diesmal aber wirklich besser aufpassen, dass uns nichts passiert. Nicht, dass wir erneut beim Containern erwischt werden und uns hinterher auf dem Polizeirevier wiederfinden."

„Diesmal machen wir es besser. Ich stehe Schmiere, während du im Container bist." Nele verzog ihren Mund zu einem breiten Grinsen und sah Tim dabei verschwörerisch an.

Tim grinste amüsiert zurück.

Bei ihrem letzten Containern waren sie von der Polizei erwischt worden. Das führte zu einer Anzeige und einem späteren Gerichtstermin, an dem sie zu zwölf Stunden Sozialarbeit in einer Suppenküche verdonnert worden waren. Daraufhin mussten sie ihren Eltern versprechen, mit diesem vermeintlichen Blödsinn aufzuhören.

Dennoch war ihnen die Verschwendung von Lebensmitteln ein zu wichtiges Thema, als dass sie damit tatsächlich abgeschlossen hätten. Ihr Anliegen bestand nicht darin, Geld für Lebensmittel zu sparen, sondern noch essbare Lebensmittel vor der Vernichtung zu retten. Sie waren der Meinung, dass zu viele Menschen auf der Welt hungern mussten, als dass noch brauchbare Lebensmittel einfach entsorgt werden sollten.

Ihre Fahrräder hatten sie im Vorgarten des Hauses geparkt, in dem sie wohnten.

„Soll ich dir mit dem Hänger beim Ausparken helfen?" fragte Nele.

„Nö, lass mal. Geht schon. Hast du an die Stirnlampen gedacht?"

„Ja, sind im Rucksack."

„Hast du auch den Bolzenschneider und die Plastiktüten dabei?"

Tim wollte sicher gehen, dass sie nichts vergessen hatten, damit sie auf alle Eventualitäten vorbereitet waren und diesmal ganz sicher nichts schieflaufen würde.

Nele seufzte und verzog genervt das Gesicht.

„Was denkst du denn? Machen wir das zum ersten Mal? Alles, was wir brauchen ist im Rucksack, auch unsere Gummihandschuhe."

Nele liebte ihren pinkfarbenen Rucksack, den Tim ihr letztes Jahr zu Weihnachten geschenkt hatte. Ohne ihn ging sie nirgendwo hin. In großen Leuchtbuchstaben war auf dem Rucksack zu lesen: ‚Containern muss straffrei sein'.

Beide setzten sich dafür ein, dass das Containern legalisiert werden sollte. Dafür hatten sie auch einen Verein gegründet, dessen Motto auf ihrem Rucksack aufgedruckt war. Ihr Ziel war es mehr Menschen für das Thema zu sensibilisieren, um so die Verschwendung von Ressourcen zu verhindern. Schon oft hatten Passanten Nele auf den Aufdruck angesprochen, so dass sie miteinander ins Gespräch kamen. Die meisten Menschen wussten nicht, dass Containern in Deutschland eine Straftat darstellte und den Tatbestand des Diebstahls erfüllte.

Deshalb hatten Tim und Nele es sich zur Aufgabe gemacht, Aufklärungsarbeit zu leisten. Obwohl sie es sich hätten leisten können, Lebensmittel legal im Supermarkt oder Bioladen zu kaufen, wollten sie mit dem Containern gegen unhaltbare Zustände protestieren. Das wollten sie nicht aufgeben, trotz ihres Versprechens ihren Eltern gegenüber.

Mit ihren Rädern fuhren sie auf dem kürzesten Weg Richtung Barbarossaplatz, um dann durch die Hauseinfahrt Trierer Straße in den Innenhof des Supermarktes zu gelangen.

Vor der Hauseinfahrt schalteten sie die Fahrradlichter aus, schauten nach rechts und links, ob sie jemand beobachtete. Als sie sicher waren, dass niemand Notiz von ihnen nahm, schoben sie die Räder zügig in den Innenhof.

Gegenüber der Hauseinfahrt standen die beiden Container, wo sie nach verwertbaren Lebensmitteln fischen wollten. Im Innenhof war alles ruhig und dunkel. In den Fenstern einiger Wohnungen, die in den Innenhof zeigten, brannte noch Licht, ansonsten war nichts Auffälliges festzustellen.

Nele und Tim parkten ihre Fahrräder hinter dem linken der beiden Container, damit sie vom Hof her nicht direkt zu sehen waren. Dann gingen sie zu dem rechten Container, um zu sehen, ob sie dort fündig würden.

Der Container war, wie immer, verschlossen.

„Nele, gib mir mal den Bolzenschneider aus deinem Rucksack, ich muss das Schloss knacken."

Tim flüsterte, um möglichst wenig Lärm zu verursachen.

Nele hielt ihn bereits in der Hand und reichte ihn Tim.

„Leuchte mal kurz mit deiner Stirnlampe auf das Schloss, ich kann sonst nichts sehen."

Im Lichtkegel der Stirnlampe erkannten sie, dass hinter dem Container, ein Stück entfernt in der Ecke, ein Obdachloser lag und schlief.

„Ah, einer unserer Kumpel ist auch wieder da. Falls wir Nahrungsmittel finden, die nicht gekocht oder aufgewärmt werden müssen, legen wir ihm für morgen wieder welche hin. Er freut sich bestimmt, wenn er sie in der Früh findet."

„Das machen wir doch immer."

„Stimmt. Aber ich wollte dir damit sagen, dass du gezielt Ausschau halten sollst nach Lebensmitteln, die der Obdachlose auch wirklich brauchen kann."

Bei den Containern übernachteten öfter Obdachlose, mit denen Nele und Tim aber noch nie Ärger hatten. Sie hatten sich irgendwann angewöhnt, den Obdachlosen von ihren erbeuteten Lebensmitteln etwas abzugeben, da diese Menschen die Lebensmittel sicherlich nötiger brauchten als sie. Ihnen ging es schließlich um die Rettung von Lebensmitteln und nicht darum, möglichst viele für sich zu behalten.

„Jetzt mache ich aber erst einmal den Container auf."

Sie hörten das laute Schnarchen des Obdachlosen.

Tim öffnete den Container und stellte den Deckel des Containers auf, so dass dieser von alleine stehen blieb. Nele leuchtete in den Container.

„Wow, dass kann doch nicht wahr sein! Das sind bestimmt hundert Pakete Butter, wenn nicht noch mehr."

„Mit so viel habe ich nicht gerechnet. Das lohnt sich ja total. Wie sollen wir das denn jetzt alles nach Hause transportieren?"

Tim wusste immer, was zu tun war, deshalb ging sie davon aus, dass er auch jetzt eine Lösung bereit hielt.

„Hol mal die Tüten aus deinem Rucksack, dann steigen wir beide in den Container, füllen die Tüten und laden sie anschließend in den Hänger."

„Wer steht denn dann Schmiere?"

„Komm, für solche Scherze haben wir jetzt keine Zeit. Mach deine Stirnlampe am besten wieder aus, damit niemand den Lichtkegel sieht. Ich suche in der Zeit schon mal ein paar frische Sachen für unseren Schnarcher und uns zusammen."

„Hier, zieh vorher noch die Gummihandschuhe an."

Tim entledigte sich seiner Winterhandschuhe und gab sie Nele.

„Kannst du sie bitte in deinem Rucksack verstauen?"

Anschließend zog er die Gummihandschuhe an, denn oft waren die Lebensmittel in den Containern ziemlich verschmutzt. Danach schwang Tim sich mit einem einzigen Satz in den Container und schaltete dort seine Stirnlampe wieder an.

„Tim?"

„Ja."

„Ich bin wieder da. Nimm mal die Tüten an und hilf mir in den Container!"

„Warte kurz, ich packe noch schnell einen Teil der frischen Sachen zusammen, dann kannst du sie schon in den Hänger bringen. Anschließend packe ich eine extra Tüte für den Obdachlosen."

„Okay, aber beeil dich."

„Nele, hier, nimm schon mal die ersten Tüten. Eine habe ich auch schon mit Butter gefüllt."

Im Dunkeln nahm Nele die beiden Tüten entgegen und verfrachtete sie, ohne viel sehen zu können, in Tims Fahrradhänger.

Dann ging sie zurück zum Container, um Tim zu helfen. Es war ein kribbliges, aufregendes Gefühl, nach so langer Zeit endlich wieder einmal zu Containern. Es fühlte sich gut und richtig an. Dafür mussten sie eben auch schon mal etwas riskieren.

„Tim, hier draußen ist alles ruhig. Aber es regnet immer stärker. Soll ich jetzt zu dir in den Container kommen?"

„Bleib noch kurz draußen, ich habe die nächsten zwei Tüten fast schon wieder voll."

Nele nahm die nächsten Tüten von Tim entgegen und verstaute auch diese im Fahrradhänger. Sie mussten sich beeilen, denn sie waren schon ziemlich lange hier. Sie wollten schließlich nicht wieder erwischt werden. Diesen Mist brauchten sie kein zweites Mal.

„Tim, ich komme jetzt zu dir in den Container, damit es schneller geht. Wir müssen uns beeilen. Wir füllen zusammen die restlichen Tüten und dann nichts wie weg", flüsterte sie Tim zu.

„Tim hast du mich verstanden?"

„Ja."

„Dann hilf mir in den Container."

Einen Moment später war Nele bei Tim. Auch sie trug Gummihandschuhe. Ihre Winterhandschuhe hatte sie in ihre Jackentaschen gestopft. Gemeinsam begannen sie, weitere Tüten mit Butterpäckchen und anderen Lebensmitteln zu packen.

„Verdammt!", schimpfte Nele auf einmal leise los.

„Was ist passiert?"

„Mir ist mein Winterhandschuh beim Sprung in den Container aus der Jackentasche gerutscht. Leuchte mal mit hierher, ich muss ihn suchen."

Tim leuchtete mit seiner Stirnlampe in Neles Richtung und beide suchten den Containerinhalt mit den Augen nach Neles Handschuh ab.

„Wo ist bloß dieser verflixte Handschuh?"

„Ich sehe ihn."

„Wo?"

„Halt mal meine Tüte fest und leuchte mit deiner Stirnlampe hierher. Ich versuche dann an den Handschuh zu kommen."

„Ah, jetzt sehe ich ihn auch."

Der Handschuh hatte sich unter einer Holzkiste in einem Spalt verfangen.

„Ich komme einfach nicht dran." Tim stöhnte. „Ich versuche es mal von der anderen Seite, vielleicht gelingt es mir dann."

Tim stand auf und wechselte seinen Standort innerhalb des Containers. Er legte sich auf den Bauch und versuchte den Handschuh zu fassen zu bekommen.

„Tim, was machst du da? Mats' Jacke! Jetzt musst du sie bestimmt waschen", stöhnte Nele, als sie sah, welche Aktion Tim unternahm, um an ihren Handschuh zu kommen.

„Aber, ... warte ... gleich hab ich ihn. Ja, hier ist er." Tim strahlte Nele voller Stolz an, als er den Handschuh wie eine Trophäe in seiner Hand hielt, um ihn dann an Nele weiterzureichen.

„Danke, Tim."

„Gerne, aber lass uns weitermachen und dann nichts wie weg."

Nele gab Tim seine etwas gefüllte Tüte zurück und steckte ihren Handschuh zurück in ihre Jackentasche. Diesmal schloss sie aber den Reißverschluss der Tasche.

Sie hatten gerade damit begonnen noch weitere Tüten zu packen, als sie plötzlich laute, schmerzerfüllte Schreie aus nächster Nähe hörten.

Wo kommen diese schrecklichen Schreie her? Was ist da los? Sind wir nicht mehr alleine?

Neles Herz schlug ihr bis zum Hals. Die Schreie nahmen an Intensität zu. Sie hörten sich unmenschlich an und erinnerten sie an die Todesschreie eines verwundeten Tieres.

Tim legte den rechten Zeigefinger auf seinen Mund und bedeutete Nele ruhig zu bleiben. Er signalisierte ihr die Stirnlampe auszuschalten und sich ganz ruhig zu verhalten. Seine Körpersprache strahlte Ruhe aus. Dennoch fühlte Nele Panik in sich aufsteigen.

Woher kommen nur diese markerschütternden Schreie?

Tim deutete gleichzeitig mit seinem Kopf und mit seiner Hand zum Rand des Containers. Ihre Augen hatten sich mittlerweile an die Dunkelheit gewöhnt, so dass sie sich wortlos verständigen konnten.

Schemenhaft nahm Nele Bewegungen vor dem Container wahr. Angst schnürte ihr die Kehle zu.

Beide bewegten sich wie auf ein stummes Kommando gleichzeitig zum Rand des Containers. Sie mussten wissen, was da draußen vor sich ging.

Vorsichtig schaute Tim und dann auch Nele über den Rand des Containers in die vermeintliche Dunkelheit des Innenhofes.

Entsetzt schauten sie auf das Bild, das sich ihnen bot.

Sie sahen eine ganz in schwarz gekleidete Person mit einer Kapuze über dem Kopf. Sie blickte auf ein züngelndes Feuer mit tanzenden Flammen. Die Silhouette der Person hob sich deutlich von dem Feuer ab. Jetzt erfasste Nele langsam, was ihre Augen sahen.

Der Obdachlose lag auf seiner Schlafstelle und alles um ihn herum brannte, nicht nur sein Schlafsack, nein, der ganze Oberkörper des Mannes brannte lichterloh und er schrie sich die Seele aus dem Leib.

Die dunkel gekleidete Person stand einfach nur da und fast schien es so, als würde sie etwas zu dem Obdachlosen sagen, aber Neles Verstand wollte nicht hören was. Zu grauenvoll war die Szenerie, die sich ihr bot. Ihr Verstand war nicht dazu bereit, zu verarbeiten, was sie sah und hörte. Die Person, die vor dem Obdachlosen stand, bewegte sich keinen Millimeter vom Fleck. Wieso half die Person nicht? Warum stand sie einfach nur da, aber unternahm nichts? Dann ergriff sie eine schwarze Tasche, die neben ihr stand, drehte sich um und lief auf die Hauseinfahrt zu. Im nächsten Augenblick war sie auch schon verschwunden.

Neles Gesicht wurde kreidebleich, ihre Hände zitterten und auch sie wollte schreien, aber Tim legte ihr seine Hand auf den Mund. Die ganze Luft um sie herum roch mittlerweile nach Feuer und verbranntem Fleisch. Der Geruch erinnerte sie an Grillfleisch. Bei diesem grauenvollen Gedanken wollte sie laut losbrüllen, was aber nicht funktionierte, da Tims Hand immer noch auf ihrem Mund lag.

Rauchschwaden durchzogen die Luft und tränkten diese mit giftigem Gas, so dass Nele heftig husten musste. Die ganze Situation erschien ihr surreal. *Passiert das alles tatsächlich oder erwache ich jeden Augenblick aus einem schlechten Traum?*

„Pst, Nele, leise, ganz ruhig!", sagte Tim bestimmt und hielt Nele an den Schultern fest. „Beruhige dich!" Sein Gesicht zeigte einen entschlossenen Ausdruck, der keinen Widerspruch duldete. „Nimm dein Handy, unterdrücke die Rufnummer und ruf die 112 an, sie sollen einen Notarzt schicken. Sag nicht, wer du bist."

„Aber,...", stotterte Nele mit vor Entsetzen geweiteten Augen.

„Mach einfach, los!"

Im gleichen Augenblick war er schon aus dem Container gesprungen, zog während des Laufens Mats' Jacke aus und Nele sah gerade noch, wie er versuchte die Flammen, die den Obdachlosen umgaben, mit der Jacke auszuschlagen.

Die Schreie des Obdachlosen waren verstummt und es herrschte eine totengleiche Stille, bis auf das

Knistern des Feuers und das gleichmäßige plätschern der fallenden Regentropfen.

Nele rannte wie ferngesteuert zu ihrem Rucksack und holte aus der Vordertasche ihr Handy.

Wie zum Teufel kann ich die Rufnummer unterdrücken? Welchen Menüpunkt muss ich ansteuern?

Ihr Gehirn schien nicht mehr ihr zu gehören. Sie konnte nicht mehr klar denken. Panik ergriff sie schon wieder.

Los, Nele, beruhige dich und denk nach.

Sie musste sich beeilen. Da, endlich, sie hatte es. Rufkennung unterdrücken. Jetzt die 112 wählen. Nele arbeitete wie in Trance. Ihr ganzer Körper zitterte vor innerer Anspannung.

„Rettungsleitstelle, wie kann ich Ihnen helfen?", meldete sich eine männliche Stimme am anderen Ende der Telefonleitung.

„Schicken Sie schnell einen Rettungswagen in die Trierer Straße 37, Innenhof, Eingang durch die Hauseinfahrt. Hier ist ein Obdachloser angezündet worden. Er brennt! Beeilen sie sich! Er braucht dringend Hilfe."

„Nennen Sie mir bitte Ihren Namen und Ihre Anschrift", hörte Nele die männliche Stimme sagen.

Schnell legte sie auf.

Tim kam mit dem Rest der verbrannten Jacke von Mats angelaufen. Sein Gesicht war gerötet von der Hitze des Feuers und Ruß bedeckte einige Stellen seines Gesichts und seiner Arme. Er rief schon von weitem: „Los, auf die Fahrräder und nichts wie weg!"

„Bist du verletzt?"

Nele war kurz davor hysterisch zu werden.

„Nein!"

Sie schnappte sich ihren Rucksack und setzte ihn auf. Im nächsten Moment schwang sie sich auch schon auf ihr Fahrrad.

Tim warf die Reste der verbrannten Jacke auf den Hänger und schon rasten beide aus der Hauseinfahrt heraus Richtung Salierring.

„Pass auf! Der Hänger kippt."

***

Kriminalhauptkommissarin Vera Wolke und ihr Kollege Kriminaloberkommissar Oliver Wald saßen in ihrem Büro in der Polizeidirektion 2 in der Rhöndorfer Straße in Köln Sülz. Seit zwei Jahren arbeiteten sie zusammen im Kommissariat 11 für Rohdelikte und gemeingefährliche Straftaten.

Ihr Dienst hatte erst um 22:00 Uhr begonnen und eine lange Nacht lag noch vor ihnen. Heute war ihre letzte Nachtschicht, dann hätten sie es erst einmal wieder geschafft. Die Kollegen von der Spätschicht hatten sie informiert, dass der Abend bisher ruhig verlaufen war. Hoffentlich verlief die Nacht ebenso. Solange kein Einsatz reinkam, nutzten sie die Zeit ihre Büroarbeiten aufzuarbeiten, die oftmals liegen blieben, wenn sie mitten in den Ermittlungen steckten.

Wald merkte, dass er auf den Bildschirm starrte, aber sich nicht auf das konzentrieren wollte, was er dort sah. Seine Gedanken drifteten ab zu der Zeit, als er sich in Köln beworben hatte.

Damals dachte er, Bea sei seine große Liebe und diese wohnte in Köln. Sie hatten beschlossen zusammenzuziehen. Daher hatte er in Stuttgart einen Versetzungsantrag gestellt. Kurz nachdem er die Zusage für Köln hatte, ging die Beziehung mit Bea in die Brüche. Ein zurück gab es für ihn nicht mehr, er musste wechseln.

Dort wurde er Wolke als Partner zugeteilt. Was ihm zuerst an Wolke aufgefallen war, war ihre Größe. Sie war etwas größer als er, was bei seiner Größe von 1,83 Metern nicht oft geschah. Das zweite, was ihm direkt ins Auge sprang, war ihre Art sich zu kleiden. Egal welches Kleidungsstück Wolke auch bei der Arbeit trug, auf jeden Fall machte sie einer Werbefläche für Köln Konkurrenz.

Dass seine Kollegin Köln liebte, merkte er an vielen kleinen, alltäglichen Dingen. Sie war hier aufgewachsen und fühlte sich in ihrer Stadt sauwohl. Sie schwärmte von Köln wie andere von den exotischsten Orten auf dieser Welt und beteuerte bei jeder Gelegenheit, dass sie auf gar keinen Fall in einer anderen Stadt leben könne oder wolle. Selbst ihren Urlaub verbrachte sie am liebsten in oder um Köln herum.

Bei diesem Gedanken schüttelte er leicht den Kopf, denn nachvollziehen konnte er dies nicht.

Als er als Neuer bei der Polizei seinen Dienst angetreten hatte, hatte Wolke versucht, ihm die Stadt näher zu bringen, indem sie ihm einen Schnellkurs ‚Köln für Immis' gegeben hatte. Verstanden, was sie ihm damals vermitteln wollte, hatte er nicht. Erst jetzt verstand er langsam die Aspekte der damaligen

Einführung. Das merkte er deutlich bei ihrer gemeinsamen Arbeit.

Dennoch wusste Wolke, dass in Köln nicht alles eitel Sonnenschein war. Ihr war bewusst, dass es Missstände in der Verwaltung, beim Verkehr oder bei der Sauberkeit der Stadt gab, aber dennoch schlug ihr Herz für Köln. Sie nannte es liebenswerte Unarten der Stadt. Wenn sie ihm erklären wollte, warum sie Köln so mochte, kam sie mit dem Lied der Kölner Kultband ‚Höhner': ‚Kölle is e Jeföhl'. Damit war für sie alles umfassend erklärt.

Dabei war Wolke, gerade was die Arbeit anging, kein Gefühlsmensch. Sie ging schon meist einfühlsam mit ihren Mitmenschen um und zeigte Empathie bei Vernehmungen, aber bei der Ermittlungsarbeit gab es für sie nur reine Fakten und keine Gefühlsduseleien. Bei der Bearbeitung eines Falles suchte sie nach Hinweisen, versuchte logische Schlüsse zu ziehen und mögliche Tatmotive aufzudecken. Tauchten Unstimmigkeiten in der Ermittlungskette auf, musste sie diesen auf den Grund gehen. Dann ließ sie auch nicht so schnell locker. Nichts und niemand konnte sie dann von ihren Ermittlungen abhalten.

Welches Motiv hatte den Täter zu seiner Tat getrieben und welches Schicksal verbarg sich hinter seiner Straftat? Diese beiden Fragen waren für Wolke wohl die interessantesten Aspekte ihrer Arbeit.

Das Telefon klingelte und holte Wald aus seinen Überlegungen.

Wolke hob ab, nickte mehrmals mit dem Kopf und sah Wald an.

„Komm, gib Gas, wir haben einen Einsatz in der Trierer Straße, die Rückseite vom Supermarkt. Ein Obdachloser ist im Schlaf angezündet worden."

Wald griff zu seinem modischen Kurzmantel und dem dazu passenden Schal und war schon fast an der Tür.

„Was ist das denn wieder für eine Scheiße? Wer macht denn so was, und dann auch noch kurz vor Weihnachten?" hörte er Wolke leise vor sich hin schimpfen, während sie ihren grünen Parka überwarf und ihre Baseballmütze mit ‚I love Kölle' aufsetzte, unter der sie ihre lange, blonde Lockenpracht kaum gebändigt bekam. Einige Locken guckten immer noch vorwitzig unter der Kappe hervor.

Wolke nahm Augenkontakt mit Wald auf, warf ihm den Autoschlüssel zu und sagte: „Du fährst!"

Kurz darauf startete Wald den Motor ihres Dienstwagens und Wolke schaltete sowohl das Martinshorn als auch das Blaulicht an. Schon fuhren sie aus der Ausfahrt des Polizeireviers heraus.

Zügig fuhr Wald durch den abendlich nicht mehr ganz so starken Verkehr, so dass sie zügig voran kamen. Hinter dem Südbahnhof bog er in die Trierer Straße ein, suchte die Einfahrt zum Innenhof und sah dort schon von außen einen Rettungswagen stehen. Ein Löschfahrzeug der Feuerwehr war ebenfalls bereits vor Ort, genauso wie das Team der Spurensicherung mit ihrem Kollegen Ben Meier. Ben war bereits seit Jahren bei der SpuSi und hatte schon mehrere Fälle mit Wolke und Wald bearbeitet.

Als Ben die beiden sah, rief er schon von weitem: „Hallo Wölkchen, hallo Olli, kommt mal hier rüber?"

Wald verzog den Mund zu einem Schmollen und fauchte Ben wie ein wütender Kater an: „Wie oft soll ich dir eigentlich noch sagen, dass ich Oliver heiße und nicht Olli. Ich sag ja auch nicht Benni zu dir. Sodele."

Ben lachte. Er wusste, dass sein Kollege in die Luft ging, wenn er ihn Olli nannte. Deshalb machte er sich immer wieder einen Spaß daraus, Wald aufzuziehen.

„Olli, tu nicht so entrüstet. Mach dich mal locker. Wenn ich dich immer Oliver nennen würde, würde dir was fehlen, stimmt's?" Ben grinste Wald kumpelhaft an und legte ihm freundschaftlich die Hand auf die Schulter.

„Außerdem höre ich so gerne dein ‚Sodele' und damit du es weißt, aus dir Schwabe mach ich noch einen Kölner, wart's ab."

Wald warf ihm einen grimmigen Blick zu, aber Ben lachte ihn weiterhin kameradschaftlich an.

Ben war am Tatort, in seinem weißen Ganzkörperkondom, der Berufskleidung der SpuSi, nicht zu übersehen, da sich seine gut genährte Figur deutlich darunter abzeichnete. Er stand zu seinem Hüftgold, wie er stolz seine überflüssigen Pfunde nannte.

Ben war der einzige Kollege, der Wolke immer Wölkchen nannte. Ihm gefiel der Name Wölkchen für diese große Frau.

Bei den Kollegen galten Wolke und Wald als gutes Ermittler-Team. Auch diesen Fall würden die beiden lösen, davon war Ben felsenfest überzeugt.

Wenn sie an einem Tatort erschienen, repräsentierte Wald von seinem äußeren Erscheinungsbild her genau das Gegenteil von Wolke. Er stand für den eleganten Kleidungsstil während sie den schrulligen, eigenwilligen bevorzugte. Sie waren ein sehr unterschiedliches Gespann.

Ben hatte schon oft beobachtet, wie die Frauenwelt Wald anhimmelte, aber es schien immer so, als würde dieser es gar nicht bemerken. Er mochte ihn, auch wenn er Schwabe war.

Als Ben mit Wald vor einiger Zeit das erste gemeinsame Feierabendbier trinken war, hatte dieser ihm erzählt, dass er die Art von kölscher Kneipenkultur aus seiner Heimat, dem Schwabenländle, nicht kannte. Da, wo er herkam, setzte sich normalerweise kein Fremder zu einem an den Tisch. In seiner Heimat sei es üblich, dass man lieber unter sich bliebe. Die einzige Ausnahme bildete wohl der landestypische ‚Besen'. Da tickten, laut Wald, die Schwaben anders.

Ben hatte es sich zur Aufgabe gemacht, dass Wald nicht nur gefallen an Köln, sondern auch an den Menschen in Köln finden sollte. Daran arbeitete er mit Leidenschaft.

Wolke holte Ben aus seinen Gedanken.

„Hallo Ben. Bist du noch da?"

„Klaro. Ich freue mich nur dich und Olli zu sehen."

„Schön. Aber weißt du schon, wer das Opfer ist? Hast du irgendwelche Papiere gefunden? Personalausweis, Führerschein?"

„Nein, bisher kann ich euch noch nicht viel sagen. Ich habe einen Blick auf das Opfer geworfen. Gesicht, Oberkörper und Hände scheinen hauptsächlich betroffen zu sein. Wir sperren den Tatort komplett ab, sobald das Opfer abtransportiert ist, bis dahin dürfen nur die üblichen Verdächtigen den Tatort betreten. Alles weitere besprechen wir dann morgen auf dem Revier. Heute ist es einfach schon zu spät, da werden wir wohl nichts Wesentliches mehr an Erkenntnissen gewinnen können. Falls doch, melde ich mich natürlich sofort."

Wolke und Wald näherten sich, durch den heftigen Regen laufend, der Schlafstelle des Obdachlosen und begutachteten die verbrannten Reste des Nachtlagers. Etwas entfernt von der Schlafstelle stand eine blaue Ikea Tasche. Die Luft war immer noch angefüllt mit dem Geruch von verbranntem Fleisch und Plastik. Beide fassten sich instinktiv an ihre Nasen und hielten sie sich zu.

„Welcher Mensch tut einem anderen so etwas bloß an? Was hat derjenige davon?", sprach Wolke leise mit sich selbst.

Wald guckte sie mit grimmigem Gesichtsausdruck an und schüttelte nur den Kopf.

„Das frage ich mich auch. Komm, wir sollten noch mit dem Notarzt sprechen, bevor er mit dem Brandopfer losfährt. Vielleicht hat der Verletzte noch etwas gesagt."

Beide sprachen kein Wort mehr miteinander, während sie durch den Regen zum Rettungswagen gingen, wo das Brandopfer versorgt wurde. Der Rettungssanitäter und der Notarzt kümmerten sich um die Verletzungen des Mannes.

Wald wandte sich an den Notarzt und stellte sich und Wolke vor.

„Hat der Mann noch irgendetwas gesagt?"

Der Notarzt schüttelte den Kopf.

„In welches Krankenhaus bringen Sie ihn?", fragte Wolke.

Anstelle des Notarztes, der alle Hände voll zu tun hatte, um das Opfer transportfähig zu machen, antwortete der Rettungssanitäter: „Wir haben Glück, dass in Köln Merheim ein Bett auf der Station für Schwerbrandopfer frei ist. Dort ist eine Maximalversorgung gewährleistet. Es muss jetzt schnell gehen. Wir fahren das Opfer aus Zeitgründen zuerst in die Uni Klinik, dort wartet bereits ein Hubschrauber auf den Patienten. Der bringt ihn dann nach Merheim. Das Krankenhaus dort ist bereits informiert und sie bereiten alles für die schnelle Versorgung des Patienten vor."

„Wissen Sie, wie der Mann heißt?"

Wolke blickte zuerst den Rettungssanitäter und anschließend den Notarzt an.

„Nein, wir haben bisher keine Papiere bei ihm gefunden. Aber bei den Verbrennungen des Opfers stellt sich auch die Frage, ob Papiere das Feuer überhaupt hätten überstehen können. Entschuldigen Sie bitte, aber wir müssen jetzt los. Das Leben des Patienten hängt am seidenen Faden."

„Hat er eine Überlebenschance?"

„Das kann ich nicht sagen. Dafür müssen erst genauere Untersuchungen in der Klinik durchgeführt werde. Aber er hat massive, großflächige Verbrennungen. Ich denke seine Überlebensaussichten sind nicht besonders gut."

„Danke für Ihre Einschätzung."

Im nächsten Augenblick fuhr der Rettungswagen schon mit dem Brandopfer unter Einsatz von Blaulicht und Sirene davon.

Wolke und Wald gingen noch einmal durch den anhaltenden Regen zurück zu der Schlafstätte des Opfers.

Der Regen ließ nicht nach und Walds Haare waren bereits so nass, dass ihm das Regenwasser aus den Haaren in seine Augen lief. Im Nacken merkte er bereits, wie sich das Wasser langsam an seinem Wollpullover entlang einen Weg, immer weiter den Rücken hinunter, Richtung Gesäß suchte.

Wolke war, dank ihrer Kappe, etwas besser vor dem Regen geschützt. Sie hatte die Kapuze ihres Parkas über die Kappe gezogen, so dass ihr noch kein Regenwasser den Nacken entlang laufen konnte. Allerdings waren ihre Turnschuhe bereits durchnässt und sie bekam kalte Füße.

Der Tatort war mittlerweile komplett abgesperrt und das Team der Spurensicherung ging seiner Arbeit nach. Wald und Wolke suchten mit den Augen alles nach irgendetwas ab, was ihnen Hinweise auf die Identität des Opfers geben könnte. Alles, außer der blauen Ikea-Tasche, schien den Flammen zum Opfer gefallen zu sein. Die Löscharbeiten der Feuerwehrleute hatten den Tatort zusätzlich mit Löschmitteln überzogen, einschließlich Tasche. Es schien unmöglich, hier noch etwas Brauchbares an Spuren zu finden.

„Ben, habt ihr mittlerweile schon eine Ahnung, wer das Opfer ist? Wie sollen wir seine Angehörigen informieren, wenn wir seine Identität nicht kennen?"

Ihr tat das Brandopfer unendlich leid. Bestimmt gab es auch bei einem Obdachlosen jemanden, dem er etwas bedeutete, der wissen wollte, wo er abgeblieben war oder ihm Trost spenden wollte.

„Nein, bisher haben wir noch nichts entdeckt, was uns Auskunft darüber geben könnte, wer er ist. Aber wir bleiben dran. Falls wir etwas finden, bist du Wölkchen, die Erste, die es erfährt, hab ich dir doch versprochen."

„Danke, Ben. Wir sehen uns dann morgen auf dem Revier."

Zielstrebig gingen die beiden Kommissare nun Richtung Löschfahrzeug.

„Bleiben uns nur noch die Feuerwehrleute. Vielleicht haben sie einen Hinweis auf die Identität des Opfers entdeckt", seufzte Wolke vorsichtig optimistisch.

Bevor sie ihre Frage allerdings an diese richten konnte, fragte Wald bereits: „Wisst ihr schon, wie das Opfer angezündet wurde?"

„Wir haben bisher nichts gefunden, was eindeutig belegt, wie das Feuer gelegt wurde. Wir gehen aber davon aus, dass das Opfer mit ganz normalem Autobenzin übergossen und dann angezündet wurde. Das ist die einfachste Methode. Wir vermuten, dass das hier auch der Fall war."

„Warum wollt ihr das wissen?", fragte ein anderer Feuerwehrmann Wolke und Wald mit einem Ton von Misstrauen in der Stimme.

„Jetzetle", mehr brachte Wald nicht heraus.

Wolke ging souverän mit der Situation um und lächelte den Feuerwehrmann zuerst einmal gewinnend an. „Entschuldigung, dass wir uns nicht vorgestellt haben. Ich bin Kriminalhauptkommissarin Vera Wolke und neben mir, das ist mein Kollege Oliver Wald, Kriminaloberkommissar vom Polizeirevier in Sülz. Wir haben die Ermittlungen übernommen."

Wolke und Wald zeigten ihre Polizeiausweise vor, die dabei ziemlich nass wurden.

„Dann können wir ja weitermachen. Aber manchmal sind auch Schaulustige oder Leute von der Presse total neugierig und versuchen uns auszufragen. Entschuldigen Sie daher bitte die Vorsicht meines Kollegen. Er passt immer auf, dass wir nicht zu viel ausplaudern. Kommen Sie, gehen wir noch einmal an den Tatort zurück."

Bevor Wolke und Wald etwas erwidern konnten, war der Feuerwehrmann schon auf dem Weg Richtung Tatort. Sie beeilten sich, möglichst schnell hinter ihm herzukommen, schließlich wollten Sie sich keine Information entgehen lassen. Kaum waren alle drei am Tatort angekommen, machte der Feuerwehrmann ein Experiment mit ihnen.

„Also, schließen Sie beide einmal für einen kurzen Moment die Augen und konzentrieren Sie sich dann eine Weile nur auf das, was Sie riechen. Versuchen Sie alle anderen Sinneseindrücke auszublenden."

Neugierig, was das Ganze sollte, schlossen beide die Augen und konzentrierten sich ganz auf die Wahrnehmung des Geruchs.

„Riechen Sie es?"

„Was?", fragte Wolke.

„Wenn nicht, dann halten Sie die Augen noch einen Moment geschlossen. Riechen Sie es jetzt?"

Nach wenigen Augenblicken kroch zuerst Wald ein bestimmter Geruch in die Nase. „Ja, jetzt rieche ich, was Sie meinen."

„Ja, jetzt rieche ich das Benzin auch."

„Der Benzingeruch hängt mit dem Brandgeruch zusammen in der Luft. Wenn man andere Sinne ausschaltet und sich nur noch auf den Geruchssinn konzentriert, riecht man das Benzin auf einmal ganz deutlich, auch, wenn die Nase vorher nichts wahrgenommen hat."

„Danke für den Tipp. Das werde ich mir merken, wer weiß, vielleicht kann ich es irgendwann noch einmal anwenden", sagte Wald.

„Habt ihr denn irgendetwas zur Identität des Opfers finden können?", fragte Wolke nun endlich.

„Nein, nicht das ich wüsste. Aber lasst uns wieder zu den anderen gehen und die Frage noch einmal an alle richten."

Als sie wieder bei den Feuerwehrmännern standen fragte Wolke in die Runde: „Hat einer von euch etwas zur Identität des Opfers gefunden?"

Die Feuerwehrmänner sahen sich untereinander an und schüttelten mit den Köpfen.

„Nein, da war nichts mehr zu machen, als wir kamen. Zum Glück hatte schon jemand die Flammen direkt am Opfer ausgeschlagen, sonst wäre der Mann bestimmt schon tot gewesen, als wir eingetroffen sind. So haben wir nur noch die Brandstelle gesichert und die glimmenden Brandherde, die etwas weiter entfernt waren, gelöscht, damit sich das Feuer nicht noch einmal entzünden konnte."

„Habe ich das gerade richtig verstanden? Irgendjemand hatte bereits die Flammen am Opfer ausgeschlagen?" vergewisserte sich Wolke.

„Korrekt."

„Wisst ihr auch, wer das war?"

„Nein, das ist euer Job. Wir sind nur für das Löschen zuständig."

„Danke, ihr habt uns trotzdem sehr geholfen. Wenn ihr noch etwas findet, meldet euch bitte bei uns." Wald gab dem Feuerwehrmann seine Karte und verabschiedete sich.

Wolke fragte Wald verwundert: „Wer hat denn die Flammen ausgeschlagen? Warum hat derjenige sich bloß vom Tatort entfernt oder war es sogar der Täter selbst? Hat er Skrupel bekommen? … oder könnte das Opfer sich auch selbst angezündet haben?"

„Nein, bisher deutet nichts darauf hin, dass der Mann sich selbst angezündet hat. Bisher hat auch niemand etwas davon erwähnt, dass außer dem Opfer noch eine weitere Person am Tatort war."

„Eine Menge Fragen, die wir zu klären haben. Lass uns zuerst zurück zum Revier fahren. Hier können wir heute nichts mehr ausrichten. Ich schlage vor, die Anwohner morgen zu befragen. Vielleicht hat jemand etwas beobachtet. Heute ist es schon zu spät dafür, sonst müssen wir alle aus den Betten klingeln. Das Gemecker hab ich schon im Ohr, wenn wir die Hausbewohner mitten in der Nacht wecken und befragen."

Wald nickte zustimmend als eine Frau mit geöffnetem Regenschirm auf sie zukam.

„Sind Sie die Kommissare, die hier zuständig sind?"

„Ja, das sind wir. Können wir Ihnen helfen?", fragte Wald.

„Ich denke, ich kann Ihnen helfen. Mein Name ist Maria Schmitz, ich bin 73 Jahre alt und wohne gleich um die Ecke. Ich war mit meinem Hund Luna Gassi, als ich etwas beobachtet habe. Ich weiß aber nicht, ob das wichtig für Sie ist."

„Dann lassen Sie mal hören. Was haben Sie denn beobachtet, Frau Schmitz?"

„Ich habe gesehen, wie zwei Personen auf Fahrrädern in einem Höllentempo aus der Einfahrt gerast kamen. Es waren ein junger Mann und eine junge Frau. Kurz davor habe ich schreckliche Schreie aus dem Innenhof gehört. Ich habe mich aber nicht getraut, hierher zu gehen, weil es hier so dunkel ist. Aufgefallen ist mir, dass der junge Mann, trotz des Regens und der kalten Witterung, keine Jacke trug. Er fuhr nur mit einem T-Shirt bekleidet durch den Regen. Das ist doch merkwürdig, oder?"

„Da haben Sie vollkommen Recht, Frau Schmitz."

„Was halten Sie davon, wenn wir unser Gespräch in der Hauseinfahrt fortsetzen, dann stehen wir vor dem Regen etwas geschützter."

„Das ist eine gute Idee, junger Mann. Mein Hund geht zwar gerne schwimmen, aber Regen kann er gar nicht leiden. Im Übrigen sehen Sie, wenn ich das so sagen darf, auch schon wie ein begossener Pudel aus. Sie sind wirklich unvernünftig. Warum haben Sie denn bei dem Wetter keinen Schirm dabei?"

„Der stört mich nur bei der Ermittlungsarbeit. Ich muss meine Hände frei haben."

„Das kann ich gut verstehen. Aber nicht, dass Sie sich erkälten und morgen krank sind. Am besten trinken Sie gleich einen heißen Tee mit einem guten Schuss Rum drin. Das beugt vor und ein Regenmantel wäre auch nicht verkehrt, wenn Sie mich fragen."

Verschmitzt sah Wald die alte Frau an: „Ich weiß es zu schätzen, Frau Schmitz, dass Sie sich um mich sorgen. Aber ich bin im Dienst und das heißt: kein Alkohol. Leider. Ist Ihnen denn sonst noch etwas aufgefallen?"

Frau Schmitz strahlte Wald jetzt mit einem breiten Lachen an, dass von einem Ohr bis zum anderen reichte.

„Ja, tatsächlich. Mir ist da noch etwas aufgefallen. Der junge Mann hatte einen Fahrradanhänger an seinem Rad. Der wäre beinahe umgekippt, als er in einem Affenzahn aus der Ausfahrt fuhr. Die beiden hatten einfach ein viel zu hohes Tempo drauf. Dabei ist etwas aus dem Hänger gefallen."

„Sie machen das sehr gut, Frau Schmitz", lobte Wald die Zeugin, um sicherzustellen, dass sie weitere Informationen preis gab.

„Konnten Sie erkennen, was aus dem Hänger gefallen ist?"

„Nein, leider nicht. Aber ich bin dann sofort mit Luna an die Stelle gegangen und wissen Sie, was da lag?"

Frau Schmitz näherte ihren Mund Walds Ohr und tat so, als würde es sich um ein Staatsgeheimnis handeln.

Wald schüttelte seinen Kopf und schaute Frau Schmitz gespannt an.

„Da kommen Sie nie drauf, Herr Kommissar."

„Dafür habe ich Sie doch Frau Schmitz. Und, was lag nun da? Spannen Sie uns doch nicht so auf die Folter!"

Frau Schmitz zierte sich noch etwas, bevor sie das anscheinend gut gehütete Geheimnis preisgab. „Aus dem Fahrradhänger sind zwei Päckchen Butter gefallen."

„Butter?", wiederholte Wald ungläubig und dachte im ersten Augenblick, er hätte falsch gehört. „Zwei Päckchen Butter?"

„Ja, zwei Päckchen Deutsche Markenbutter".

„Was haben Sie denn dann mit der Butter gemacht, Frau Schmitz?"

„Ich habe sie dort liegen gelassen und nicht angefasst, Herr Kommissar. Das war doch richtig, oder? Das habe ich nämlich beim TATORT gelernt. Den schaue ich jeden Sonntagabend."

„Vollkommen richtig, Frau Schmitz."

„Konnten Sie erkennen, was die beiden auf den Fahrrädern für Kleidung trugen? Fällt Ihnen dazu vielleicht noch etwas ein, außer, dass der eine keine Jacke anhatte?" Wald hoffte, dass Frau Schmitz durch seine Fragerei vielleicht noch weitere Details einfallen würden.

Die ältere Frau schüttelte aber nur den Kopf. „Luna, ist dir noch etwas aufgefallen? Ich weiß zwar nicht, was die beiden anhatten, aber auf jeden Fall erinnere ich mich, dass die junge Frau einen pinkfarbenen Rucksack auf dem Rücken hatte und darauf stand etwas in Leuchtbuchstaben geschrieben."

Wolke hielt sich bewusst bei der Befragung im Hintergrund und ließ ihren Kollegen machen. Bisher lief die Befragung gut, denn Frau Schmitz schien Vertrauen zu Wald gefasst zu haben.

„Frau Schmitz, Sie sind eine tolle Beobachterin, konnten Sie auch lesen, was auf dem Rucksack geschrieben stand?"

„Es war zwar dunkel, aber die reflektierenden Buchstaben haben wirklich schön geleuchtet."

Sie dachte einen Moment lang nach.

„Ich meine, auf dem Rucksack hätte so etwas gestanden wie: ‚Trainer müssen straffer' oder vielleicht auch ‚taffer' sein. Hilft Ihnen das weiter, Herr Kommissar?"

„Sie haben uns sehr geholfen, Frau Schmitz. Ich nehme noch eben Ihre Personalien auf und dann sind Sie für heute Abend entlassen. Können Sie morgen zu uns auf's Revier in die Rhöndorfer Straße kommen, damit ich Ihre Aussage aufnehmen kann?"

Wald holte sein Mobiltelefon aus der nassen Jackentasche, um die Personalien aufzunehmen.

Die Augen der alten Dame leuchteten und sie strahlte Wald stolz an.

„Selbstverständlich kann ich kommen, wenn Sie das wünschen. Aber ich muss meinen Hund mitbringen können, den kann ich nicht alleine lassen."
Die alte Frau strich ihrem schwarzen Labrador liebevoll über den Rücken.

„Wie heißt Ihr Hund eigentlich genau, Frau Schmitz? Ich verstehe immer: Luna."

„Ja, Luna ist richtig."

„Luna scheint ein sehr lieber Hund zu sein. Bisher hat er brav bei Ihnen gesessen und gewartet. Ausnahmsweise dürfen Sie ihn mit zum Revier bringen. Bei einer so tollen Zeugin und einem so lieben Hund machen wir doch gerne eine Ausnahme."

Wald zwinkerte der alten Frau verschwörerisch zu.

Wolke verdrehte verstohlen die Augen hinter dem Rücken von Frau Schmitz.

„Das ist aber sehr nett von Ihnen, Herr Kommissar. Dann sehen wir uns morgen auf dem Revier. Schönen Abend noch."

Wolke warf Wald einen langen Blick zu.

„Wir müssen Ben noch auf die Butterpäckchen ansetzen. Danach können wir dann, glaube ich, endlich zum Revier fahren und uns trocken legen."

***

Nele und Tim fuhren durch die dunkle, regnerische Nacht als wäre der leibhaftige Teufel hinter ihnen her. Es gab nur noch sie beide auf den Straßen, andere Verkehrsteilnehmer nahmen sie nicht mehr wahr und Straßenverkehrsregeln existierten nicht mehr für sie. Sie überfuhren rote Ampeln und radelten wie von Sinnen Richtung Sülz. Ihre Herzen arbeiteten auf Maximalleistung und ihre Muskeln brannten vor körperlicher Anstrengung und Anspannung.

Tim merkte nichts von der Kälte und dem Regen, obwohl er nur mit einem T-Shirt bekleidet war. Sein Körper hatte so viel Adrenalin ausgeschüttet, dass er das Gefühl hatte zu glühen.

Beide wollten nur noch nach Hause, als wären sie dort sicher. Sicher wovor?

Die Ereignisse würde auch zu Hause nicht ungeschehen sein.

Sie stellten ihre Fahrräder wieder vor dem Haus ab, schnappten sich die Tüten mit den Lebensmitteln aus dem Hänger und sprinteten die Treppen hinauf in ihre Wohnung.

Nele zitterte am ganzen Körper wie Espenlaub und war nicht in der Lage ihre Hände ruhig zu halten. Aber sie zitterte nicht vor Kälte, sondern die innere Anspannung suchte sich einen Weg aus ihrem Körper heraus.

Auch Tim zitterte nun. Langsam kroch die Kälte in seinem Körper hoch und versetzte ihn in einen Zustand, der sich wie ein heftiges Vibrieren anfühlte, das an eine Stimmgabel erinnerte, die in Schwingungen versetzt wurde. Der Adrenalin Ausstoß in seinem Körper ließ langsam nach und die

Anspannung der letzten Stunde zeigte nun auch heftige Auswirkungen, die sich an seinem körperlichen Allgemein-Zustand ablesen ließ.

Was hatte sich da eigentlich genau vor wenigen Minuten abgespielt?

Er hatte den Eindruck, die Hauptrolle in einem Film übernommen zu haben, in dem er eigentlich gar nicht hatte mitspielen wollen.

Er hörte, dass Nele, die neben ihm stand, leise weinte. Er drehte sich zu ihr um und sah, wie sie an der Wand im Flur langsam hinab glitt, bis sie mit dem Gesäß auf dem Boden saß. Die Knie hatte sie angewinkelt und mit ihren Armen eng umschlungen. Sie saß da wie ein personifiziertes Häufchen Elend. Sicherlich sah sie immer noch die grauenvollen Bilder des brennenden Mannes vor sich und hörte seine animalischen Schreie, ebenso wie er selbst.

Tim nahm Nele in den Arm und streichelte ihr sanft und beruhigend über den Rücken.

„Tim, warum sind wir nicht da geblieben?"

„Das weißt du genau. Hätte die Polizei uns wieder beim Containern erwischt, wären wir nicht so glimpflich davon gekommen wie letztes Mal. Und du weißt, was du deinen Eltern versprochen hast. Wenn dein Vater dahinter kommt, dass wir doch mit dem Containern weiter gemacht haben, macht er seine Drohung wahr und sperrt dir die Kohle."

Er versuchte weiterhin Nele zu trösten und sein eigenes Zittern unter Kontrolle zu bringen. Er wollte für Nele stark sein.

Nele bemerkte jedoch Tims Zittern und schlug ihm fürsorglich vor, erst einmal seine nassen Sachen auszuziehen und eine heiße Dusche zu nehmen.

„Ich denke, wir sollten beide erst einmal schnell heiß duschen und uns trockene Sachen anziehen. Dann können wir noch einmal in Ruhe über alles reden", erwiderte Tim.

Im Anschluss an das Duschen begannen sie, ohne miteinander zu reden, die Sachen aus dem Container notdürftig zu säubern und wegzupacken. Körperlich ging es ihnen wieder etwas besser und das Zittern hatte fast aufgehört. Dennoch plagte Nele ihr Gewissen.

„Meinst du nicht, wir hätten auf die Polizei warten müssen?"

Tim schaute ihr voller Zuneigung in die Augen und versuchte Ruhe und Zuversicht auszustrahlen, um sie weiter zu beruhigen. „Wir haben alles getan, was möglich war. Du hast den Notruf abgesetzt und ich habe die Flammen, die auf dem Obdachlosen brannten, so gut es ging, ausgeschlagen. Mehr hätten wir nicht tun können. Auch wenn wir an Ort und Stelle auf den Notarzt und die Polizei gewartet hätten, hätte es für das Opfer keinen Unterschied gemacht. Es war bewusstlos, deshalb hat das Geschrei dann auch irgendwann aufgehört. Mehr hätten wir einfach nicht tun können."

„Aber was ist, wenn er erstickt ist oder hast du ihn in eine stabile Seitenlage gelegt oder wenigstens den Kopf in eine Überstreckung gebracht?"

„Nein, habe ich nicht. Aber der Obdachlose war so schwer am Hals, im Gesicht und am Oberkörper verletzt, überall war verbrannte Haut und offene Wunden, dass ich mir nicht sicher war, ob das überhaupt eine gute Entscheidung gewesen wäre."

Beide schwiegen einen Moment, bevor Tim wieder anfing zu sprechen: „Ich glaube, wir haben alles getan, was möglich war. Allerdings hätte es für uns richtig schlecht ausgehen können, wenn die Polizei uns am Tatort erwischt hätte. Du weißt, dass wir beim letzten Mal zu zweiundvierzig Tagessätzen zu je dreißig Euro verdonnert werden sollten, bevor der Richter das Urteil mit zwölf Stunden Sozialarbeit in der Suppenküche gefällt hat. Wenn wir das Geld nicht hätten zahlen können, hätten wir die Tage absitzen müssen. Und? Hätten wir zahlen können? Die eintausendzweihundertsechzig Euro für jeden von uns hätten wir nicht aufbringen können. Ich wollte dir ersparen im Knast zu landen, denn diesmal wäre es sicherlich noch teurer geworden. … Ich wollte dich beschützen, Nele. Ich will nicht, dass du eingebuchtet wirst."

Nele schaute Tim voller Vertrauen an. „Ich weiß, dass du nur das Beste für uns und besonders für mich willst. Dafür liebe ich dich. Ich hoffe nur, wir haben auch wirklich das Richtige getan und es wird sich am Ende nicht als die falsche Entscheidung herausstellen, die uns noch wesentlich teurer zu stehen kommt. Es ist schon so spät und morgen früh muss ich an die Uni zum Seminar. Lass uns ins Bett gehen und versuchen ein wenig zu schlafen, obwohl ich glaube, dass ich kein Auge zubekommen werde."

Nele lag wach in ihrem Bett und fand einfach keinen Schlaf. Zu viele Dinge gingen ihr durch den

Kopf. Vor allem die schrecklichen, grauenvollen Bilder des Brandopfers wurde sie nicht los. Immer und immer wieder zogen diese Bilder durch ihre Gedanken und erschienen als Kopfkino in Endlosschleife vor ihrem inneren Auge.

Gleichzeitig schien es ihr, als hätte sich der Geruch von verbranntem Fleisch in ihrem Schlafzimmer eingenistet. Sie stand auf, öffnete das Fenster sperrangelweit und ließ die kalte Nachtluft herein. Der Geruch ließ sich aber nicht aussperren. Ihre Wahrnehmung gaukelte ihr einen olfaktorischen Sinnesreiz vor, der aber tatsächlich nicht vorhanden war. Also schloss sie das Fenster wieder und legte sich erneut hin.

Tim verhielt sich ganz ruhig und bewegte sich nicht, aber sie war sicher, dass er auch nicht schlief. Immer wieder drehte sie sich in ihrem Bett von einer Seite auf die andere und fand keine Ruhe. Tim lag neben ihr und wälzte sich nun seit einiger Zeit ebenfalls schlaflos hin und her. Sie legte ihre Hand in Tims und Tim zog sie zu sich herüber.

„Kannst du auch nicht schlafen?"

„Nein, ich werde einfach diese grausigen Bilder nicht los und dann hallen immer noch die entsetzlichen Schreie in meinen Ohren wider. Außerdem werde ich den Geruch von verbranntem Fleisch nicht los. Das ganze Schlafzimmer riecht danach. Riechst du es auch?"

„Mir geht es auch so. Es war ein schrecklicher Anblick und die Schreie waren fürchterlich. Komm, leg deinen Kopf auf meine Schulter, vielleicht wird es dann erträglicher für dich und du findest etwas Ruhe."

Er streichelte Nele zärtlich den Nacken.

„Es wird alles gut, Nele. Versuch jetzt zu schlafen und sperr die unschönen Gedanken aus. Stell dir etwas Schönes vor. Denk an einen kleinen Bach im Wald, der leise vor sich hin plätschert, lausche auf das Zwitschern der Vögel. Fühl die Sonne auf deiner Haut und mal dir die Szene einfach angenehm für dich aus. Wenn die unschönen Gedanken wieder kommen, lass sie einfach wie ein Blatt auf dem Bach an dir vorbei treiben. Halt die schlimmen Gedanken nicht fest."

Beruhigend redete Tim in die Dunkelheit des Schlafzimmers hinein, in der Hoffnung, dass sie beide Ruhe finden könnten.

Nele spürte Tims Herzschlag an ihrem Ohr und registrierte, wie aufgeregt er sein musste, denn sein Herz schlug deutlich zu schnell. So einfach wie er tat, war die ganze Situation anscheinend auch für ihn nicht. Aber wie immer versuchte er sie vor allem Widrigen zu beschützen und stark für sie zu sein. Aber Nele wusste genau, dass es in ihm nicht viel anders aussah als in ihr.

Nach einer gefühlten Ewigkeit schliefen beide vor Erschöpfung endlich ein.

DONNERSTAG, 10. DEZEMBER

Am nächsten Tag trafen sich Wald und Wolke gegen Mittag in ihrem Büro.

"Um 13:00 Uhr ist Lagebesprechung im großen Besprechungsraum", informierte Wolke. "Grandler und Fix werden auch da sein. Martin Groß habe ich ebenfalls schon informiert. Er kommt dazu und Ben weiß auch Bescheid. Das heißt, wir müssten komplett sein."

"Wieso kommt Grandler denn auch?", fragte Wald irritiert.

"Weiß ich auch nicht. Keine Ahnung, warum er den Fall so wichtig nimmt. Vielleicht will er aber auch nur vor Staatsanwalt Fix Präsenz zeigen. Was weiß ich? Ist aber auch egal. Wichtig war mir nur, dass Martin dabei ist. Ohne seine Recherche werden wir uns schwer tun. Martin ist einfach gut in dem, was er macht."

"Da hast du recht. Er fragt nicht lange, sondern legt los. Das gefällt mir besonders gut an der Zusammenarbeit mit ihm."

Ebenso wie Ben Meier gehörte Martin Groß zu den Kollegen, mit denen sie und Wald am liebsten zusammenarbeiteten. Mit seinen 32 Jahren war er das Küken im Team.

Sie stellte sich Martin vor ihrem inneren Auge vor und sah einen mittelgroßen Mann mit einer etwas molligen Figur vor sich, einem leicht runden Gesicht, kurzen, dunkelblonden Haaren und strahlend blauen, interessiert in die Welt schauenden Augen.

Nun schweiften ihre Gedanken zu Ben Meier ab. Er war mit seinen 48 Jahren der älteste im Team und überzeugte durch seine Erfahrung. Mit seinen 1,68m war er deutlich kleiner als Wald und sie, aber dafür brachte es Ben auf den größten Körperumfang im Team.

Ein Lächeln bildete sich um ihren Mund, als ihr bewusst wurde, dass er die Haare, die ihm auf dem Kopf fehlten, als dicken Schnauzer unter seiner Nase trug. Die Enden dieses Prachtstückes zwirbelte er, so dass sie keck nach oben standen. Der Schnauzer war Bens ganzer Stolz, ebenso wie sein Bierbauch, den er ebenfalls hegte und pflegte, denn gegen ein kühles Kölsch hatte Ben nach der Arbeit meistens nichts einzuwenden.

Ihr wurde wieder einmal bewusst, dass er trotz des Altersunterschieds gut ins Team passte und sie ihn wegen seiner lockeren Art mochte. Er kam ihr immer wie ein kölsches Urgestein vor.

Dann fasste Wolke ihre nächsten Gedanken in Worte: „Hoffentlich lässt unser Chef uns einfach ermitteln und hält sich, wie meistens, aus unserem Fall heraus. Ist dir eigentlich schon einmal aufgefallen, dass der Name Grandler die Persönlichkeit unseres Chefs voll widerspiegelt?"

„Hm, immer wenn er wieder einmal grantig wird, fällt es mir aufs Neue auf", lachte Wald. „Aber

Hunde, die bellen, beißen nicht. Außerdem frisst dir Grandler aus der Hand, falls du das noch nicht bemerkt haben solltest."

„Mir?", fragte Wolke gespielt überrascht.

Nach einer kurzen Pause fügte Wald noch hinzu: „Allerdings ist Grandler mir manchmal auch zu sehr von sich überzeugt."

Wolke nickte zustimmend mit dem Kopf. „Komm, lass uns zur Besprechung gehen. Grandler hasst es, wenn er warten muss, denn dann ist niemand da, der sein Ego streicheln kann."

Als sie im Besprechungsraum ankamen, war ihr Chef bereits da.

„Ach, meine ermittelnden Kommissare tauchen auch schon zur Besprechung auf. Mussten Sie erst einmal in Ruhe ausschlafen, oder warum erscheinen Sie jetzt erst? Ich wollte ein kurzes Briefing über den Stand des Falls, bevor der ermittelnde Staatsanwalt hier ist. Aber von meinen Mitarbeitern ist mal wieder keiner weit und breit zu sehen und Staatsanwalt Fix erscheint bestimmt jeden Augenblick."

Er seufzte theatralisch.

„Alle Last liegt, wie immer, auf meinen Schultern und meine Kommissare lassen mich, auch wie immer, im Regen stehen. Warum informieren Sie mich nicht rechtzeitig über den Stand der Ermittlungen? Ich bin doch kein Monster, sondern nur Ihr Chef. Ich habe, wie Sie wissen, immer ein offenes Ohr für meine Mitarbeiter oder muss ich Mitarbeitenden sagen, ich meine, Sie wissen schon, wer gemeint ist, oder? Also ich habe immer ein offenes Ohr für Sie und Ihre Sorgen und Nöte. Und was ist der Dank?"

Ein erneuter Seufzer bahnte sich aus seinem tiefsten Innern den Weg an die Oberfläche. Gedankenverloren strich er sich sein schütteres Haar zurück.

Im gleichen Augenblick öffnete sich die Tür und Staatsanwalt Fix erschien mit einem fröhlichen: „Hallo, zusammen", im Besprechungszimmer.

„Ich hoffe, Sie haben nicht auf mich gewartet. Aber es war wieder ein Verkehr auf den Straßen. Zu Fuß wäre ich bestimmt schon dreimal hier gewesen. Sind wir komplett oder fehlt noch jemand?", wandte er sich an Wolke.

In diesem Moment erschienen Ben Meier und Martin Groß in der Tür.

„Mahlzeit", grüßte Ben und Martin warf ein, „Hallo zusammen", hinterher.

„So, jetzt sind wir komplett", sagte Wolke. „Dann lasst uns anfangen. Ben, am besten beginnst du mit der Tatortanalyse und was ihr gestern vielleicht noch entdeckt habt. Ich hoffe, du hast doch noch verwertbare Spuren gefunden." Hoffnungsvoll blickte sie Ben an.

„Wölkchen, du weißt, ich gebe mir alle Mühe, aber zaubern kann ich nicht", erwiderte Ben, „durch den Regen gestern Abend sind alle brauchbaren Spuren vernichtet worden."

„Frau Kriminalhauptkommissarin Wolke, vielleicht können Sie oder Ihr Kollege Wald mich erst einmal ganz grob in Kenntnis setzen, was gestern Abend überhaupt vorgefallen ist, damit ich mir ein Bild von dem Tatvorgang machen kann, bevor wir auf die näheren Details eingehen", wandte Staatsanwalt Fix sich an Wolke.

Wolke sah Wald an und dieser begann die bisherigen Informationen an alle weiterzugeben.

„Gestern Abend wurden wir gegen 22:50 Uhr zu einem Einsatz in der Trierer Straße gerufen, wo ein Obdachloser von einem oder mehreren Unbekannten in Brand gesteckt wurde. Die Feuerwehr geht davon aus, dass das Opfer mit normalem Autobenzin übergossen und anschließend angezündet wurde. Eine Zeugin hat gesehen, wie ein junger Mann und eine junge Frau auf Fahrrädern mit hoher Geschwindigkeit aus der Hauseinfahrt fuhren. Ihr ist aufgefallen, dass der junge Mann nur ein T-Shirt trug, trotz des Regens und der winterlichen Temperaturen. Am Fahrrad des Mannes befand sich ein Anhänger, aus dem zwei Päckchen Butter gefallen sind, als dieser bei der Ausfahrt aus dem Innenhof fast umgekippt wäre. Die junge Frau trug einen pinkfarbenen Rucksack, auf dem in Leuchtbuchstaben so etwas stand wie: ‚Trainer müssen straffer sein' oder ‚Trainer müssen taffer sein'. Die Zeugin konnte es nicht genau sagen. Sie kommt nachher hier in der Dienststelle vorbei, damit wir die Aussage protokollieren können."

Wald schaute Wolke an und fragte: „Habe ich noch etwas vergessen?"

Wolke holte Luft und ergänzte: „Das stimmt so weit alles. Allerdings wissen wir nicht, um wen es sich bei dem Obdachlosen handelt. Wir haben bisher keine Ausweispapiere oder irgendetwas gefunden, was auf die Identität des Opfers schließen lässt."

Wolke schaute bedauernd in die Runde.

„Wie? Sie wissen immer noch nicht, wer das Opfer ist?", polterte Grandler los, „Sie wissen doch alle, dass das oberste Priorität bei der Ermittlungsarbeit hat, oder etwa nicht? Das ist doch das kleine Einmaleins der Polizeiarbeit. Haben sie wenigstens ein Foto von dem Verletzten gemacht, damit wir es mit den Bildern aus der Datenbank abgleichen können oder ist ihnen das auch durchgegangen?"

„Chef, dass mit dem Foto ging nicht. Das Opfer hatte schwerste Verbrennungen im Gesicht, es war bis zur Unkenntlichkeit verbrannt. Der Anblick des Mannes ging an die Grenzen des Erträglichen. Was muss das bloß für ein Mensch sein, der so einen Anschlag ausführt?"

Aus Wolkes Stimme sprach absolutes Unverständnis. Alle im Raum kannten sie gut genug, um zu wissen, dass sie die Tat nicht kalt ließ.

„Frau Wolke, das ist natürlich etwas anderes. Das habe ich ja nicht gewusst. Kommen Sie denn klar mit dem Vorfall oder brauchen Sie psychologische Unterstützung?", fragte Grandler auf einmal ganz einfühlsam.

„Danke Herr Grandler, ich komme schon klar damit und ich denke Herr Kriminaloberkommissar Wald auch. Aber ich frage mich wirklich, wie ein Mensch einen so verabscheuungswürdigen, grausamen Angriff planen und ausführen kann. Welches Motiv treibt einen Menschen an, dass er so eine Tat begeht? Deshalb hoffe ich, dass wir den Täter möglichst schnell dingfest machen können. Ich möchte, dass die Einwohner von Köln sich sicher fühlen können, schließlich soll unsere Stadt liebens- und lebenswert bleiben. Menschen, die so schreckliche Straftaten begehen, haben in Köln nichts verloren."

Wolke hatte aus tiefster Überzeugung gesprochen. Sie konnte sich keinen Grund vorstellen, der einen so grausamen Anschlag rechtfertigen könnte.

Grandler teilte ihre Überlegungen in Bezug auf Straftaten in Köln und konnte sie daher gut nachvollziehen. Allerdings würde er die Überlegungen weiterfassen und nicht nur auf Köln beziehen.

„Fingerabdrücke vom Opfer konnten wir auch keine nehmen, da die Finger ebenfalls verbrannt sind", fügte Wald anschließend noch erklärend hinzu.

„Ben, irgendeinen Anhaltspunkt habt ihr doch bestimmt noch gefunden, der uns weiterhelfen könnten, oder?" fragte Wolke.

„Wie eben bereits gesagt, wir haben keinerlei Hinweise auf die Identität des Mannes gefunden. Alles, was uns hätte weiterhelfen können, ist den Flammen zum Opfer gefallen. Die Feuerwehr hat das ihre dazu beigetragen, dass auch die letzten Spuren noch vollkommen unbrauchbar gemacht worden sind. Wir haben verbrannte Faserreste auf dem Stück vor der Schlafstätte genommen und sie ins Labor geschickt. Sie scheinen von einer Jacke zu stammen. Das einzige, was nicht verbrannt ist, dafür aber mit den Löschmaterialien der Feuerwehr Bekanntschaft gemacht hat, ist der Inhalt einer blauen Ikea-Tasche, die in der Nähe des Opfers gelegen hat. Darin haben wir einige Toilettenartikel gefunden, ein Handtuch und eine anscheinend relativ neue Lesebrille. Das ist alles. Die Toilettenartikel sehen alle stark benutzt aus und geben keinen Aufschluss über die Identität des Mannes. Er hatte keine Zahnbürste dabei und wir haben auch keine Haare gefunden. Wir haben also nichts, um eine DNA-Probe gewinnen zu können. Alle Sachen haben wir trotzdem ins Labor gegeben, um sie auf Spuren untersuchen zu lassen. Ich glaube aber nicht, dass da noch irgendwas zu finden ist. Die Feuerwehrleute haben ganze Arbeit geleistet.

Wir haben uns gestern Abend noch um die Butter gekümmert, von der die ältere Dame gesprochen hat. Auch die haben wir zur Spurensicherung ins Labor gegeben. Zusammenfassend kann ich nur sagen, die Feuerwehr und der Regen haben vermutlich alle verwertbaren Spuren vernichtet. Eine Möglichkeit, die ich noch sehe ist, dass ihr eine DNA-Probe direkt vom Opfer besorgt. Dann könnten wir die mit unserer Datenbank abgleichen, vielleicht haben wir Glück und landen einen Treffer."

Aufmunternd sah Ben seine Kollegen an.

„Meines Erachtens nach sollten wir als erstes versuchen zu klären, wer das Opfer ist. Dadurch bekommen wir mehr über das Umfeld heraus und kommen dem Täter oder dem Tatmotiv vielleicht näher. Wenn wir ein Motiv haben, können wir den Täterkreis besser einschränken", machte Wolke einen Vorschlag zum weiteren Vorgehen.

„Augenblick noch", meinte Ben, „ich habe vergessen zu erwähnen, dass der Containerdeckel des Supermarktcontainers offen stand. Ein Vorhängeschloss, das den Container normalerweise verschließt, ist geknackt worden, vermutlich mit einem Bolzenschneider. In dem Container haben wir unter anderem auch einige Pakete Butter gefunden, die von der gleichen Marke sind wie die Butterpäckchen der geflüchteten jungen Leute. Außerdem haben wir Fußabdrücke von Schuhen im Container gefunden. Der Inhalt war an einigen Stellen heruntergetreten. Es sah aus, als hätte jemand den Container durchwühlt. Die Frage ist, ob es der Obdachlose selbst war, die beiden jungen Leute oder vielleicht auch alle drei zusammen oder jemand ganz anderes."

„Hast du die Chargennummern der Butterpäckchen?", fragte Wolke. „Wenn ja, dann sollten wir auf jeden Fall im Supermarkt nachfragen, ob die Pakete aus dem Container stammen. Wir müssen die Supermarktmitarbeiter sowieso befragen, ob ihnen etwas aufgefallen ist, oder ob der Container schon öfter geknackt wurde. Vielleicht bringt uns das weiter."

„Vielleicht handelt es sich aber auch um einen Konflikt im Obdachlosenmilieu", ergänzte Wald, „das kommt immer wieder vor."

„Ansonsten haben wir noch die Spur mit dem Aufdruck auf dem Rucksack. Diese Spur weist in Richtung Sportszene. Wir sollten klären, ob der Spruch zu einem Verein oder Fitnessstudio gehört oder ob es eine Sportbewegung gibt, die mit dem Spruch wirbt", überlegte Wald laut weiter.

Fix mischte sich in das Gespräch ein: „Wenn ich mal kurz zusammenfassen darf: Wir haben also ein unbekanntes Opfer, den Aufdruck auf dem Rucksack, die Zeugenaussage und den aufgebrochenen Container, keine verwertbaren Spuren und die Pakete Butter aus dem Hänger, die eventuell mit denen im Container übereinstimmen. Eine weitere Überlegung ist ein Konflikt im Obdachlosen Milieu. Habe ich noch einen Aspekt vergessen?"

„Nein, Herr Staatsanwalt, das haben Sie sehr gut zusammengefasst. Wir müssen aber auch noch die Anwohner befragen, ob da jemand etwas mitbekommen hat", antwortete Wolke, „vielleicht hat ein Bewohner oder heißt das jetzt Bewohnender", Wolke schüttelte verständnislos den Kopf, „etwas beobachtet oder irgendjemandem ist etwas Ungewöhnliches aufgefallen."

Fix lächelte Wolke freundlich an und erwiderte mit fester Stimme: „Stimmt, das könnte auch noch wichtige Hinweise bringen. Ich gehe also erst einmal von schwerer Körperverletzung aus. Gehen Sie dem Fall nach und halten Sie mich auf dem Laufenden. Zu Ihrer Info, unsere Oberbürgermeisterin hat mich heute Morgen angerufen. Sie befürchtet, dass der Obdachlosenfall keine einmalige Tat war und sieht bereits jetzt Nachteile für die Kölner Tourismusbranche durch den Vorfall auf die Stadt zukommen, da die Medien sich bereits auf diesen Fall gestürzt haben. Außerdem befürchtet sie Gegenwind von den Fraktionen, wenn wir nicht schnell ausschließen können, dass keine weiteren, ähnlich gelagerten Fälle zu erwarten sind. Auch wenn bisher nichts auf die rechtsextreme Szene weist, können wir das nicht ganz von der Hand weisen. Auch in diese Richtung sollten Sie den Fall beleuchten. Wir stehen also unter Beobachtung der Politik und der Presse. Sie wissen, was das heißt."

Staatsanwalt Fix guckte alle in der Runde nacheinander an, um sich zu vergewissern, dass jedem einzelnen von ihnen klar war, wie brisant sich der Fall entwickeln könnte.

„Ich verlasse mich, wie immer, auf Sie. Ich habe jetzt gleich einen Gerichtstermin und darf mich deshalb schon einmal verabschieden. Halten Sie mich bitte auf dem Laufenden."

Felix Fix stand auf und verließ das Besprechungszimmer.

„Olli, welche Spur ist deiner Meinung nach die vielversprechendste? Welcher würdest du zuerst nachgehen?"

„Jetzetle, Ben, I heiß Oliver. Wann lernsch des endlich?" Er seufzte resigniert. „Isch des so schwer, Benile?"

Ben war für einen kurzen Moment sprachlos und schaute Wald ungläubig an. Hatte er gerade richtig gehört oder vor lauter schwäbischem Geschwätz gar nichts mehr richtig verstanden? Hatte Wald ihn gerade ‚Benile' genannt?

Wald wurde aber direkt wieder sachlich und erklärte: „Ich würde mit der Befragung der Angestellten im Supermarkt beginnen und abklären, ob die Butter, die aus dem Hänger gefallen ist, aus dem Container stammt. Das scheint mir momentan die vielversprechendste Spur zu sein."

Wolke nickte zustimmend mit dem Kopf.

„Dann fangen Sie und Wolke damit an", meinte Grandler gönnerhaft.

Martin informierte die anderen über sein weiteres Vorgehen: „Ich recherchiere, ob ich etwas zu dem Spruch auf dem Rucksack in Erfahrung bringen kann. Außerdem frage ich mal in den Obdachlosenunterkünften und bei den einschlägigen Essensausgaben nach, ob jemand vermisst wird bzw. wer eine blaue Ikea-Tasche besitzt oder ob jemand weiß, wer von den Obdachlosen öfter in der Trierer Straße übernachtet. Bei über 6000 Obdachlosen in Köln wird es vermutlich schwierig, da etwas herauszufinden, aber irgendwo müssen wir ja anfangen. Wenn das nicht ausreicht, weite ich den Radius für die Suche über die Grenzen von Köln aus."

Wolke sah Wald an. Das war Martin. Er legte direkt los, ohne lange zu fragen.

„Ich zähle auf alle aus diesem Team", sagte Grandler, um seine Mitarbeiter zu motivieren, „aber klären Sie bitte noch ab", dabei sah er Wolke an, „wie es dem Opfer geht und ob es durchkommen wird. Sollte es sterben, geht es schließlich nicht mehr um schwere Körperverletzung sondern um einen handfesten Mord."

Dann wandte sich Grandler um, als wollte er den Raum verlassen. Kurz vorher drehte er sich aber noch einmal um und sprach Wolke direkt an: „Frau Kriminalhauptkommissarin Wolke, Sie und Ihr Kollege werden das schon machen. Ich verlasse mich ganz auf Sie und Ihr Team. Falls Sie meine Unterstützung brauchen, wissen Sie, wo Sie mich finden".

Zu allen anderen Anwesenden im Raum sagte er abschließend: „Also an die Arbeit", dabei untermauerte er seine Aussage, indem er unterstützend in seine Hände klatschte, „Sie haben alle gehört, was Staatsanwalt Fix eben gesagt hat und bitte …, gehen Sie mit dem nötigen Fingerspitzengefühl vor."

Damit beendete er das Meeting.

Wolke und Wald gingen gemeinsam in ihr Büro, um sich auf die Zeugenaussage von Frau Schmitz vorzubereiten.

Nachdem diese das Büro nach ihrer Aussage wieder verlassen hatte, fasste Wolke zusammen: „Die Befragung von Frau Schmitz hat nichts Neues ergeben, außer, dass sie dich noch mehr angehimmelt hat als gestern Abend. Du kannst aber auch wirklich gut mit älteren Frauen umgehen."

Sie lächelte Wald anerkennend an.

Er mochte an ihr, dass sie die Stärken ihrer Kollegen sah und auch schätzte und freute sich daher sehr über das Lob seiner Kollegin.

„Ich mache jetzt Feierabend", sagte Wolke, „wie sieht es mit dir aus? Fährst du jetzt trainieren oder arbeitest du noch weiter?"

Wald lehnte sich auf seinem Bürostuhl zurück, verschränkte die Arme hinter dem Kopf, gähnte und meinte: „Machen wir morgen weiter. Neuer Tag, neue Gedanken. Schönen Feierabend, Wolke."

„Dir auch", erwiderte diese und war schon aus dem Büro verschwunden.

***

Am nächsten Morgen, als Nele erwachte, bahnte sich die Erinnerung an den Tag zuvor mit einem Paukenschlag einen Weg in ihr Bewusstsein.

Nein, ich habe das alles nicht geträumt. Es ist tatsächlich passiert. Die letzte Nacht war real und kein Traum.

Tim lag noch schlafend neben ihr. Sie wollte ihn nicht wecken, da sie wusste, dass er erst später zur Uni musste. Sie stand also leise auf, ging ins Bad und machte sich für den anstehenden Tag fertig. Ihre Gedanken kreisten immer wieder um den gestrigen Abend.

Kurz bevor sie das Haus verließ, um mit ihrem Fahrrad zur Uni zu fahren, schrieb sie Tim noch eine kurze Notiz und legte diese auf den Küchentisch.

Auf dem Zettel stand: ‚Lieber Tim, vergiss nicht unsere Verabredung mit Mats und Jana heute Abend. Sie bringen Nadine und Joshua mit, die mehr über unseren Verein erfahren möchten. Ich liebe dich. Bis später Nele'. Zum Abschluss malte sie noch ein Herz auf das Papier.

Als Nele am Nachmittag von der Uni nach Hause kam, war Tim noch nicht da. Sie hatte sich heute nicht auf die Vorlesungen konzentrieren können. Ihre Gedanken schweiften immer wieder zu den Erlebnissen des gestrigen Abends ab. Sie wollte sich etwas ablenken und fing an, die frischen Lebensmittel zu sortieren, die sie gestern aus dem Container mitgenommen hatten.

Aus Paprika, Tomaten, Eisbergsalat, Joghurt und Zitronen könnte ich einen Salat zubereiten. Öl haben wir noch von unserem letzten oder vorletzten Coup ebenso wie Zwiebeln. Das passt.

Sie lächelte zufrieden über das Ergebnis ihrer Verwertungsmöglichkeit.

Was habe ich noch? Bananen, Heidelbeeren, Himbeeren und frische Ananas. Daraus kann ich einen fruchtigen Nachtisch zaubern. Obstsalat, geht immer.

Womit kann ich Tim eine Freude bereiten? Gestern haben wir auch etliche Kartoffeln erbeutet. Tim mag gerne ‚Rievkooche'. Eier habe ich gekauft, also kann ich für alle Reibekuchen backen.

Der Menüplan stand also.

Je nach dem, was sie in den Containern fanden, musste das Rezept an die Lebensmittel angepasst werden. Manchmal entstand daraus eine ganz neue Komposition eines bewährten Gerichts. Diese Art der Kreativität bei der Nahrungszusammenstellung gefiel ihr gut. Es bereitete ihr Freude, immer wieder neue Variationen mit den vorhandenen Zutaten auszuprobieren.

Was gefällt mir eigentlich so am Containern? Warum höre ich nicht damit auf, sondern setze mich immer wieder dem Risiko aus, dabei ertappt zu werden? Hätte ich mein Versprechen meinen Eltern gegenüber gehalten, wären Tim und ich jetzt nicht in dieser misslichen Lage.

Aber es ist schön, die erbeuteten Nahrungsmittel mit unseren Freunden zu teilen, indem wir für diese kochen oder Konservendosen oder andere haltbare Lebensmittel mit ihnen teilen. So werden die Lebensmittel nicht verschwendet, sondern verwendet. Darum geht es doch schließlich. Außerdem ist es immer gesellig, wenn wir zu mehreren gemeinsam essen. Irgendwie gehört das alles für Tim und mich zu unserem Leben dazu.

Das Containern bestand für sie aus vielen unterschiedlichen Aspekten, stellte sie wieder einmal fest.

Sie ließ ihre Gedanken weiter schweifen.

Bisher wird Containern mit schwerem Diebstahl gleichgesetzt, obwohl die Supermärkte mit den abgelaufenen Lebensmitteln nichts mehr anfangen können und diese Ware für sie wertlos ist. Es geht sogar noch weiter, sie müssen sogar noch Geld für die Entsorgung bezahlen. Das ist schon verrückt.

Auf der anderen Seite gibt es die vielen armen Menschen auf der Welt, die Hunger leiden. Selbst hier, im reichen Deutschland, haben nicht alle Menschen ausreichend Geld, um sich gesund ernähren zu können.

Ja, es ist richtig, mit dem Containern auf diese Missstände aufmerksam zu machen, auch wenn gestern Abend alles aus dem Ruder gelaufen ist.

Die Tür ging auf und Nele wurde aus ihren Gedanken gerissen.

Tim kam in die Küche und gab ihr einen liebevollen Kuss auf den Mund.

„Du hast ja schon fast alles vorbereitet. Ich habe es einfach nicht früher geschafft. Professor Prinz wollte mich noch sprechen, da kam ich einfach nicht weg."

„Was wollte er denn von dir?"

„Er wollte mir sagen, dass er meine Hausarbeit gelesen hat und sie ihn sehr beeindruckt hat. Nach der gestrigen Nacht war das wie ein Sonnenstrahl nach dunkler Nacht und Labsal für meine Seele."

„Gratuliere, mein Schatz. Was anderes hätte ich auch nicht von dir erwartet."

„Haben wir noch von den Fruchtsäften, die wir beim letzten Mal im Container gefunden haben?"

„Ja, guck mal auf dem Balkon, da stehen die Getränke kalt. Ich glaube wir haben auch noch Wein im Tetra Pack und einige Dosen Bier, bei denen ist zwar das Mindesthaltbarkeitsdatum abgelaufen, aber deshalb sind die Getränke bestimmt noch nicht verdorben."

Es klingelte und wenige Augenblicke später standen Mats und Jana in der Küche.

Jana war Neles beste Freundin und seit kurzem mit Tims bestem Freund Mats liiert. Jana studierte Sozialpädagogik an der Uni Köln und Mats war Rettungssanitäter. Tim und Mats kannten sich bereits von der Grundschule und seit dieser Zeit waren sie beste Freunde, auch wenn ihre Lebenswege mittlerweile nicht mehr ganz so eng miteinander verbunden waren.

Jana und Nele hatten sich an der Uni kennengelernt und sofort gut verstanden. Mats und Jana containerten nicht aktiv, unterstützten aber den Verein von Nele und Tim, wo sie nur konnten, denn das Thema war ihnen ebenso wichtig wie Tim und Nele. Allerdings konnte Mats es sich in seinem Beruf als Rettungssanitäter nicht leisten, beim Containern erwischt zu werden, daher war er nur aktiv bei der Vereinstätigkeit dabei, denn strafbar wollte er sich nicht machen.

Schon wieder klingelte es an der Tür und die nächsten beiden Gäste trafen ein. Es waren Joshua, ein Bekannter von Mats, den dieser aus dem Hockeyverein kannte, mit seiner Freundin Nadine.

Nadine studierte Ernährungswissenschaft und fand daher das Thema Containern spannend und wollte mehr darüber erfahren.

Joshua war für Betriebswirtschaft eingeschrieben und machte sich Gedanken darüber, ob das Thema Containern auch betriebswirtschaftliche Aspekte beinhaltete. Sie waren einer Einladung von Mats gefolgt, um etwas mehr über den Verein ‚Containern sollte straffrei sein' zu erfahren.

Nachdem sich alle in der Küche um den großen alten Holztisch versammelt hatten und Nele die Speisen aufgetragen hatte, begann eine muntere Unterhaltung.

„Habe ich das richtig verstanden, dass die ganzen Lebensmittel, die du für unser Essen verarbeitet hast, aus den Abfällen in den Containern stammen?" fragte Nadine erstaunt.

„Ja, alles was du hier auf unserem Tisch siehst, haben wir beim Containern erbeutet. Allerdings sind nicht alle Lebensmittel von einem Streifzug. Frische Sachen wie Obst und Gemüse finden wir fast immer, aber auch alles andere kann man in den Containern finden."

„Das hätte ich nicht gedacht", meinte Joshua und nahm sich direkt noch etwas Salat nach.

Nadine wandte sich nun an Tim und fragte: „Euer Verein setzt sich also dafür ein, dass das Containern straffrei wird, ist das richtig?"

„Stimmt. Das Bundesverfassungsgericht hat festgestellt, dass der Gesetzgeber grundsätzlich auch wirtschaftlich wertlose Sachen als Eigentum strafrechtlich schützen darf. Damit bleibt das Containern weiterhin strafbar, trotz der riesigen Vergeudung an Lebensmitteln."

Joshua wandte ein: „Ist es nicht auch so, dass ganz viele Ressourcen unnötig genutzt werden, wenn Supermärkte zu viel Ware ordern?"

„Was meinst du genau damit?", hakte Nele nach. Sie war nach der letzten Nacht etwas müde und unkonzentriert und sich nicht sicher, worauf Joshua genau hinaus wollte.

„Na ja, wenn die Supermärkte nicht so viele Waren entsorgen müssten, weil sie zu viele bestellt haben, müsste auch gar nicht so viel produziert und transportiert werden. So könnten Ressourcen eingespart werden, wie z.B. Kraftstoffe, weil weniger Lastkraftwagen benötigt würden. Das wiederum käme dem Klima zugute. Allerdings müssten die Kunden sich damit arrangieren, dass es anstelle von zehn unterschiedlichen Nudelsorten vielleicht nur noch vier gäbe oder Teile im Regal schon einmal leer blieben."

„Stimmt. Das hängt alles zusammen", meldete sich Jana zu Wort. „Allerdings sind die Verbraucher anscheinend noch nicht so weit, dass sie hinnehmen, dass Produkte gerade nicht verfügbar sind. Es muss immer alles sofort und in ausreichender Menge vorhanden sein. Wir haben uns einfach an diesen Überfluss gewöhnt."

„Es ist ja nicht so, dass es nur an den Supermärkten liegt. Die meisten Konsumenten kaufen auch einfach viel zu viel ein. Wusstet ihr, dass jährlich zwischen 13 und 18 Millionen Tonnen Lebensmittel im Müll entsorgt werden, was pro Person ungefähr 80kg entspricht," ergänzte Mats mit harten Fakten die Diskussionsgrundlage.

„Was, so viel?", staunte Nadine.

„Unser Ziel ist es, dass das Containern entkriminalisiert wird und die noch nicht verdorbenen Lebensmittel an Institutionen wie die Tafel oder ähnliche Organisationen gespendet werden dürfen", führte Tim die Forderungen des Vereins weiter aus.

„Das finde ich einen lobenswerten Ansatz. Wie sieht es denn mit Keimen oder Verunreinigungen der Lebensmittel aus? Ist schon einmal jemand von euch oder jemand, den ihr kennt, durch Lebensmittel aus dem Container krank geworden?", fragte Nadine interessiert weiter.

Mats und Tim schauten sich kurz an und Mats antwortete: „Beim Containern ziehen Tim und Nele immer Plastikhandschuhe an, um nicht direkt mit der Ware in Kontakt zu kommen. Anschließend werden alle mitgenommenen Lebensmittel gründlich gereinigt. Soweit ich weiß, ist noch keiner, den wir kennen, davon krank geworden. Tut mir Leid, aber ich muss jetzt erst einmal etwas anderes loswerden, was mich sehr beschäftigt. Ist das für euch in Ordnung?"

Alle am Tisch nickten und sahen Mats erwartungsvoll an.

Er schaute in die Runde und sah die Zustimmung der anderen.

„Wie ihr alle wisst, bin ich Rettungssanitäter. Gestern Abend sind wir zu einem Notfalleinsatz im Hinterhof eines Supermarktes am Barbarossaplatz gerufen worden. Dort lag ein Obdachloser, der von irgend so einem Idioten in Brand gesteckt wurde."

Nele wechselte die Gesichtsfarbe von weiß zu kalkweiß und sah Tim hilfesuchend an. Dieser schüttelte fast unmerklich den Kopf.

Sie wusste, was Tim ihr damit signalisieren wollte.

„Ich sehe jeden Tag viele Arten von Verletzungen und Verletzten. Aber gestern Abend der Einsatz, der ist mir wirklich sehr nahe gegangen. Der Mann, ein Obdachloser, hatte schwerste Verbrennungen am Oberkörper, im Gesicht, an den Händen und Unterarmen", beschrieb Mats die Verletzungen des Opfers, „die schweren Verbrennungen dieses Mannes zu sehen war nur schwer zu ertragen. Außerdem fehlt mir die Vorstellungskraft, wer so etwas macht. Wer zündet einen Obdachlosen auf seiner Schlafstatt an? Ich habe das Gefühl, dass sich dieses Bild auf meiner Netzhaut eingebrannt hat. Ich rieche immer noch den Geruch von verbranntem Fleisch in meiner Nase. Sorry, ich verderbe euch den ganzen Abend. Aber der Einsatz gestern Abend war wirklich hart."

Vor Neles geistigem Auge waren die schrecklichen Bilder sofort wieder da, so als würde sie gerade noch einmal die Momente des letzten Abends durchleben. Für einen kurzen Moment dachte sie tatsächlich, sie würde wieder im Container stehen, in die Dunkelheit gucken und die Flammen um den Obdachlosen züngeln sehen. Dieser bestialische Gestank nach versenktem Fleisch. Sie musste sich zwingen nicht zu würgen. Am liebsten hätte sie sich übergeben.

Ihr erster Impuls war, aufzuspringen und zur Toilette zu rasen. Sie sah Tim an und stellte fest, dass er ganz blass geworden war. Sie trank einen großen Schluck Wein und versuchte Ruhe zu bewahren. Die Übelkeit ließ Gott sei Dank wieder etwas nach, so dass sie am Tisch sitzen bleiben konnte.

„Ich habe direkt nach dem Puls des Opfers getastet, obwohl seine Arme übersät mit Brandblasen sowie Verbrennungen zweiten und dritten Grades waren. Er lebte noch. Zum Glück war direkt auch ein erfahrener Notarzt an der Unglücksstelle, um den Patienten zu übernehmen."

Alle am Tisch starrten Mats sprachlos an. Sie brauchten alle einen Augenblick, um das Gehörte zu verarbeiten.

„Hoffentlich wird der Mann durch das beherzte und unkonventionelle Vorgehen des Notarztes überleben", begann Mats erneut in die Stille zu sprechen.

Alle schauten Mats tief betroffen, aber auch gespannt an.

„Was heißt denn unkonventionelles Vorgehen?", wollte Tim wissen. *Immerhin hat der Obdachlose noch gelebt, als die Rettungssanitäter eintrafen.*

„Normalerweise schickt die Notrufleitstelle einen Rettungssanitäter mit Rettungswagen und einen Notarzt mit einem Wagen los. Dann wird der Verletzte vor Ort entsprechend stabilisiert und die Erstversorgung erfolgt. Anschließend wird er ins nächste Krankenhaus transportiert und dort wird dann entschieden, was mit dem Verunfallten oder Kranken weiter geschieht."

„Ist das immer der gleiche Ablauf", fragte Joshua interessiert.

„Ja, in der Regel schon. Für Schwerbrandopfer gibt es allerdings in ganz Deutschland nur 116 Betten, die in Hamburg verwaltet werden. Normalerweise hätten wir ins nächste Krankenhaus fahren müssen, dann wäre von dort aus nachgefragt worden, wo in Deutschland ein Bett für ein Schwerbrandopfer frei ist. Erst danach hätte der Transport organisiert werden können, wobei die Zeit bei so schweren Verletzungen, wie ihr euch sicherlich vorstellen könnt, eine entscheidende Rolle spielt."

„Was lief dann gestern anders ab?", fragte Nele, vor ihrem inneren Augen die schweren Verletzungen des Brandopfers sehend.

„Gestern bat der Notarzt mich, während er sich um den Patienten kümmerte, mit der Vermittlungsstelle Hamburg Kontakt aufzunehmen und nachzufragen, ob in Köln Merheim ein freies Bett für Schwerbrandopfer frei sei."

„Oh, ich wusste gar nicht, dass es in Köln so eine Spezialklinik gibt. Das ist ja interessant", gab Nadine von sich.

„Wir haben in Köln Glück, dass es so ein Klinikum wie in Merheim gibt. Es ist die einzige Klinik in den Kreisen Köln, Bonn und Düsseldorf, die mit einer Maximalversorgung für Schwerbrandopfer ausgestattet ist."

„Und, war ein Bett frei?", fragte Joshua ganz gespannt.

„Ja, Hamburg hat dann die Freigabe für Merheim erteilt, so dass das Brandopfer von der Uni Klinik aus mit einem Rettungshubschrauber direkt nach Merheim geflogen werden konnte. So konnte dem Obdachlosen schnellstmöglich geholfen werden."

Nadine wandte sich an Mats und stellte ihm weitere Fragen: „Was heißt denn Maximalversorgung? Brauchen Brandopfer etwa eine spezielle Versorgung im Krankenhaus?"

„Das kann man wohl sagen. Durch die großflächigen, offenen Wunden kann es ganz schnell zu

Infektionen kommen. Daher müssen hier besondere Hygienevorschriften beachtet werden."

„Jetzt weiß ich immer noch nicht, was Maximalversorgung bedeutet."

„Wollt ihr das wirklich alles wissen? Ist das nicht zu langweilig? Ich wollte euch keinen Vortrag über meinen Job halten."

„Nein, für mich nicht. Ich finde das total interessant und spannend", erwiderte Nadine und Joshua stimmte ihr mit einem: „Ich auch", zu.

Mats schaute Nele und Tim an. Diese nickten aufmunternd mit ihren Köpfen, schließlich wollten sie möglichst viele Informationen über den weiteren Fortgang des Geschehens mit dem Obdachlosen haben, ohne dabei kundtun zu müssen, warum ihr Interesse daran so groß war, so dass Mats nichtsahnend fortfuhr: „Bei einer Maximalversorgung gibt es Personen-, Material- und Bettenschleusen, einen Schockraum mit Intensivstationausrüstung und, ganz wichtig, es muss Kulturhaut verfügbar sein, die biotechnologisch hergestellt werden kann. Außerdem brauchen solche Patienten extrem aufwendige Pflege. Es wird pro Schicht eine Pflegekraft benötigt und ein Arzt betreut nur zwei Patienten. Das muss man sich mal vorstellen. Außerdem gibt es dort psychologische, physiotherapeutische und ergotherapeutische Betreuung. Der Sozialdienst kümmert sich ebenfalls um die Verletzten. Die Basis der modernen Verbrennungsmedizin besteht heute allgemein aus drei Säulen: Hautersatz, plastischer Chirurgie und aseptischer Wundpflege."

Joshua und auch Nadine waren beeindruckt von dem, was Mats ihnen da an Informationen vermittelt hatte. Nadine sagte dann auch: „Dein Beruf verlangt aber sehr viel Wissen. Respekt. Jetzt habe ich das Gefühl, einen Einblick in deinen Beruf als Notfallsanitäter bekommen zu haben. So vielschichtig hatte ich mir den Beruf gar nicht vorgestellt. Weißt du denn, wie es dem Obdachlosen geht? Wird er überleben?"

Nele hing an Mats' Lippen und hoffte, dass er eine positive Antwort darauf geben würde. Ihr Gewissen ließ ihr keine Ruhe und sie überlegte immer wieder, ob es wirklich richtig gewesen war, den Tatort zu verlassen.

„Ich weiß es nicht", sagte Mats seufzend, „auch wenn wir alles Menschenmögliche getan haben, die Verbrennungen waren schon extrem heftig. Bei 40% verbrannter Haut besteht eine geringe Überlebenschance, wenn nicht zusätzlich noch ein Inhalationstrauma dazukommt. Ich denke, das Leben des Obdachlosen hängt an einem seidenen Faden."

Joshua kam ein Gedanke, den er dann auch laut aussprach: „Sind Obdachlose eigentlich krankenversichert? Bekommt das Opfer ohne Versichertenkarte überhaupt eine adäquate Behandlung? Wie soll ein auf der Straße lebender Mensch für die anfallenden Kosten aufkommen können?"

„Mach dir da mal keine Gedanken", beruhigte Mats ihn, „in Deutschland wird jede Person behandelt, die lebensbedrohlich erkrankt ist oder unter akuten Schmerzen leidet. Das gilt auch für Personen, die nicht krankenversichert sind."

„Das wusste ich auch noch nicht. So, wie du eben den Pflegeaufwand und die gesamte Maximalversorgung beschrieben hast, kommen für die Behandlung des Verletzten wohl erhebliche Kosten zusammen. Containern steht in Deutschland also immer noch unter Strafe, aber immerhin wird Menschen ärztliche Hilfe nicht verwehrt", resümierte Joshua nachdenklich.

„Wie bist du eigentlich vom Containern auf einmal auf deinen Einsatz gestern Abend gekommen?", fragte Nadine Mats nachdenklich.

„Neben der Schlafstelle des Brandopfers stehen Container eines Supermarktes. Nele und Tim sind da auch manchmal unterwegs. Gut, dass sie gestern Abend nicht da waren, es war ein schrecklicher Anblick. Ich bin froh, dass ihr das nicht mit ansehen musstet."

Nele und Tim warfen sich einen verstohlenen Blick zu und gingen nicht weiter auf das Thema ein.

„Es ist schon spät geworden." Mats gähnte und streckte seine Glieder. „Jana, kommst du mit? Lass uns gehen, ich bin müde und spüre den Einsatz von gestern noch in den Knochen. Nach dem Einsatz hatte ich eine unruhige Nacht und habe kaum geschlafen."

Joshua und Nadine warfen sich einen Blick zu und Joshua sagte: „Wir kommen auch mit. Es ist schon spät geworden. Es war ein sehr interessanter und aufschlussreicher Abend in vielerlei Hinsicht. Danke nochmals für die Einladung. Vielleicht können wir so einen Abend bald noch einmal wiederholen."

Als Mats schon im Treppenhaus war, drehte er sich noch kurz zu Tim um und rief ihm, mit einem breiten Grinsen im Gesicht, im Hinausgehen zu: „Denk dran, Alter, ich will meine Jacke noch vor Weihnachten zurück!"

Dann war er auch schon in der Dunkelheit verschwunden. Tim und Nele hatten ihre Wohnung wieder für sich.

FREITAG, 11. DEZEMBER

Wald war am nächsten Tag als Erster im Büro und stellte zunächst einmal die Kaffeemaschine an. Bevor der Tag starten konnte, brauchten Wolke und er immer erst einmal einen starken Kaffee.

Schon ging die Tür auf und Wolke betrat gut gelaunt den Raum.

„Morgen, Wald!", flötete sie, „hier riecht es aber schon gut nach Kaffee. Den kann ich jetzt brauchen."

Beide hatten ein gemeinsames Ritual über die Zeit ihrer Zusammenarbeit entwickelt. Morgens tranken sie zusammen erst einmal jeder eine Tasse starken Kaffee, dabei besprachen sie das weitere Vorgehen für den Tag. Danach stand die Tagesplanung und vom Kaffee belebt, starteten sie den Arbeitstag.

„Was steht also heute an?", fragte Wald. „Wie gehen wir deiner Meinung nach am besten vor? Hast du schon einen Plan?"

„Ich dachte, wir fahren zuerst einmal ins Krankenhaus nach Merheim und versuchen dort etwas über die Identität des Obdachlosen zu erfahren. Anschließend sollten wir uns mit den Mitarbeitern des Supermarktes unterhalten und herausfinden, ob die Container schon öfter aufgebrochen worden sind. Was hältst du davon?"

„Wir sollten auch noch mit Ben sprechen, ob es neue Erkenntnisse von Seiten der SpuSi gibt und vielleicht stößt Martin bei seiner Recherche noch auf weitere Hinweise. Aber ich denke, er wird sich bei uns melden, falls er etwas Wichtiges herausgefunden hat. Dann müssen auch noch die Hausbewohner befragt werden. Vielleicht können wir das mit der Befragung der Supermarktmitarbeiter verbinden."

„Ich weiß nicht, ob wir das heute alles schaffen", überlegte Wolke, bei all den Aktivitäten, die Wald da aufzählte.

„Also fahren wir zuerst nach Merheim in die Klinik. Auf dem Rückweg befragen wir die Supermarktmitarbeiter und beginnen mit der Befragung der Hausbewohner, wenn noch Zeit bleibt. Einverstanden?"

„Ja, so machen wir es. Hört sich wie ein Plan an. Welchen Weg zum Krankenhaus nehmen wir?", fragte Wald, denn Wolke kannte sich einfach immer noch besser in dem Kölner Straßengewirr aus als er.

„Sollen wir über die A 4 fahren und hoffen, dass kein Stau ist? Die Autobahnbrücke ist wenigstens noch intakt, im Vergleich zu den ganzen anderen maroden Brücken hier in und um Köln herum."

„Du fährst, du bestimmst den Hinweg! Zurück müssen wir sowieso durch die Stadt fahren, damit wir zur Trierer Straße kommen. Zeig mal, wie gut du das Kölner Straßennetz im Griff hast."

Kurze Zeit später waren sie bereits auf dem Kölner Autobahnring und fuhren Richtung Heumarer Dreieck. Bisher lief der Verkehr und sie kamen gut voran.

„Hoffentlich bleibt uns der Stau am Heumarer Dreieck erspart", wollte Wald gerade sagen, als der Verkehr auch schon zum Erliegen kam. „Autofahren macht bei den ganzen Baustellen und dem riesigen Verkehrsaufkommen echt keine Freude mehr", gab er seufzend von sich und stellte sich auf eine längere Phase ‚stop and go' ein

„Positiv denken", meinte Wolke und als hätte das Universum es gehört, ging es schon wenige Augenblicke später erst stockend und dann immer flüssiger weiter, so dass sie ihre Fahrt nach kurzer Zeit schon wieder ohne Verkehrsbehinderung fortsetzen konnten. Nach einer knappen halben Stunde standen sie auf dem Parkplatz des Klinikums Merheim.

Sie betraten den spärlich mit einem Weihnachtsbaum geschmückten Eingangsbereich der Klinik und fragten an der Information, wo sie das vorletzte Nacht eingelieferte Brandopfer, dessen Namen sie nicht kannten, finden könnten.

Der nette junge Mann an der Information war zuerst etwas irritiert. Wie sollte er einen Patienten ohne Namen in seiner Patientenkartei finden? Aber dann beschrieb er Wald und Wolke den Weg zur Station für Schwerbrandopfer, weil er davon ausging, dass der Patient auf dieser Station liegen würde.

Die beiden machten sich auf den Weg durch das Labyrinth von Gängen des Krankenhauses. Ein Gang ähnelte dem anderen. Als sie endlich auf der Station für Schwerbrandopfer angekommen waren, fragten sie im Schwesternzimmer, ob das namenlose Brandopfer noch auf dieser Station läge.

„Ja, der Patient liegt bei uns", bestätigte die Schwester.

„Dann würden wir gerne mit dem für den Patienten zuständigen Arzt sprechen. Ich bin Kriminalhauptkommissarin Vera Wolke und bei mir", sie schaute zu Wald, „ist mein Kollege, Kriminaloberkommissar Oliver Wald."

„Nehmen Sie doch bitte im Wartebereich Platz", forderte die Krankenschwester die beiden Kommissare auf, „ich werde Frau Dr. Esser Bescheid geben. Sie müssen allerdings Geduld haben, es kann etwas dauern."

Kurz darauf, schneller als Wald und Wolke erwartet hatten, erschien eine schlanke Mittvierzigerin und stellte sich vor: „Guten Morgen, ich bin Dr. Verena Esser. Ich bin plastische Chirurgin und behandele den eingelieferten, unbekannten Mann. Sind Sie die ermittelnden Kommissare?"

Bei nickten bestätigend.

Wolke ergriff das Wort und stellte sich und ihren Kollegen auch der Ärztin vor.

Dann fragte sie: „Können wir mit dem Verletzten sprechen?"

„Nein", gab Frau Dr. Esser kurz und knapp als Antwort.

Wald und Wolke sahen sich irritiert an.

„Wieso nicht?", wollte Wald wissen, „spricht irgendetwas dagegen?"

„Wie stellen Sie sich das denn vor?", fragte die Ärztin und schüttelte verständnislos ihren Kopf, „anscheinend hatten Sie noch nie mit Schwerbrandopfern zu tun. Bei dieser Art von Verletzungen kann nicht einfach jemand zu dem Verletzten hereinspazieren. Es gelten strikte Hygienevorschriften, damit es zu keinen Infektionen kommen kann. Die Patienten benötigen eine sterile Umgebung. Wir können niemanden in das Zimmer des Patienten lassen, auch wenn wir Personenschleusen haben. Aus medizinischer Sicht ist das Risiko für Infektionen aufgrund der großflächigen, offenen Wunden einfach extrem hoch. Jedes unnötige Risiko muss unterbunden werden."

Die beiden Kommissaren nickten verstehend.

„Wie können wir denn dann mit dem Verletzten in Kontakt treten?", fragte Wald und schaute Frau Dr. Esser offen an.

„Momentan, gar nicht", antwortete diese.

Wald und Wolke schauten sich wieder verdutzt an.

„Wir mussten den Mann aufgrund seiner schweren Verletzungen ins künstliche Koma versetzen. Für wie lange, kann ich noch nicht sagen. Momentan versuchen wir immer noch den Patienten zu stabilisieren."

„Hat der Verletzte denn mit Ihnen gesprochen? Hat er irgendetwas gesagt, was auf seine Identität schließen lässt oder haben Sie andere Anhaltspunkte gefunden, die uns da weiterhelfen können?", bestürmte Wolke Frau Dr. Esser mit ihren Fragen.

„Leider, nein." Frau Dr. Esser schenkte den beiden Kommissaren ein bedauerndes Lächeln.

„Wie stehen denn die Überlebenschancen des Mannes?", erkundigte sich Wald als nächstes.

„Nicht sonderlich gut. Der Allgemeinzustand des Patienten ist schlecht. Neununddreißig Prozent seiner Hautoberfläche sind verbrannt und er hat ein Inhalationstrauma erlitten. Ich schätze seine Überlebenschance liegt bei ungefähr fünf Prozent."

„Könnten Sie sowie die Schwestern und Pfleger unser Ohr bei dem Patienten sein? Wenn er irgendetwas sagt, informieren Sie uns dann bitte? Jede Kleinigkeit kann uns weiterhelfen, damit wir seine Identität feststellen können. Vielleicht gibt es Angehörige, die ihn vermissen."

„Wir benötigen auch eine DNA Probe von ihrem Patienten, um diese mit unserer Datenbank abzugleichen. Vielleicht ist er dort erfasst, und wir landen einen Treffer. Dann könnten wir auf diesem Wege seine Identität feststellen", erläuterte Wolke.

„Heute aber nicht mehr. Ich melde mich bei ihnen, wenn ich die Probe habe", versprach die Ärztin und lächelte Wald nun noch einmal freundlich an.

„Die DNA Probe ist wirklich wichtig, damit wir den Täterkreis einschränken können und vielleicht ein Tatmotiv erkennbar wird. Ansonsten stochern wir im Trüben und haben kaum Anhaltspunkte, warum die Tat verübt wurde. Wenn wir nicht dahinter kommen, wer ihr Patient ist, haben wir kaum eine Chance, den Täter zu ermitteln", erklärte Wolke, um die Dringlichkeit der Probe deutlich zu machen.

„Ich werde mein Möglichstes tun und meinem Kollegen sowie dem Pflegepersonal Bescheid geben", versprach Frau Dr. Esser.

Wolke zog ihre Visitenkarte aus ihrer Hosentasche und übergab sie an die Ärztin.

„Wenn sich irgendetwas ergibt, egal wie banal es Ihnen erscheinen mag, rufen Sie bitte mich oder meinen Kollegen an. Geben Sie uns auch umgehend Bescheid, wenn sich der Gesundheitszustand des Patienten verschlechtert oder er versterben sollte. Dann haben wir schließlich einen Mord aufzuklären."

Damit verabschiedeten sie sich von Frau Dr. Esser und suchten in dem Labyrinth von Gängen nach dem Ausgang. Als sie endlich über sich den Himmel erblicken konnten, stellten sie fest, dass ihr Dienstwagen auf der anderen Seite des Gebäudes stand.

„Ich weiß nicht, wie man sich hier zurecht finden soll", stöhnte Wolke. „Lass uns außen um das Gebäude gehen, da verlässt mich mein Orientierungssinn nicht so, wie in diesem Wirrwarr von Gängen."

Während sie sich auf den Weg zu ihrem Dienstwagen machten, vergewisserte sich Wolke: „Habe ich das richtig mitbekommen? Frau Dr. Esser ist plastische Chirurgin?"

„Ja, das hat sie gesagt, als sie sich uns vorgestellt hat. Wieso fragst du?"

„Nur so, ich war überrascht, dass eine plastische Chirurgin sich um ein Schwerbrandopfer kümmert. Ich dachte bisher, das wäre eine Fachrichtung, die vielleicht ganz am Schluss mit in die Behandlung einbezogen wird, aber nicht von Anfang an."

„Hm …, das stimmt, das hätte ich auch nicht vermutet. Ist das denn immer so? Muss ich bei Gelegenheit mal googeln. Aber ich denke, das spielt für unseren Fall keine Rolle, oder?"

„Stimmt."

Mittlerweile waren sie an ihrem Dienstwagen angekommen. Wald öffnete die Türen des Autos und beide stiegen ein. Bevor er den Motor startete, schnallten sich beide an.

„Denk daran, wir fahren durch die Stadt. Am besten fährst du über die östliche Zubringerstraße an der KFZ- Zulassungsstelle vorbei, weiter über die Severinsbrücke, und dann sind wir ja schon fast am Barbarossaplatz."

Wald konnte ihren Ausführungen kaum folgen.

„Wir sind hier in deiner Stadt, wenn du den Vorschlag für den besten Weg hältst, dann machen wir das so. Aber du musst das Navi geben", erklärte er und schaute Wolke mit einem Lächeln auf den Lippen spitzbübisch an.

Kaum waren sie einige Meter gefahren, klingelte Wolkes Handy.

„Martin, hier. Störe ich oder habt ihr einen Moment?"

„Warte, ich schalte dich auf die Freisprechanlage, dann kann Wald direkt mithören. … So erledigt. Schieß los, hast du etwas herausgefunden?"

„Ich habe mich bei den Kollegen umgehört. In den letzten Tagen gab es keine Hinweise oder Anzeichen von gewaltbereiten Hooligans, die sich an Obdachlose herangemacht hätten. Ebenso sind keine Reichsbürger aufgefallen, die Obdachlose attackiert haben. Jugendliche Schlägerbanden scheiden wohl auch aus, da es keine Einsatzprotokolle für den Abend gibt. Die Tat scheint einen anderen Hintergrund zu haben. In der Obdachlosenszene bin ich noch nicht sehr weit gekommen. Ich werde mich aber an den gängigen Aufenthaltsorten umhören, ob jemand etwas über einen Streit in der Szene mitbekommen hat oder ob jemand vermisst wird. Ich melde mich bei euch, wenn ich etwas Neues in Erfahrung bringen kann."

„Mach das und melde dich direkt, wenn es Neuigkeiten gibt. Ganz egal was. Wir können neuen Input brauchen. Danke erst einmal. Tschö, Martin", damit beendete Wolke das Gespräch.

Wenig später standen sie im Supermarkt am Barbarossaplatz der Filialleiterin Birgit Caspers gegenüber. Frau Caspers war eine Endfünfzigerin mit wasserstoffblonden Haaren und einem Pferdeschwanz.

„Sind sie wegen des Brandvorfalls am Container hier?"

„Genau deshalb", erwiderte Wald freundlich.

„Ich habe von dem Vorfall mit dem brennenden Mann gehört. Das ist wirklich schrecklich. Ich kann es immer noch nicht fassen, dass so etwas hier bei uns im Hinterhof passiert ist."

„Wissen Sie denn, ob jemand von ihrem Personal etwas mitbekommen hat?", fragte Wald.

„Als wir von dem schrecklichen Ereignis erfahren haben, habe ich mit allen meinen Mitarbeitenden zuerst im Einzelgespräch und dann mit dem gesamten Team über den Abend gesprochen. Alle haben mir versichert, dass keiner von ihnen zur Tatzeit in der Filiale war. Wir schließen täglich um 21:30 Uhr. Die letzten anwesenden Mitarbeitenden müssen dann noch die Kassen abrechnen und die Türen versperren. Die Kollegen beeilen sich dann meistens sehr, um möglichst schnell nach Hause zu kommen.

Nach 22:00 Uhr ist in der Regel niemand mehr von uns im Laden. So war es wohl auch an diesem Mittwochabend."

„Wir brauchen dann noch die Namen der Mitarbeiter, die an diesem Abend in der Filiale waren, ist das möglich?", fragte Wald.

„Selbstverständlich. Ich werde Ihnen eine Liste mit den Namen und den Anschriften ausdrucken."

„Draußen im Innenhof stehen zwei Container, die von Ihrer Firma genutzt werden. Bei einem der beiden war das Schloss aufgebrochen. Ist das schon öfter vorgekommen?" wollte Wald nun wissen.

„Ja, das kommt immer mal wieder vor. Wir vermuten, dass Leute die Containerschlösser knacken, um an die Lebensmittel in den Containern zu kommen. Wir haben schon darüber nachgedacht, ob wir sie nicht mehr verschließen sollen, damit wir nicht immer wieder neue Schlösser besorgen müssen. Aber rechtlich ist das leider nicht zulässig. Wir sind in der Haftung, wenn etwas entwendet wird und jemand dadurch erkranken sollte. Verstehe einer die Gesetzgebung, oder?"

„Das habe ich auch noch nicht gewusst. Wusstest du das?", fragte er seine Kollegin.

Diese nickte mit dem Kopf und erklärte ihm: „Ich habe eine Zeitlang in der Abteilung für Diebstahlaufklärung gearbeitet. Dort hatte ich öfter mit solchen Delikten zu tun."

„Sodele", war das einzige, was Wald erstaunt darauf antwortete. Dann richtete er wieder seine ganze Aufmerksamkeit auf Frau Caspers.

„Am Mittwochabend haben wir Fußspuren im Container entdeckt. Steigen Ihre Mitarbeiter manchmal hinein?"

„Nein, normalerweise nicht. Keiner meiner Mitarbeitenden hat Lust in dem Müll zu wühlen. Das ist in der Regel auch nicht nötig. Wir werfen zwar die Abfälle hinein, steigen aber nicht selbst in die Container. Meine Mitarbeitenden wissen, wie sie diese gut von außen beladen können. Außerdem stinkt es oft entsetzlich in den Containern, im Sommer natürlich mehr als jetzt im Winter, das ist ein weiterer Grund, warum ich meinem Personal nicht zumuten kann, dort hinein zu steigen. Wenn ich das von meinem Personal verlangen würde, hätte ich bald keines mehr."

„Am Mittwoch befanden sich sehr viele Pakete Butter in dem Container. Können Sie uns die Chargennummern davon auch zur Verfügung stellen?", fragte Wald.

„Selbstverständlich kann ich das", erwiderte Frau Caspers und strahlte Wald an.

Er gab Frau Caspers seine Visitenkarte und bat sie, ihm die Liste mit den Namen der Mitarbeiter sowie die Chargennummern zu mailen.

Wolke hatte sich bisher völlig aus der Befragung herausgehalten. Nun stellte sie Frau Caspers auch eine Frage: „Wurde bisher schon einmal jemand beim Containern hier erwischt?"

„Das kann ich ihnen gar nicht genau sagen. Ich arbeite erst seit drei Jahren hier. Meine Mitarbeitenden und ich haben jedenfalls noch nie jemanden auf frischer Tat ertappt, falls Sie das wissen wollten." Dabei suchte ihr Blick wieder den von Wald.

Wolke lächelte in sich hinein. Das war wieder das typische Wald-Phänomen. Die Befragte hatte nur Augen für ihn und er schien es wieder einmal gar nicht zu bemerken.

Sie bedankten sich bei Frau Caspers für ihre Hilfe und verließen die Filiale.

Wolke schlug vor: „Lass uns wieder ins Büro fahren. Martin kann doch die Befragung der Hausbewohner durchführen. Dann können wir uns um die anderen Dinge kümmern. Was meinst du?"

„Ja, eine gute Idee. Wenn Martin die Befragungen durchführt, dann kommt er wenigstens mal raus." Dabei schaute Wald Wolke verschmitzt an.

Als sie wieder im Büro waren, erledigte Wolke noch etwas digitalen Papierkram und verabschiedete sich dann von Wald. Sie wünschte ihm ein schönes Wochenende, zog ihren Parka an und verließ beschwingt ihr Büro.

Sie freute sich auf ihr wohlverdientes Wochenende.

***

Nach einer unruhigen und phasenweise schlaflosen Nacht saßen Nele und Tim am nächsten Morgen wieder in der Küche am Tisch. Müde, niedergeschlagen und antriebslos guckten sie sich an.

„Mensch, jetzt habe ich meinem besten Freund Mats gestern nicht die Wahrheit gesagt. Der wird stinksauer auf mich sein, wenn er erfährt, dass wir am

Tatort waren und ihm gestern nichts davon erzählt haben", eröffnete Tim das Gespräch. „Es scheint, als würden wir uns immer mehr in die Scheiße reiten. Zuerst verlassen wir den Tatort, auch wenn wir gute Gründe dafür hatten, dann sage ich meinem besten Freund nicht die Wahrheit. Was kommt wohl noch als nächstes? Ach, ich weiß es schon!" Tim schlug sich mit der Hand vor die Stirn. „Wo bekomme ich eine neue, aber identische Jacke für Mats her?"

„Gestern Abend war einfach keine Gelegenheit, Mats und Jana die Wahrheit zu sagen. Wir waren so gut wie nie alleine mit ihnen. Joshua und Nadine waren fast die ganze Zeit dabei und die beiden kennen wir so gut wie gar nicht. Vor ihnen hätte ich nicht erklären wollen, welcher Teufel uns geritten hat, so dass wir den Tatort fluchtartig verlassen haben", versuchte diesmal Nele Tim zu beruhigen. „Außerdem, wie du schon gesagt hast, wir haben alles für das Opfer getan, was möglich war oder ist dir doch noch etwas eingefallen, was wir noch hätten machen können?"

„Eigentlich nichts, außer, dass uns die Polizei erwischt hätte, wenn wir geblieben wären. Aber auch das ist keine neue Erkenntnis. Allerdings war es schon eigenartig, wie die in schwarz gekleidete Person vor dem brennenden Opfer gestanden hat", sagte Tim gedankenverloren und starrte dabei geradeaus, so als wolle er sich das Bild noch einmal genau ins Gedächtnis rufen.

„Wie hast du die Situation wahrgenommen?", wandte er sich an Nele, „an was kannst du dich erinnern?"

„Es war schon befremdend zu sehen, wie da ein Mensch in Flammen steht und eine weitere Person davor und keine Anstalten unternimmt, demjenigen zu helfen. Das fand ich besonders gruselig und erschreckend. Die Person stand einfach nur da und es schien mir fast so, als würde sie es genießen, den Schmerz des Opfers ansehen zu können", meinte Nele in der Retrospektive. „Aber wahrscheinlich habe ich das in der Aufregung falsch interpretiert. Das kann doch nicht stimmen. Ich dachte bisher, jede Person folgt dem Impuls, einem Menschen in Not zu helfen. Ich kann mir nicht vorstellen, dass ein Individuum den Schmerz eines anderen genießt. Vermutlich habe ich die Szene falsch in Erinnerung, schließlich befand ich mich in einem Ausnahmezustand. Welchen Eindruck hattest du denn, als wir aus dem Container geschaut haben?"

„Ich glaube, du liegst gar nicht so daneben. Ich hatte auch den Eindruck, dass die Person dort zuerst abwartend stand und das Flammenszenario in sich aufsog, als würde ihr das so etwas wie Befriedigung verschaffen. Aber es ging alles so schnell. Vielleicht hat uns die Sache so sehr mitgenommen, dass wir schon Gespenster sehen. Was meinst du eigentlich, war es ein Mann oder eine Frau, die wir dort stehen gesehen haben?"

„Wenn du mich so fragst, glaube ich, es war ein Mann. Aber das ist mehr ein Bauchgefühl. Es war dunkel, es hat geregnet und die dunkle Kleidung der Person und der Kapuzenpulli, sind für mich eher typische Kleidungsstücke eines Mannes, könnten aber auch von einer Frau getragen werden. Sie stellen kein wirkliches Unterscheidungsmerkmal dar. Aber die Bewegungen, wie derjenige gelaufen ist, hat mich mehr an einen Mann erinnert. Vielleicht will ich mir aber auch nicht vorstellen, dass Frauen ebenfalls so schreckliche Taten ausführen können. Ich weiß natürlich, dass nicht nur Männer zu grausamen Handlungen fähig sind, aber die Vorstellung, dass es eine Frau war, macht für mich das ganze Geschehen noch unerträglicher, als davon auszugehen, dass es ein Mann war."

Nele lächelte verlegen.

„Ich verstehe, was du meinst. Frauen als das fürsorgliche Geschlecht, ihre Kinder liebende und beschützende Personen, da passt so eine Tat nicht ins Bild. Unabhängig davon, glaube ich aber auch, dass es ein Mann war. Die Bewegungen waren schwerfälliger als bei einer Frau und die Figur schien mir auch eher stämmiger, männlicher zu sein. Derjenige hat doch irgendetwas gesagt, hast du das auch gehört oder sogar verstanden?"

„Stimmt, das hatte ich ganz vergessen. Wenn ich jetzt so darüber nachdenke, meine ich, dass derjenige etwas gesagt hat wie: ‚Mia und Maya'. Kann das sein?"

„‚Mia und Maya' habe ich auch verstanden, aber die Person hat, meine ich, noch mehr gesagt. Es liegt mir auf der Zunge, aber ich bekomme es nicht wirklich zu fassen."

Bei seinen Überlegungen neigte Tim seinen Kopf leicht hin und her und kaute leicht auf seiner Unterlippe herum, ein untrügliches Zeichen dafür, dass er nachdachte.

„Jetzt, wo du es ansprichst, ja, ich glaube auch, dass die Person noch etwas gesagt hat. Ich kann mich allerdings im Moment auch nicht daran erinnern, was es war. Vielleicht fällt es uns später wieder ein, wenn wir nicht so krampfhaft nach den Worten suchen. Gedanklicher Abstand hilft manchmal."

„Meinst du, die schwarz gekleidete Person hat so eine Tat schon öfter ausgeführt?"

„Wie kommst du denn jetzt darauf?"

„Keine Ahnung. Wäre doch möglich. Aber es wäre eine furchtbare Vorstellung für mich." Er erschauderte bei dieser Imagination.

„Oh mein Gott, das will ich mir nicht vorstellen. Wie kommst du nur darauf? Das wäre ja noch schrecklicher," Nele schossen schon wieder Tränen in die Augen, „noch mehr Menschen, die diese Qualen erleiden mussten. Grässlich!"

„Das muss aber nicht sein", versuchte Tim sofort seine Überlegungen zu entkräften „das ist alles reine Spekulation. Aber auch aus den Worten können wir keinen Rückschluss darauf ziehen, ob es ein Mann oder eine Frau war. Wir wissen praktisch nichts über denjenigen. Wie hätten wir damit der Polizei weiterhelfen sollen? Ob wir am Tatort geblieben wären oder nicht, hätte letztlich nichts geändert, oder?"

Damit wollte er Nele und sich Mut machen, dass die Entscheidung, die er für sie beide getroffen hatte, die Richtige war, obwohl erhebliche Zweifel an ihm nagten.

„Meinst du nicht, dass die Namen Mia und Maya der Polizei weiterhelfen würden?"

„Ich kann mir nicht vorstellen, was die Polizei mit diesen zwei Namen anfangen soll. Mias und Majas gibt es viele. Lass uns lieber überlegen, wie ich an eine neue Jacke für Mats komme, denn das wird ein echtes Problem. Er hängt so an seiner Jacke und ich musste harte Verhandlungen führen, damit er sie mir ausgeliehen hat", wechselte Tim das Thema, um Nele abzulenken und auf andere Gedanken zu bringen.

„Seine Oma, du weißt welche Oma ich meine, oder? Ich spreche von seiner Lieblingsoma, die vor ein paar Monaten gestorben ist. Sie hat ihm die Jacke kurz vor ihrem Tod geschenkt. Deshalb hängt er so an der Jacke. Sie erinnert ihn immer an die alte Dame."

„Das wird wirklich hart, das glaube ich gerne. Aber was ist eigentlich aus der Jacke geworden? Ich weiß nur, dass du sie auf den Hänger geworfen hast und wir sie mit den Lebensmitteln aus dem Container in die Wohnung gebracht haben. Sie hat fürchterlich nach Rauch gestunken", erinnerte sich Nele und schnupperte in der Luft, wie ein Hase, der die Witterung der Jacke aufnehmen wollte.

„Die Jacke habe ich gestern mit zur Uni genommen und dort in einen der Kleidercontainer geworfen. Ich wollte diese stinkenden Reste einfach nicht hier in der Wohnung haben. Sie war nicht mehr zu retten. Vermutlich muss ich Mats reinen Wein einschenken und zu Kreuze kriechen, dass ich seine Jacke nicht mehr habe. Aber ich glaube, es ist sowieso besser, wenn ich ihm die ganze Wahrheit sage. So wie ich Mats kenne, wird er verstehen, was ich gemacht habe. Eigentlich weiß ich gar nicht, was in mich gefahren ist, dass ich die ganze Zeit versuche die Geschehnisse dieser Nacht zu vertuschen. Vielleicht sollten wir doch zur Polizei gehen und uns stellen."

„Tim, bisher warst du strikt dagegen. Lass uns noch einmal über alles nachdenken und gib uns noch etwas Zeit, alles zu verkraften. Dann können wir in den nächsten Tagen immer noch zur Polizei gehen, wenn wir es dann für die bessere Lösung halten."

„So machen wir es."

SAMSTAG, 12. DEZEMBER

Vera schlug die Augen auf und räkelte sich wohlig in ihrem Bett.
Samstag! Wochenende! Frei!
Schnell sprang sie aus dem Bett, zog sich an, nahm ihren Einkaufskorb und war schon auf dem Weg zum Klettenberger Wochenmarkt.

Immer wenn sie samstags frei hatte, gehörte der Gang zum Markt zu ihren Lieblingsbeschäftigungen, die sie sich ungern nehmen ließ. Sie genoss das bunte Treiben des Marktes mit seinen zahlreichen Ständen. Hier konnte sie an der frischen Luft ihre Einkäufe erledigen und mit den Händlern oder Bekannten, wie alle anderen auch, ein ‚Schwädchen' halten, wenn es sich ergab.

„Hallo Vera, auch wieder auf dem Markt unterwegs", begrüßte sie eine alte Schulfreundin.

„Hallo Regina. Das gehört zum Samstag einfach dazu, oder siehst du das anders?"

Regina schüttelte den Kopf und meinte: „Sei mir nicht böse, aber ich muss weiter. Ich hab gleich einen Friseurtermin. Bis bald," und schon war Regina zwischen den anderen Marktbesuchern verschwunden.

Die Vielfalt des Angebotes erstaunte Vera immer wieder aufs Neue. Neben Käse-, Fisch-, Fleisch-, Brot-, Gewürz- und Eierständen boten auch die Bauern aus der näheren Umgebung ihre Waren an.

Es gab Bio- und regionale Produkte an Obst und Gemüse in großer Auswahl, aber auch exotische Früchte wurden angeboten. Schuhe, Pullover, Hosen, Jacken, Röcke, Mäntel, Mützen und Kappen - auch hier bot sich dem Besucher ein großes Angebot. Diverse Blumenstände und Haushaltsartikel rundeten das Warensortiment ab.

Was Vera aber am meisten an diesem Markt mochte, war die Stimmung und das bunte Treiben, das sich ihr hier immer wieder bot. Hier schien das Leben zu pulsieren, die Geräuschkulisse war dementsprechend hoch. Junge und alte Leute, Männer und Frauen, Eltern mit Kindern, Herrchen oder Frauchen mit Hund oder Hunden, gleichgeschlechtliche Paare, verkaterte Twens, Menschen mit unterschiedlichen Hautfarben und den verschiedensten kulturellen Hintergründen gingen hier ein und derselben Tätigkeit nach, die sie auf wundersame Weise zu verbinden schien.

Vera brachte ihre Einkäufe nach Hause und war bereits in froher Erwartung, wie der Tag sich noch gestalten würde. Sie hatte von ihrer Tante Renate einen Gutschein zum Geburtstag für einen Kochkurs im Ambrosino auf der Sülzburgstraße geschenkt bekommen. Dort hatte sie sich für heute nachmittag zu einem Kochkurs unter dem Motto ‚Eine kleine kulinarische Reise durch Italien' angemeldet. Der Titel hörte sich für sie nach Urlaub, Sonne und Urlaubsflirt an. Da sie Köln ungern verließ, konnte sie so der Vorstellung frönen eine kurze, kulinarische Reise nach Italien zu unternehmen. Das musste Urlaub genug sein, aber vor allem Kontrastprogramm zu ihrer

Arbeit. Das war das Hauptziel, was der Nachmittag und Abend für sie bringen sollte. Entspannung und kulinarischer Genuss pur. Die Vorfreude auf einen Gaumengenuss machte sich bereits in ihr breit.

In Vorfreude auf den Kochkurs, ein Lied trällernd, ging Vera unter die Dusche und schminkte sich anschließend dezent, aber so, dass ihr Gesicht an den richtigen Stellen vorteilhaft betont wurde. Ihre blonden Locken umrahmten dazu weich ihr Gesicht. Anschließend zog sie ein türkisfarbenes Kleid an, das ihre natürliche Weiblichkeit vorteilhaft hervorhoben. Anstelle der sonst üblichen Turnschuhe zog sie cremefarbene Stiefeletten mit Strassbesatz am Schaft und einem flachen Absatz an. Zum Schluss begutachtete sie sich im Spiegel und war mit dem Ergebnis höchst zufrieden. Ja, Kontrastprogramm, auch was ihre Kleidung betraf. Jetzt konnte ein geselliger Nachmittag und Abend mit hoffentlich netten Menschen losgehen.

***

Andreas Teichner saß in seiner gemütlichen Wohnküche und las in Ruhe, mit einer Tasse Kaffee vor sich, die Tageszeitung. Nach einer arbeitsreichen Woche genoss er es, die Wochenendausgabe des Kölner Stadtanzeigers ausführlich und in aller Ruhe lesen zu können. Bisher hatte er für heute noch nichts vor, was selten vorkam. Daher trödelte er vor sich hin und genoss den Zustand keinen Termindruck zu haben in vollen Zügen. Sein Handy klingelte.

Schluss mit der Ruhe.

Er schaute auf das Display: ‚Britta Schönwald' stand dort zu lesen. Britta war seine Schwester.

Warum ruft sie an? Was kann sie von mir wollen?

„Hallo Britta, wie geht es dir?"

„Du triffst wie immer sofort des Pudels Kern. Schlecht geht es mir, sogar ausgesprochen schlecht. Ich habe mal wieder furchtbare Migräne."

„Das tut mir wirklich Leid, Schwesterherz. Aber deswegen rufst du doch bestimmt nicht an, wie ich dich kenne, oder? Also, was hast du auf dem Herzen? Was kann ich für dich tun?"

„Ich habe für heute Nachmittag einen Kochkurs im Ambrosino gebucht und mich so auf diesen Nachmittag gefreut. Aber mit der Migräne sehe ich mich außer Stande daran teilzunehmen. Wenn ich schon nur an Essen denke, wird mir übel. Geschweige denn, Essen riechen müssen. Das schaffe ich heute einfach nicht. Deshalb habe ich an dich gedacht. Es wäre doch zu schade, wenn ein Platz bei diesem Event leer bliebe. Bezahlt habe ich schon. Kannst du nicht für mich einspringen?"

„Ich hatte mich gerade auf einen richtig faulen Samstag mit nichts tun gefreut."

„Aber kochen ist doch keine Arbeit für dich. Dabei kannst du dich super entspannen und abschalten. Jedenfalls sagst du das immer. Außerdem kochst du doch gerne und gut. Vielleicht lernst du noch neue kulinarische Köstlichkeiten kennen", gab Britta sich noch nicht geschlagen, „und es findet auch eine Verkostung mit italienischen Weinen statt."

Damit hoffte sie ihren Bruder endgültig rumzukriegen. Andreas war Weinkenner und -liebhaber. Er würde sich die Aussicht auf eine Wein-Verkostung doch sicherlich nicht entgehen lassen, hoffte sie.

„Du weißt immer noch genau, wie du mich um den Finger wickeln kannst", schmunzelte Andreas, „das ist dir schon als kleines Mädchen immer gut gelungen. Also gut, wann und wo findet der Kochkurs statt?"

***

Kurz vor 16.00 Uhr betrat Andreas das Ambrosino auf der Sülzburgstraße. Er stellte sich bei Tonio, dem Leiter und Organisator des Kochkurses vor.

„Guten Tag, mein Name ist Andreas Teichner und ich soll meine Schwester, Britta Schönwald, hier vertreten, da es ihr gesundheitlich heute nicht gut geht. Ich hoffe, das ist für Sie in Ordnung."

„Für mich ist das kein Problem. Ich hoffe, für Frau Wolke auch nicht, denn ich hatte sie und ihre Schwester als Kochteam eingeplant. Ich weiß natürlich nicht, ob Frau Wolke bereit ist mit einem Mann gemeinsam zu kochen."

„Aber setz dich erst einmal an den Tisch da hinten. Wir duzen uns hier immer alle. Ich darf doch Andreas zu dir sagen?"

Er nickte und setzte sich an den langen Tisch mit Blick auf die Tür. Gerade als er saß, öffnete sie sich und eine Frau betrat den Raum.

Der Anblick dieser Frau elektrisierte ihn, als hätte ein Blitz eingeschlagen. Sein Herz begann zu rasen und er schnappte leicht nach Luft. Sie war außergewöhnlich groß, blond und, wie er fand, sehr attraktiv. So etwas hatte er hier im Ambrosino nicht erwartet. Aber was hatte er erwartet? Eigentlich gar nichts, wenn er ehrlich war. Jedenfalls konnte er den Blick nicht von ihr abwenden.

So muss sich Liebe auf den ersten Blick anfühlen.

Was ist denn nur mit mir los? Bin ich noch bei Sinnen? Ich habe doch noch gar keinen Alkohol getrunken. Was passiert hier gerade mit mir? So etwas kenne ich doch sonst gar nicht.

Seine Gedanken überschlugen sich. *Komm mal wieder auf den Boden der Tatsachen zurück, alter Kumpel*, redete er sich selber gut zu. Liebe auf den ersten Blick gab es seiner Meinung nach doch gar nicht, da war er sich bisher absolut sicher gewesen. So eine Reaktion auf eine Frau war ihm in seinen siebenundvierzig Lebensjahren noch nicht vorgekommen.

Tonio begrüßte die Frau und half ihr aus dem Mantel.

Sie sieht umwerfend aus. Das Kleid betont ihre Weiblichkeit auf dezente Art und Weise.

Dann steuerte Tonio auf den Tisch zu, an dem er saß und stellte Andreas vor: „Vera, das ist Andreas. Andreas, das ist Vera. Er ist für seine Schwester eingesprungen, deshalb bildet ihr zwei heute zusammen ein Kochteam. Ist das für dich in Ordnung mit einem Mann gemeinsam zu kochen?"

„Wenn es für Andreas in Ordnung ist mit einer Frau zu kochen, habe ich nichts dagegen", antwortete Wolke amüsiert, als sie sah, dass Andreas eine leichte Röte ins Gesicht stieg.

„Vera, wenn du möchtest, setz dich doch schon mal neben Andreas, dann könnt ihr euch bereits ein bisschen kennenlernen. Bis wir mit den Vorbereitungen für das Essen beginnen, wird es noch etwas dauern."

Vera setzte sich neben Andreas an den Tisch und schlug ihre langen Beine mit den Stiefeletten übereinander, so dass es Andreas den Atem verschlug.

Was löst diese Frau bloß bei mir aus? Sie macht den reinsten Idioten aus mir.

Vera musterte ihren Nachbarn und sah einen gut aussehenden Mann, sie schätzte ihn auf Mitte bis Ende vierzig mit einem markanten Kinn, einem Dreitage-Bart, kurz geschnittenen, schwarzen Haaren und leuchtend grünen Augen. *So grüne Augen habe ich noch nie gesehen.* Deshalb schaute sie ihrem Nachbarn noch einmal extra tief in selbige.

Als alle Teilnehmer anwesend waren, erklärte Tonio noch einige Dinge zum Ablauf des weiteren Vorgehens und zu der Auswahl der Rezepte. Dann entließ er alle Teams in ihre Kochkojen.

„Kommst du mit mir in die Koje?", forderte Andreas Vera auf.

Vera sah ihn verschmitzt an und fragte keck mit einem Augenzwinkern zurück: „Wir kennen uns gerade mal ein paar Minuten und schon fragst du mich, ob ich mit dir in die Koje komme. Bist du immer so schnell und direkt?"

„Würdest du dich denn darauf einlassen?"

Gott sei Dank hatte Andreas seine innere Ruhe wieder gefunden und war in der Lage auf den lockeren Ton von Vera einzugehen. Einladend schaute er sie an. „Dann hab ich dich ja richtig eingeschätzt.

Wenn es was zu essen gibt, bist du immer dabei? Stimmt's? Na, was ist? Kommst du nun mit?"

Vera stand auf und folgte Andreas zu der Küchenkoje. Beide lachten fröhlich und die Stimmung war angenehm entspannt.

„Das fängt ja gut mit dir an", stellte Andreas amüsiert fest. „Bist du immer so schnell für einen Flirt zu haben?"

„Wenn die Umgebung passt, ich mich wohl fühle und nicht arbeiten muss, warum nicht?"

„Aha, also nur am Wochenende", schlussfolgerte Andreas belustigt.

„Nein, manchmal auch während der Woche, wenn ich meinen freien Tag habe."

„Heißt das dann etwa, während der Woche bist du meist mies drauf?"

„Nein, nicht unbedingt mies, aber während der Arbeit kann ich mich nicht so gehen lassen, wie ich es in meiner Freizeit gerne tue. Aber so wie jetzt, hier, kann ich meiner Alltagsroutine entfliehen und das machen, was mich entspannt und mir Freude bereitet. So kann ich zumindest versuchen, die schönen Seiten des Lebens in vollen Zügen zu genießen, was ich gerade auch mache."

„Ansonsten, so schlimm?"

„Manchmal schon. Wie sieht es denn bei dir aus? Was machst du denn die Woche über?", wechselte Vera schnell das Thema, um nicht mehr über ihre Arbeit preisgeben zu müssen.

„Das willst du nicht wirklich wissen. Mein Beruf verführt dazu, dass mich viele Menschen direkt in eine bestimmte Schublade stecken, die mir gar nicht gefällt."

„Verführt nur dein Beruf oder gibt es bei dir noch mehr Verführungspotential?", flirtete Vera sehr offensichtlich mit Andreas weiter.

„Ich bin auch sehr empfänglich für kulinarische Verführungen", gab Andreas schlagfertig zurück. „Wie sieht es da bei dir aus?"

„Erwischt, da lasse ich mich auch immer wieder gerne verführen, sowohl herzhaft als auch süß."

„Um aber wieder auf das eigentliche Thema zu kommen. Was machst du nun beruflich?", hakte Vera in bester beruflicher Befragungsart nach. Den Fisch bloß nicht von der Angel lassen. „So schlimm wird es schon nicht sein. Also raus mit der Sprache."

„Wenn du es unbedingt wissen willst ... willst du es wirklich wissen?", vergewisserte sich Andreas nochmals und schaute diesmal Vera tief in die Augen.

„Klar, will ich es wissen, wenn du schon so ein Geheimnis daraus machst."

„Also gut, mal sehen, wie du darauf reagierst. Ich bin Staatsanwalt bei der Staatsanwaltschaft hier in Köln. Momentan arbeite ich überwiegend am Landgericht auf der Luxemburger Straße."

Einen Moment schaute Vera irritiert, hatte sich jedoch schnell wieder im Griff.

„Dein Blick sagt mir, du bist nicht glücklich mit dieser Enthüllung, wie die meisten Menschen."

Vera lachte. „Welche Schublade meinst du eigentlich? Spielst du darauf an, dass Staatsanwälte einen

Stock im Hintern haben? Da hast du mich ja schon eines besseren belehrt."

„Woher weißt du das mit dem Stock im Hintern? Das ist eher ein Insider Witz unter Juristen. Arbeitest du etwa auch in diesem Umfeld?"

„Nein, überhaupt nicht. Ich habe eine Freundin, die arbeitet bei der Polizei. Da muss ich das irgendwie aufgeschnappt haben."

„Ich bin gerne Staatsanwalt. Ich finde es ist wichtig, dass Menschen angemessen bestraft werden, wenn sie Unrecht begangen haben, besonders, wenn sie anderen Menschen damit Schaden zugefügt haben."

„Der Ansatz gefällt mir. Mach weiter so, Herr Staatsanwalt." Vera prostete Andreas mit ihrem Prosecco zu, den Tonio vorbeigebracht hatte.

Sie flirtete weiter mit Andreas, schaute ihm für einen langen Augenblick tief in seine Augen und fragte dann: „Machen deine grünen Augen den Frauen eigentlich immer so viel Hoffnung?"

Er war einen kurzen Moment irritiert. „Grün Hoffnung? Hoffnung auf was?", dabei sah er Vera verständnislos an.

„Ja, grün ist die Farbe der Hoffnung, wusstest du das nicht?"

„Äh, nein? Was willst du mir damit sagen? Ich stehe anscheinend echt auf dem Schlauch."

„Na, Hoffnung auf ein leckeres Essen", lachte Vera und blickte ihm nochmals länger als nötig in seine strahlend grünen Augen.

„Komm lass uns endlich mit den Vorbereitungen für das Essen weitermachen, sonst sind die anderen fertig und bei uns kommt nichts auf den Tisch."

Sie beobachtete, wie geschickt Andreas sich bei den Vorbereitungen anstellte. Sie unterhielten sich während der gesamten Vorbereitungszeit über alle möglichen Themen und stellten fest, dass sie viele gemeinsame Interessen hatten, wie zum Beispiel, dass sie beide gerne kochten und Brot backten.

Sie lachten viel, schienen also auch die gleiche Art von Humor zu besitzen und verbrachten gemeinsam schöne, unterhaltsame Stunden.

Von der Wein-Verkostung, auf die sich Andreas besonders gefreut hatte, bekam er vor lauter flirten gar nichts mit. Kurz bevor das Dessert verzehrt wurde, fragte Andreas: „Was machst du eigentlich beruflich? Ich habe dir verraten, was ich mache, dann verrate du mir doch auch, was deine Profession ist."

Sie überlegte einen kurzen Augenblick und sagte dann: „Ich bin Friseurin."

„Friseurin?"

„Ja, Friseurin. Tut mir leid, wenn ich anscheinend nicht deinen Vorstellungen einer Friseurin entspreche. Geht da bei dir gerade eine Schublade auf?"

„Vielleicht. ... Aber mit diesem Beruf hätte ich dich jetzt nicht in Verbindung gebracht."

Am Ende des Kurses verabschiedeten sich die Teilnehmer voneinander und Andreas fragte: „Können wir unsere Telefonnummern tauschen? Ich fände es schön, wenn wir unsere nette Bekanntschaft bei einem guten Essen bald fortsetzen könnten. Ich koche auch, versprochen."

Dabei schaute er Vera jungenhaft, aufgeregt an.

Diese hatte bereits ihren Mantel an und verabschiedete sich: „Es war wirklich ein schöner Abend mit dir. Ich melde mich."

Damit war sie auch schon aus der Tür und Andreas blickte ihr überrumpelt hinterher. Er starrte erstaunt die nun geschlossene Türe an. *Was für eine faszinierende Frau! War es das nun? Ein schöner Nachmittag und Abend? Wie kann sie sich bei mir melden, ohne meine Anschrift oder Telefonnummer zu haben?*

SONNTAG, 13. DEZEMBER

Am nächsten Morgen nach einem späten Frühstück zog Vera ihre Laufsachen an und joggte direkt von zuhause los. Sie hatte kein bestimmtes Ziel im Sinn, sondern lief einfach immer ihren Füßen hinterher.

Während sie joggte beschäftigten sich ihre Gedanken noch einmal mit dem gestrigen Tag.

Der Kochkurs war durch die Anwesenheit von Andreas zu einem echten Highlight geworden und die Zeit wie im Fluge vergangen. Von dem eigentlichen Kochgeschehen, stellte sie fest, hatte sie so gut wie gar nichts mitbekommen. Die Emotionen, die Andreas bei ihr ausgelöst hatte, waren zu intensiv gewesen. Sie war sich sicher, dass sie ihn anrufen und ein weiteres Treffen vereinbaren würde. Danach würde sie bestimmt besser abschätzen können, ob das gestrige Treffen eine Eintagsfliege war oder ob vielleicht mehr daraus werden könnte.

Aber warum musste er ausgerechnet Staatsanwalt sein? Gut, dass sie ihm erzählt hatte, sie wäre Friseurin. Das sollte auch erst einmal so bleiben. So würde sie ihn unverkrampft weiter kennenlernen, ohne dass ihre Berufe ihnen womöglich dabei im Wege stünden und sie befürchten mussten, dass Klatsch und Tratsch die Runde machen würden. Die Buschtrommeln zwischen Polizei und Staatsanwaltschaft funktionierten in Köln, wie sie schon oft genug erlebt hatte, sehr schnell und gut, im Gegensatz zu den anhängigen Strafverfahren, wo sie sich oft eine schnellere Bearbeitung wünschte.

Bei der Bürokratie versagte der kölsche Klüngel, bei der Gerüchteküche klappte er hervorragend. Manchmal war er eben Fluch und manchmal Segen. In ihrem Fall aber eher Fluch. Nicht, dass sie am Ende nur noch Fälle mit Andreas hoch und runter diskutierte, kein seltenes Phänomen, wenn Staatsanwaltschaft und Polizei aufeinandertrafen.

So entspannt wie gestern wünsche ich mir auch die nächsten Treffen.

Beim Joggen bekam sie meistens den Kopf frei. Wenn sie lief, stellte dieser nach einiger Zeit einfach auf Automodus um und ihre Gedanken verselbständigten sich. Es schien ihr ein Zustand irgendwo zwischen Wachsein und Traum, eine Art Tagtraum oder Trance. Oft kamen ihr in diesem Zustand die besten Ideen oder Lösungsansätze zu ihren Fällen ebenso wie zu anderen Themen ihres Lebens, die sie beschäftigten.

Der gleichmäßige Rhythmus ihrer Schritte, gepaart mit einer tiefen, regelmäßigen Ein- und Ausatmung während des Laufens, ließ sie langsam und unmerklich in diesen Zustand hinübergleiten. Ihre Gedanken suchten scheinbar alleine nach einem Thema, mit dem sie sich beschäftigen wollten, ebenso wie sich ihre Füße während des Joggens verselbständigten und alleine einen Weg einschlugen.

Wer mag der Obdachlose nur sein? Bisher haben wir keinerlei Hinweise auf seine Identität und lang-

sam gehen uns auch die Ideen aus, wie wir es herausfinden könnten. Bisher fischen wir im Trüben. Bleiben uns noch andere Optionen, um herauszufinden wer er ist? Bisher jedenfalls, haben wir noch keinen vielversprechenden Ansatz gefunden. Eine DNA Analyse ist angeleiert, ebenso die Zeugenbefragung. Welche Möglichkeiten bleiben uns also noch? Vermisstenmeldungen durchgehen, Aufruf in den sozialen Medien oder Zeitungen, vielleicht Herr oder Frau Zufall, Suchradius ausweiten? Haben wir bisher vielleicht etwas Wesentliches übersehen? Hm, ist immer möglich. Also, aufmerksam bleiben und nicht resignieren. Vielleicht tut sich irgendwo eine Tür auf, mit der wir noch gar nicht rechnen. Aber worauf sollen wir uns fokussieren? Kann uns der Inhalt der IKEA-Tasche vielleicht doch weiter bringen? Aber die SpuSi und auch Martin sind an allem dran. Mehr gibt die Tasche einfach nicht her. Denken wir womöglich nicht kreativ genug? Sind wir zu sehr in unseren üblichen Denkmustern gefangen? Aber gibt es überhaupt kreativere Möglichkeiten? Vermutlich, schon. Müssen wir vielleicht die Perspektive ändern, so dass wir einen anderen Blick auf den Fall bekommen? Muss ich noch einmal drüber nachdenken, denn momentan fällt mir gerade keine alternative Herangehensweise ein. Vermutlich sollten wir erst einmal abwarten, bis alle bisherigen Erkenntnisse vorliegen, zusammengetragen sind und wir sie ausgewertet haben. Dann ergibt sich vielleicht ein Anhaltspunkt. Aber, was könnte das Motiv des Täters sein? Ohne die Identität des Opfers, werden wir wohl keins ausmachen können. Das heißt aber auch, ohne werden wir dem Täter keinen Schritt näher kommen. Also ... welches sind überhaupt die häufigsten Tatmotive? ... Wut? ... Neid? ... Rache? ... Eifersucht? ... Niedrige Beweggründe? ... Selbstgerechtigkeit? Ohne die Identität des Opfers und ein konkretes Motiv könnte jedes der häufigsten Tatmotive zutreffen, würde ich vermuten. Auffällig ist auf jeden Fall die Grausamkeit der Tat. Ein Opfer anzünden ist eine besonders qualvolle Art des Tötens. Dem Opfer sind definitiv besondere Qualen und Schmerzen zugefügt worden, das steht außer Frage. Kann hier der Schlüssel zu unserem Fall liegen? Welches dieser Tatmotive könnte hinter so einer grausamen Tat stecken?

Vielleicht Wut oder Rache? Vorstellen könnte ich mir auch Eifersucht als Motiv oder eine Kombination aus diesen Motiven. Selbstgerechtigkeit wäre auch noch ein Motiv für solch eine Tat. Aber ohne einen konkreten Kontext, ergeben sich keine Anhaltspunkte für ein Motiv und somit auch keine Hinweise auf einen möglichen Täter. Wir stecken hier wirklich in einem Dilemma.

Nun erst nahm sie ihre Umgebung wieder wirklich wahr.

Wo bin ich hier? Wohin bin ich gelaufen?

Sie schaute sich um und stellte fest, dass sie Richtung Kaiser-Wilhelm-Ring gejoggt war.

Wenn ich jetzt schon einmal hier bin, kann ich mich bei den Obdachlosen, die hier ihr Revier haben, direkt einmal umhören. Vielleicht erfahre ich etwas, was uns weiterhilft. Schaden kann es jedenfalls nicht.

Vielleicht hat doch jemand aus der Szene etwas mitbekommen, und weiß, wer unser Obdachloser ist oder ob jemand aktuell vermisst wird. Eventuell hat jemand etwas über einen Zwist unter Obdachlosen mitbekommen. Einen Versuch ist es auf jeden Fall wert.

An der nächsten Ecke saßen einige Obdachlose auf ihren Kartondeckeln auf dem Boden und tranken trotz der kalten Jahreszeit ihr Kölsch.

Sie lief zielstrebig auf die Gruppe zu und fragte: „Hört mal, habt ihr mitbekommen, was mit dem Obdachlosen in der Trierer Straße passiert ist?"

Einer der Männer grinste sie an und fragte seinerseits: „Warum interessiert dich das? Kümmert sich doch eh keiner drum. War doch nur ein Obdachloser."

„Kümmert sich wohl einer drum", sagte Wolke zu dem verdutzten Mann. „Ich kümmere mich darum. Ich bin Kriminalhauptkommissarin Vera Wolke und bearbeite den Fall. Aber ich brauche eure Hilfe, denn ich weiß immer noch nicht, wer der Mann ist, der angezündet wurde. Habt ihr etwas gehört oder mitbekommen?"

Sie schaute jeden Einzelnen aus der Gruppe eindringlich an. Die meisten hoben bedauernd die Schultern oder schüttelten den Kopf.

„Wisst ihr, ob es Streit mit anderen Obdachlosen gab wegen eines Schlafplatzes oder ähnlichem?"

Wieder nur Kopfschütteln und Schulterzucken.

„Habt ihr mitbekommen oder etwas gehört, ob einer von euch vermisst wird?"

„Nä, hammer nit. Do joff et nix. Vun unsere Fründe sin alle noch do", sagte eine der Frauen. „Mir künne dir nit helfe. Deit uns leid."

„Könnt ihr euch etwas umhören? Ich will, dass derjenige, der das getan hat, bestraft wird. Wenn ihr irgendwas hört, sagt dem nächsten Polizeibeamten Bescheid. Ich heiße Wolke, wie die weißen Dinger am Himmel. Ihr erreicht mich auf dem Polizeirevier Sülz."

„Mache mer, Frau Kommissarin", versprach einer der Männer und prostete ihr zu.

„Maad et jood un passt op üch op", verabschiedete Wolke sich von der Gruppe.

Ob wir so jemals ans Ziel kommen und herausfinden werden, wer der Obdachlose ist?

Sie seufzte leicht. Manchmal war Polizeiarbeit echt mühsam.

Auf den Ringen war wie immer viel los. Das Leben der Stadt pulsierte, besonders kurz vor Weihnachten. Ein buntes Treiben war zu beobachten. Familien schoben Kinderwagen vor sich her, Kinder liefen um die Wette, ältere spazierten über die Gehwege. Unterschiedliche Menschen aller Altersgruppen, egal ob mit Stock, Rollator, Skateboard oder Inline Skatern bevölkerten die Ringe. Sie unterschieden sich zum Teil in ihrer Glaubenszugehörigkeit, Hautfarbe oder sexuellen Orientierung aber was sie vereinte, war das Vergnügen durch das vorweihnachtliche Köln mit seinen Lichtern und weihnachtlich geschmückten Ladenlokalen zu flanieren. Dieser Strom aus Menschen, der sich langsam auf dem Gehweg voran bewegte und aus dem heraus sich manchmal kleine Gruppen bildeten, die zusammen standen und sich unterhielten, spiegelte die Weltoffenheit Kölns sichtbar wider.

Fahrradfahrer fuhren warm angezogen über die viel zu schmalen Radwege und der Autoverkehr ruhte nur kurz, wenn die Ampeln auf rot standen.

Wolke wollte sich gerade auf den Weg nach Hause machen und trabte wieder an, als von hinten ein lautes, nerviges Fahrradklingeln zu vernehmen war.

Welcher Idiot klingelt denn hier wie verrückt? Ich jogge doch gar nicht auf dem Radweg.

Im nächsten Moment hörte sie bereits ein munteres: „Hallöle, Wolke. Was machscht du denn hier?"

Vera drehte sich um und schaute direkt in das fröhliche Gesicht ihres Kollegen Wald.

„Ich war joggen und du?"

„Ich war im Fitnessstudio trainieren und anschließend noch in der Sauna. Herrlich war es. Jetzt bin ich wieder fit für die nächste Woche."

Von einem Augenblick zum nächsten wurde Wald ganz hektisch und aufgeregt. Seine Worte schienen nicht schnell genug aus seinem Mund sprudeln zu können.

„Wolke, schau, der Rucksack bei der Frau auf dem Fahrrad. Siehst du?"

Wald zeigte mit seiner Hand in eine Menschenmenge Richtung Hohenstaufenring.

„Der sieht aus wie der, den wir suchen, und daneben fährt ein Mann mit einem Hänger am Fahrrad."

Wolke sah vor lauter Menschen nichts. Es waren einfach zu viele Leute unterwegs.

Noch bevor Wald ganz zu Ende gesprochen hatte, saß er auch schon auf seinem Fahrrad, beschleunigte direkt und fuhr mit mindestens 35 km/h hinter den Personen mit dem Rucksack her.

Noch sah er die junge Frau mit dem Rucksack in einiger Entfernung vor sich fahren, aber im nächsten Moment musste er hart in die Bremsen steigen, wobei er beinahe kopfüber über den Lenker seines Fahrrades abgestiegen wäre, weil eine ältere Dame mit Rollator plötzlich mitten auf dem Radweg stand.

Sie erschrak heftig und fuhr Wald an: „Junger Mann, müssen Se denn so rasen? Dat is ja lebensjefährlich hier: für Sie und für misch. Die Fußjängerampel steht doch auf jrün, dann müssen Se ja bei rot über die Ampel jefahren sein!"

Tadelnd sah die ältere Dame Wald an.

„Tut mir wirklich sehr leid. Ich wollte Sie nicht erschrecken. Ist alles in Ordnung mit Ihnen?"

Er schaute nach vorne den Hohenstaufenring hinunter Richtung Salierring und suchte mit den Augen nach der Fahrerin mit dem pinken Rucksack. *Wo ist sie bloß geblieben?* Er konnte sie nirgendwo mehr sehen.

„Die Polizei sollte hier viel öfter kontrollieren, damit so Rowdys wie Sie hier keinen Schaden anrichten können, junger Mann", schimpfte die alte Dame weiter, „dabei machen Se an sich einen recht sympathischen und vernünftigen Eindruck."

Gut, dass die Dame nicht weiß, dass ich von der Polizei bin, sonst würde der Ruf der Polizei noch schlechter, als er sowieso schon ist.

„Kann ich Ihnen noch irgendwie helfen", fragte Wald die Frau und schaute weiter in die Richtung, in die die junge Frau mit dem Rucksack gefahren war.

„Se sind ja immer noch abjelenkt und nicht bei der Sache, junger Mann. Wat jibt et denn da hinten zu entdecken, wenn Se nicht aufpassen, bauen Se jleich noch ene Unfall."

Er konnte die junge Frau nicht mehr ausmachen. Von ihr und dem Rucksack war weit und breit nichts mehr zu sehen.
Mist.
Er lächelte der älteren Dame freundlich zu und versuchte sie zu beruhigen. „Sie haben recht, kommen Sie, ich helfe Ihnen über die Straße, damit Sie sicher drüben ankommen."
Das war es dann wohl mit meiner Verfolgung.

***

Nele und Tim fuhren mit ihren Rädern über die Ringe nach Hause. Sie hatten Neles Eltern in der Nähe des Ebertplatzes besucht, da Neles Mutter gestern wieder einmal starke Migräne gehabt hatte.

Nele hatte morgens einen Apfelkuchen gebacken, natürlich mit überwiegend geretteten Lebensmitteln. Das würde sie ihren Eltern aber nicht sagen. Sie hatte ihnen schließlich versprochen, mit dem Containern aufzuhören.

Heute war Neles Geburtstag und ihre Eltern hatten an sich zu ihnen kommen wollen.

Am Vormittag hatte ihr Vater angerufen und Nele zum Geburtstag gratuliert.

„Alles Liebe zum Geburtstag, mein Schatz. Wir können heute nicht kommen. Tut mir wirklich leid. Aber Mama hatte gestern wieder fürchterliche Migräne und es geht ihr immer noch nicht gut. Ich möchte sie ungerne alleine lassen. Aber warte, ich geb sie dir mal".

Anscheinend reichte ihr Vater das Handy weiter an ihre Mutter, denn Nele hörte plötzlich die Stimme ihrer Mutter: „Guten Morgen mein Schatz. Alles, alles Liebe zum Geburtstag, auch von mir".

„Danke Mama, Papa sagt, es geht dir nicht gut. War es wieder so heftig mit der Migräne?"

„Ach, du weißt doch, meistens kommt es aus heiterem Himmel und dauert immer unterschiedlich lange. Ich hatte gehofft, dass ich heute wieder fit bin. Gestern habe ich schon Onkel Andreas zu meinem Kochkurs geschickt, auf den ich mich so gefreut hatte. Aber ich muss mich noch etwas hinlegen und Papa will ohne mich nicht zu euch kommen, obwohl ich ihm gesagt habe, er könne mich getrost alleine lassen. Aber du kennst ihn ja. Sei nicht traurig. Wir sehen uns dann ein anderes Mal."

„Wie wäre es denn, wenn wir zu euch kommen, Mama? Dann kannst du dich noch etwas hinlegen und Papa muss nicht aus dem Haus. Wenn du wieder wach bist und dich besser fühlen solltest, kannst du dich zu uns gesellen und wenn nicht, bleibst du einfach im Bett liegen. Na, was hält du von meinem Vorschlag? Schließlich habe ich nur einmal im Jahr Geburtstag, oder?"

„Das hört sich nach einem perfekten Plan an. Dann sage ich Papa Bescheid, dass ihr kommt. Er freut sich bestimmt riesig, euch doch noch zu sehen."

Kurz nach eins machten sich Nele und Tim auf den Weg zu Neles Eltern. Den Kuchen hatten sie in Tims Fahrradhänger gestellt, so dass sie ihn gut transportieren konnten. Nele hatte wieder, wie immer, ihren pinkfarbenen Rucksack auf dem Rücken.

Nele beschwor Tim: „Wir erzählen meinen Eltern nichts von unserem nächtlichen Erlebnis am Container und vermeiden möglichst das Thema ‚Containern'. Ich möchte einen friedlichen Geburtstag. Kannst mir das versprechen?"

„Als ob ich dir einen Wunsch abschlagen könnte; und dann auch noch an deinem Geburtstag. Abgemacht, wir versuchen das Thema zu vermeiden."

„Du bist ein Schatz."

Nachdem sie ihre Räder vor dem Haus von Neles Eltern abgestellt und abgeschlossen hatten, nahm Tim noch den Kuchen aus dem Hänger, bevor Nele bei ihren Eltern klingelte.

Neles Vater öffnete ihnen die Tür und beide betraten den Flur. Nele umarmte ihren Vater und gab ihm einen Kuss auf die Wange. Ihr Vater drückte sie fest an sich und gratulierte ihr nochmals ganz herzlich.

Dann begrüßte er Tim freundlich und nahm ihm den Kuchen ab.

„Mama schläft noch. Kommt, lasst uns am besten direkt ins Wohnzimmer gehen. Ich habe schon den Tisch gedeckt und Kaffee aufgestellt."

Sie hatten gerade die ersten Kuchenstücke auf den Tellern verteilt, als Neles Mutter im Türrahmen erschien. „Mir geht es schon etwas besser. Schön, dass ihr gekommen seid."

Neles Mutter drückte Nele und Tim einmal feste an sich, bevor sie sich zu ihnen an den Tisch setzte. Danach waren alle schnell in eine lebhafte Unterhaltung vertieft.

Ich habe so patente und liebevolle Eltern. Soll ich ihnen nicht doch von unserem Erlebnis mit dem Obdachlosen erzählen? Beim Thema ‚Containern' ist Papa leider total altmodisch und lässt einfach nicht mit sich reden. Ich weiß, er macht sich nur Sorgen um mich. Aber wieso muss er bei dem Thema nur so verbohrt sein? Wahrscheinlich halte ich besser meinen Mund.

Ihr Vater erkundigte sich bei Tim: „Wie geht es eigentlich Mats? Fährt er immer noch als Rettungssanitäter durch Köln?"

Tim bestätigte diese Aussage, indem er mit dem Kopf nickte. „Mats war letzte Woche noch bei uns und hat uns von einem seiner Einsätze erzählt."

Neles Mutter überlegte: „Ich bewundere Mats schon ein bisschen, dass er als junger Mann so bei der Sache ist und täglich immer wieder bereit ist, das Leid anderer Menschen durch seine Arbeit zu lindern, auch wenn er selber all die schrecklichen Eindrücke immer wieder für sich verarbeiten muss. Wie kommt er psychisch damit klar? Belastet ihn das?"

Nele erklärte: „In der Regel nicht. Rettungssanitäter ist genau der richtige Beruf für ihn. Aber letzte Woche hat er uns von einem Einsatz erzählt, wo ein Obdachloser angezündet worden ist und schwerste Verbrennungen erlitten hat. Das hat ihn schon ziemlich mitgenommen. Es muss ein schrecklicher Anblick gewesen sein. Dieser verbrannte Mensch und der Geruch nach verbranntem Fleisch der in der Luft hing."

„Das ist ja schrecklich", sagte Neles Mutter und ihr Vater pflichtete ihr bei. „Wir haben davon in der Zeitung gelesen."

„Lasst uns lieber von etwas Schönerem reden. Wann fahrt ihr denn zum Skilaufen?"

Tim wusste, dass das Thema bei Neles Eltern immer zog und tatsächlich entspann sich sofort eine angeregte Unterhaltung mit vielen Anekdoten aus vorherigen Urlauben.

Sie unterhielten sich noch einige Zeit über dies und das bevor Nele und Tim sich verabschiedeten, um sich mit ihren Rädern auf den Heimweg zu machen.

Nachdem sie ein kurzes Stück geradelt waren, klingelte Tims Handy. „Hey, was geht?", meldete sich Mats. „Ich wollte dich nur noch mal an meine Jacke erinnern. Kann ich sie morgen abholen kommen?"

„Äh, … morgen ist schlecht."

„Wieso?"

„Du weißt doch, Nele hat heute Geburtstag und ich habe morgen eine Überraschung für sie geplant. Da passt es einfach nicht."

„Stimmt. Nele hat heute Geburtstag. Hatte ich gar nicht auf dem Radar. Gut, dass du mich daran erinnerst. Ich schreib ihr später noch eine WhatsApp und gratuliere ihr. Knutsch sie schon mal von mir."

„Also dann meld dich, wenn es mit der Jacke passt. Die nächsten Tage hab ich keine Zeit vorbeizukommen. Ich hab Dienst."

„Bei Dienst fällt mir ein, weißt du, was aus dem Obdachlosen geworden ist, von dem du uns erzählt hast?"

„Ich hatte vorgestern einen Rettungseinsatz zum Klinikum Merheim. Ich hab mich dort nach dem Mann erkundigt. Es weiß immer noch keiner, wer der Mann ist. Das bietet Gesprächsstoff unter den

Mitarbeitern. In der Notaufnahme meinten die Ärzte, er schwebe wohl noch in Lebensgefahr. Echt traurige Geschichte."

„Da hast du definitiv Recht. Ich melde mich wegen der Jacke bei dir. Also mach's gut, chill noch was und Grüße an Jana."

Nach dem Telefonat fuhr Tim den Rest der Strecke ganz in Gedanken versunken.

Jetzt habe ich meinen Freund Mats schon wieder belogen, obwohl ich das eigentlich gar nicht wollte. Wen werde ich als nächstes noch belügen? Lohnt sich diese ganze Geheimniskrämerei überhaupt? Warum sage ich Mats nicht einfach die Wahrheit? War die Entscheidung, vom Tatort abzuhauen, eigentlich die richtige? Was wäre denn schlimmstenfalls passiert, wenn wir uns der Polizei gestellt und eine Aussage gemacht hätten?

Vermutlich hätten wir wegen des Einbruchs in den Container Ärger bekommen, aber das wäre es dann auch gewesen und mittlerweile wäre die Sache längst erledigt. So hat Nele ein schlechtes Gewissen und schläft schlecht. Sie träumt immer noch von dem verkohlten Mann und macht sich Vorwürfe, dass wir falsch gehandelt haben.

In welche Situation habe ich Nele bloß gebracht? Ich wollte sie vor schwerwiegenden Konsequenzen beschützen. Das ist mir aber de Facto nicht gelungen. War meine Entscheidung etwa doch die falsche?

Ich schlafe auch schlecht, belüge meinen besten Freund ein ums andere Mal und komme mir total mies vor. Ist es das alles wert? Sollen wir nicht doch lieber zur Polizei gehen und alles erklären, ebenso wie ich Mats alles erklären sollte? Es scheint so, als würde ich mich in immer mehr Lügen verstricken, nur um meine vielleicht falsche Entscheidung zu decken. Wo soll das noch hinführen?

Jetzt zweifele ich schon meine eigenen Entscheidungen an und bekomme gar nicht mehr mit, wo wir überhaupt entlang fahren. Meine Füße treten in die Pedalen und mein Kopf leistet Höchstarbeit auf der Suche nach der ultimativ richtigen Lösung.

Gibt es hierbei überhaupt die eine richtige Lösung? Ich weiß es einfach nicht. Wir haben gewusst, was wir taten, als wir den Container durchsucht haben und wir waren uns des Risikos bewusst. Egal, aus welcher Überzeugung heraus wir auch gehandelt haben, rechtlich war unser Handeln falsch. Dafür müssen wir gerade stehen. Mein Gewissen scheint mir klar aufzuzeigen, dass ich falsch gehandelt habe und gibt nun keine Ruhe.

Bei Nele ist es vermutlich genauso. Ihr Gewissen rührt sich auch die ganze Zeit und lässt sie nicht zur Ruhe kommen. Was hat mich nur geritten, als ich entschieden habe, den Tatort zu verlassen? An sich ist es auch egal, ich habe so entschieden und das kann ich nun nicht mehr rückgängig machen, aber ich kann es korrigieren, auch um Nele wieder Ruhe finden zu lassen.

Die Möglichkeit, die uns immer noch bleibt, ist zur Polizei zu gehen und alles zu gestehen. Diese Option bleibt uns auch jetzt noch. Ich sollte noch mal mit Nele reden und ihr genau das vorschlagen. Ja, das werde ich machen, ich muss mit Nele noch einmal darüber sprechen, aber nicht heute, an ihrem Geburtstag.

MONTAG, 14. DEZEMBER

Nach dem Wochenende saßen Wolke und Wald nun wieder in ihrem Büro im Kommissariat 11 in der Rhöndorfer Straße und erledigten Papierkram, der liegen geblieben war.

Kann man heutzutage überhaupt noch von Papierkram sprechen, fragte sich Wolke, *es ist doch viel mehr Computerkram oder digitaler Verwaltungskram, Büroarbeit oder wie auch immer und kein Papierkram mehr. Wann würde es hierfür ein neues Wort in die deutsche Sprache schaffen?* Bisher kannte sie noch keins, das Papierkram richtig ersetzen konnte.

Während ihrem morgendlichen Kaffee mit Wald hatte er ihr erzählt, was gestern bei seiner Verfolgungsfahrt passiert war und wie ihm die beiden Verdächtigen entwischen konnten. Er war noch ganz zerknirscht, dass er die gute Chance vermasselt hatte.

„Um elf Uhr heute ist Teambesprechung. Vielleicht waren die Kollegen erfolgreicher als wir und haben neue Erkenntnisse übers Wochenende gewinnen können. Das wären gute Nachrichten zum Start in die neue Woche", überlegte Wolke laut, während sie weiter ihren Computer mit Daten fütterte.

Sie war ganz in Gedanken versunken, als Wald sie ansprach: „Kommst du mit, Frau Kollegin? Oder willst du unseren Chef warten lassen?"

„Oh, ... ", Wolke schaute auf ihre Uhr, „schon so spät? Die Zeit ist jetzt aber gerast. Natürlich komme ich mit. Schon fertig!" Im nächsten Augenblick stand sie bereits startklar an der Tür.

Gemeinsam betraten sie den Besprechungsraum. Ben und Martin waren bereits da. Ben begrüßte, wie hätte es anders sein können, die beiden Kollegen mit einem fröhlichen: „Morgen Wölkchen, morgen Olli." Wald verdrehte wieder die Augen und konterte diesmal mit einem: „Morgen, Bennilein". Für einen Lidschlag stutzte Ben und lachte dann laut los. „Geht doch Olli, gut gemacht", und amüsierte sich köstlich über das ‚Bennilein'.

Martin schaute von einem zum Anderen und verstand nicht so genau, was da gerade passierte. Daher grüßte er mit einem allgemein gültigen: „Morgen zusammen."

Wolke wollte bereits die erste Frage, die ihr unter den Nägeln brannte, an Ben und Martin stellen, als sich die Türe mit einem kräftigen Ruck öffnete und ihr Chef Grandler mit lautem Gepolter den Raum betrat. Kleine Schweißperlen standen auf seiner Stirn und seine Gesichtsfarbe sah nicht gesund aus. Sie changierte zwischen rot und blau und am Hals war seine Halsschlagader deutlich pochend zu erkennen. Die Ärmel seines Hemdes hatte er hochgekrempelt.

„Ich hoffe, ihr seid in dem Fall weitergekommen und könnt mir den Täter präsentieren", schnaufte er und schaute aufgebracht in die Runde.

Welche Laus ist dem denn über die Leber gelaufen?, fragte sich Wolke, als Grandler bereits weiter grantelte: „Die Presse hat sich an dem Fall festgebissen und zieht mal wieder über die Polizei und deren Unvermögen her. Staatsanwalt Fix ist von der Bürgermeisterin in die Pflicht genommen worden. Aber wer muss den ganzen Schlamassel selbstverständlich wieder ausbaden? Natürlich ich. Daher hoffe ich, dass meine fähigsten Leute mit Fakten aufwarten können. Heute Mittag findet eine Pressekonferenz statt und ihr wisst, was das heißt. Ich will mich nicht zum Clown von ganz Köln machen."

Wolke versuchte ihren Chef zu beruhigen. „Wir tun, was wir können, Chef. Aber solange wir nicht wissen, wer der Obdachlose ist, kommen wir einfach nicht weiter. Vielleicht müssen wir einen Aufruf in der Presse schalten, ob jemand einen Obdachlosen vermisst. Ich weiß nicht, wie wir sonst weiter kommen sollen. Aber wir wissen bisher auch nur, dass das Opfer männlich ist und vermutlich zwischen fünfundfünfzig und sechzig Jahren alt. Mehr Informationen haben wir nicht. Ob uns aus der Bevölkerung aufgrund dieser Beschreibung jemand helfen kann, das Opfer zu identifizieren, ist schwer zu sagen. Wir kennen noch nicht einmal die Haarfarbe bzw. die Augenfarbe des Opfers. Die Größe könnten wir eventuell noch im Krankenhaus erfahren. Eine DNA Probe des Opfers bekommen wir von der behandelnden Ärztin im Krankenhaus, aber darauf warten wir noch."

„Mit anderen Worten, wir haben immer noch nichts. So soll ich vor die Presse treten? Mit nichts in den Händen? Die machen Hackfleisch aus mir!"

„Chef, vielleicht haben die Kollegen ja noch etwas brauchbares herausgefunden", versuchte Wolke ihn aufzubauen, obwohl sie selber nicht sehr zuversichtlich war.

„Ben, hat die SpuSi noch irgendetwas in Erfahrung bringen können?"

„Wir haben Faserreste vom Tatort untersucht und es scheint so, als ob mit einer Jacke versucht worden wäre, das Feuer zu löschen. Die grünen Faserreste, die wir gefunden haben, gehören zu einem Stoff, der hauptsächlich für Jacken verwendet wird. Wir versuchen noch herauszufinden, welche Firmen diesen Stoff verwenden. Damit können wir dann eingrenzen, welche Läden diese Jacke vertreiben. Vielleicht kommen wir so weiter.

Ansonsten haben wir immer noch keine Versichertenkarte, keinen Personalausweis oder Führerschein, keine Fotos und auch kein Handy gefunden. Auffällig ist nur eine anscheinend ziemlich neue Lesebrille. Im Vergleich zu den anderen Sachen, die wir bei dem Opfer gefunden haben, ist sie in einem außerordentlich guten Zustand. Die ersten Untersuchungen deuten darauf hin, dass es sich nicht um eine Standard-Lesebrille von einem Discounter handelt, sondern qualitativ hochwertiger ist, was darauf hindeutet, dass ein Optiker die Brille angefertigt hat. Es handelt sich um geschliffene Brillengläser mit einer Dioptrienzahl, die sehr verbreitet ist und sonst keine Auffälligkeiten aufweist. Auch hier arbeiten wir daran herauszufinden, ob wir die Brille einem bestimmten Optiker zuordnen können, um darüber die Identität des Opfers herauszubekommen. Deshalb stellt sich die Frage, wie ein Obdachloser an eine hochwertige Brille von einem Optiker kommt.

Vielleicht hat er sie auch gefunden und behalten. Dann würde uns diese Spur nicht weiterbringen. Aber wir bleiben dran.

Was ich aber bestimmt sagen kann, ist, dass das Opfer mit handelsüblichem Benzin übergossen und dann angezündet wurde. Es deutet alles darauf hin, dass der Mann im Schlaf überrascht wurde und noch versucht hat, sich aus dem brennenden Schlafsack zu befreien. Dabei muss er mit den Händen versucht haben die Flammen auszuschlagen. Aber Gesicht und Oberkörper müssen direkt mit den Flammen in Kontakt gekommen sein, da das Feuer nach unseren Untersuchungen im oberen Bereich, so in etwa auf Höhe des Brustbeins, entzündet worden ist. Mehr wissen wir momentan noch nicht. Wir müssen uns noch mit der Ärztin im Krankenhaus Merheim in Verbindung setzen, um herauszufinden, ob Fasern der Jacke auch auf dem Brandopfer gefunden worden sind." Damit schloss Ben seinen Bericht.

Grandler hatte sich mittlerweile wieder beruhigt und meinte nur resigniert: „Das ist ja nicht wirklich ermutigend, was die SpuSi bisher zu bieten hat. Aber bleiben Sie dran, Herr Meier. Ich zähle auf Sie."

„Herr Groß, haben Sie bessere Neuigkeiten für uns?"

„Nein, leider nicht. Ich befürchte, ich habe auch nichts, was uns weiterbringen könnte. Ich habe die Häuser an der Trierer Straße abgeklappert und die Bewohner befragt, ob sie zur Tatzeit oder kurz davor etwas bemerkt hätten. Alles negativ. Bisher hat keiner etwas gehört oder gesehen. Allerdings fehlen mir noch einige Anwohner, die ich noch nicht angetroffen habe. Selbstverständlich bleibe ich dran.

Ansonsten habe ich mich in der Kölner Obdachlosenszene umgehört. Bei dem Verein ‚Helping Hands' habe ich nachgefragt, ob sie mitbekommen haben, dass die anderen Obdachlosen jemanden vermissen oder über die Tat etwas erzählt haben. Aber bisher alles negativ. Sie haben versprochen, die Ohren offen zu halten und sich bei uns zu melden, wenn sie etwas in Erfahrung bringen.

Weiter habe ich in den Schlafunterkünften nachgefragt, ob jemand vermisst wird, was sehr unwahrscheinlich ist, da unser Opfer draußen geschlafen hat. Aber ich wollte nichts unversucht lassen. Auch hier habe ich die Zusicherung bekommen, dass sie sich bei uns melden, wenn sie etwas hören oder mitbekommen.

Dann habe ich noch bei allen gängigen Essenausgabestellen angerufen und ebenfalls gefragt, ob sie etwas mitbekommen haben. Aber auch dort konnte mir keiner weiterhelfen. Auch sie wollen sich bei uns melden, wenn sie etwas aufschnappen.

Außerdem habe ich noch bei der Überlebensstation ‚GULLIVER' nachgefragt, ob sie etwas wissen. Wieder negativ. Bei allen Organisationen wie den Maltesern, der Heilsarmee usw. habe ich Nachrichten hinterlassen, dass sie sich bei uns melden sollen. Es ist mühsam, aber vielleicht meldet sich ja doch noch jemand. Bisher ist allerdings absolut nichts dabei herausgekommen.

Ich habe auch eine Deutschland weite Abfrage in der Vermisstendatenbank gestartet. Aber auch hier, bisher alles negativ.

Anscheinend wird niemand vermisst, was darauf schließen lässt, dass der Obdachlose eher ein Einzelgänger war und sich nicht einer bestimmten Gruppe angeschlossen hat. Das macht es natürlich umso schwerer herauszufinden, wer er ist.

Es weiß auch niemand etwas von einem Streit zwischen Obdachlosen. Allerdings ist die Anzahl der Obdachlosen in den letzten Jahren auch immer weiter gestiegen, so dass wir mittlerweile über sechstausend Obdachlose in Köln haben. Da ist es natürlich auch nicht mehr so, dass sich alle untereinander kennen.

Ich bleibe aber dran. Vielleicht ergibt sich ja noch etwas. Zumindest sind jetzt die gängigen Stellen alle informiert".

Damit schloss Martin seinen Bericht ab.

„Zur Info für alle wollte ich noch kurz anmerken, dass ich gestern zwischen Kaiser-Wilhelm-Ring und Hohenstaufenring vermutlich die jungen Leute mit dem Rucksack und dem Hänger gesehen habe. Ich habe sie verfolgt, aber dann verloren, nachdem mir eine ältere Dame vors Rad gelaufen ist", erzählte Wald enttäuscht.

„Die Container-Szene habe ich ebenfalls bereits beleuchtet, aber auch hier ohne positives Ergebnis. Selbstverständlich bleibe ich weiterhin dran", ergänzte Martin seine vorherigen Ausführungen noch.

Grandler resümierte: „Wir haben also absolut nichts. Aber auch gar nichts, was uns weiterbringen könnte. Soll ich der Presse gleich sagen, dass meine Mitarbeiter sich ein schönes, ruhiges Wochenende gemacht haben, während der Täter immer noch frei rumläuft? Ich brauche Ergebnisse und zwar schnell. Also los, alle wieder an die Arbeit. Frau Wolke, was gedenken Sie nun zu unternehmen? Verfolgen Sie einen bestimmten Ermittlungsansatz?"

Wolke schaute ihren Chef aufmunternd an.

„Chef, das wird schon. Wald und ich fahren jetzt noch einmal ins Krankenhaus und bekommen dort hoffentlich endlich die DNA Probe des Opfers. Vielleicht bringt die Licht ins Dunkel oder im Krankenhaus gibt es neue Erkenntnisse. Es wäre schon eine positive Nachricht, wenn uns jemand im Krankenhaus sagen könnte, wann wir das Opfer endlich vernehmen können."

Grandler nuschelte etwas unverständliches vor sich hin und nickte Wolke und Wald zu. Damit waren sie entlassen und machten sich auf den Weg ins Krankenhaus nach Merheim.

Sie parkten wieder auf dem großen Parkplatz vor dem Krankenhaus und Wolke fiel zum ersten Mal der riesige, geschmückte Weihnachtsbaum vor dem Eingang auf. Es waren nur noch wenige Tage bis zum Weihnachtsfest. *Ob jemand den Obdachlosen an Weihnachten vermisst?* Zielstrebig gingen sie an der großen Tanne vorbei in das Innere des Krankenhauses und auf direktem Weg zur Station für Schwerbrandopfer.

Im Schwesternzimmer fragten sie nach Frau Dr. Esser. Die Krankenschwester, die ihre roten Haare zu einem Pferdeschwanz gebunden hatte, versprach,

Dr. Esser so schnell wie möglich zu ihnen zu schicken.

Sie setzten sich wieder in den Besucherbereich und warteten.

Wald schaute Wolke an. „Grandler war aber eben wieder in Höchstform. Gut, dass du ihn wieder etwas runter holen konntest."

„Er kann halt nicht aus seiner Haut. Bei zu viel Druck von oben flippt er einfach schnell aus. Wobei er natürlich recht hat. Wir haben immer noch absolut gar nichts, was uns in dem Fall dem Täter etwas näher bringt. Ich weiß aber auch nicht, wo wir noch ansetzen könnten, es ist einfach wie verhext. Wir haben nichts, was wirklich greift und wir kommen nicht hinter die Identität des Opfers. Ich glaube mittlerweile, dass wir den Fall nicht lösen werden, wenn uns Fortuna nicht langsam mal gut gesonnen ist. Wir brauchen etwas Konkretes, wo wir ansetzen können."

Wald hatte ihr ruhig zugehört. „Ja, das siehst du genau richtig. Manchmal brauchen wir auch ein Quäntchen Glück, damit wir in einem Fall weiterkommen. Vielleicht lacht uns das Glück noch. Lass uns nicht jetzt schon resignieren."

„Nein, wir resignieren nicht, wir machen natürlich weiter. Irgendein Ansatz muss uns doch den erhofften Erfolg bescheren. Guck mal, da kommt Frau Dr. Esser."

Sie begrüßte die beiden Beamten zurückhaltend. „Ich habe Ihnen auch etwas mitgebracht. Es sind ein paar Hautschuppen von meinem Patienten. Hoffentlich helfen sie Ihnen weiter."

Sie hielt ein kleines Plastikröhrchen in ihrer Hand, das sie Wald nun entgegen streckte.

Dieser reagierte nicht sofort.

„Nehmen Sie das Röhrchen an sich?" fragte sie ihn daher. Er schenkte ihr ein freundliches Lächeln, bedankte sich und steckte die Probe in seine Jackentasche.

„Wie geht es dem Patienten?", fragte er.

„Unverändert."

„Wir können also immer noch nicht mit ihm sprechen?"

„Nein, können sie immer noch nicht. Der Patient liegt immer noch im künstlichen Koma, wegen der starken Verbrennungen. Sein Zustand hat sich etwas stabilisiert, aber ob er durchkommt, kann ich immer noch nicht mit Gewissheit sagen. Wir tun unser Möglichstes, aber der Mann ist sehr, sehr schwer verletzt. Wir müssen abwarten, wie sein Körper reagiert. Morgen wollen wir versuchen, die Tiefe des künstlichen Komas etwas zu reduzieren, um zu erfahren, wie der Patient darauf reagiert."

„Was heißt das genau?", fragte Wolke.

„Wir werden die Mittel, die den Patienten im künstlichen Koma halten etwas reduzieren, und dann beobachten wir, wie die Vitalwerte des Patienten darauf reagieren. Bei Reduzierung des Komas kann es manchmal zu Wahnvorstellungen des Patienten kommen. Es könnte sein, dass der Patient spricht. Aber es ist dann immer die Frage, ob er phantasiert oder ob die Worte reale Dinge widerspiegeln."

„Das heißt, der Patient könnte etwas sagen?"

„Ja, das liegt im Bereich des möglichen, sofern er nicht intubiert ist."

„Wenn der Patient irgendwelche Worte von sich gibt, geben Sie uns bitte sofort Bescheid. Dabei spielt es keine Rolle, was er sagt. Alles könnte wichtig sein. Würden Sie das bitte nochmals an das Pflegepersonal weitergeben? Es ist wirklich ausgesprochen wichtig."

„Ich habe bereits alle Pflegekräfte informiert, aber ich werde sie nochmals daran erinnern. Jetzt muss ich aber wirklich wieder zu meinem Patienten."

Damit verabschiedete sich Frau Dr. Esser mit einem entschuldigenden Lächeln auf den Lippen von den beiden Kommissaren, wobei ihr Blick ein wenig länger als nötig auf Wald ruhen blieb.

DIENSTAG, 15. DEZEMBER

Martin Groß war total aufgeregt. *Das ergibt endlich einen Sinn. Könnte das der Durchbruch sein? Das scheint mir ein vielversprechender Ansatz.*

Er griff zu seinem Telefon und wählte Wolkes Nummer. „Martin hier, ich glaube ich hab da was Interessantes gefunden. Könnt ihr noch mal auf der Dienststelle vorbeikommen, bevor ihr Feierabend macht?"

„Was hast du denn ausgekramt?", hakte Wolke direkt nach.

„Das muss ich euch zeigen, das ist jetzt am Telefon schlecht. Wie schnell könnt ihr hier sein?"

„Ich denke eine gute halbe Stunde, brauchen wir. Hoffentlich hast du auch wirklich was und machst mich nicht unnötig ganz kribbelig. Gute Nachrichten könnten wir jetzt wirklich mal brauchen. Also bis gleich. Wir beeilen uns."

„Martin hat anscheinend etwas gefunden, was uns weiterhelfen könnte. Er wollte aber nicht sagen was, bevor wir nicht im Kommissariat sind und er es uns persönlich sagen kann", informierte Wolke Wald.

Kurz darauf betraten beide die Dienststelle und gingen direkt in Martins Büro.

„So, hier sind wir", sagte Wolke und schaute Martin erwartungsvoll an. „Jetzt raus mit der Sprache. Mach es nicht unnötig spannend!"

„Also, was hast du rausgefunden, du altes Füchsle?"

Martin lächelte die beiden siegesgewiss an. Er schien den Moment zu genießen. Endlich begann er: „Ich hatte euch ja gesagt, dass ich mir die Container-Szene noch einmal genauer anschauen wollte. Habe ich auch gemacht. Dabei bin ich auf einen Verein gestoßen, der es sich zur Aufgabe gemacht hat, das Containern legalisieren zu wollen."

Wolke und Wald schauten ihn an und verstanden nicht, worauf Martin hinaus wollte.

„Ja, ... und was hat das mit unserem Fall zu tun?", fragte Wolke.

Wald sah Martin mit großen Augen an. „Das kann doch nicht alles gewesen sein, oder? Was hast du noch rausgefunden?"

Martin genoss die Ungeduld seiner beiden Kollegen und erwiderte ruhig: „Entspannt euch. Ich war noch gar nicht fertig."

Wolke fielen zentnerweise Steine vom Herzen. *Aha, da kommt noch was.*

„Also, dieser Verein hat ein Logo, mit dem sie werben. Ratet mal, was auf diesem Logo steht?"

„Mensch, Martin, komm endlich zur Sache. Woher sollen wir denn wissen, was die für einen Werbespruch haben?", polterte Wolke los und Wald trat nervös von einem Fuß auf den anderen. Er konnte vor lauter Anspannung nicht mehr still stehen bleiben.

„Ich glaube, ihr seid mit den Nerven ganz schön am Ende", bemerkte Martin. „Steht ihr so unter Druck wegen dem, was Grandler gesagt hat?"

Er legte eine kurze Kunstpause ein, bevor er fortfuhr.

„Also der Werbespruch des Vereins lautet: ,Containern muss straffrei sein.'"

Martin schaute seine Kollegen beifallsheischend an, aber diese zeigten keinerlei Reaktion.

„Versteht ihr nicht?", fragte er ungläubig und war dabei selber ganz aufgeregt. Er schaute Wolke und dann Wald an, als könne er nicht glauben, dass die beiden anscheinend nicht begriffen, auf was er da gestoßen war.

„Ihr steht doch sonst nicht so auf dem Schlauch. Was ist los mit euch?"

„Ist das alles, was du hast? Inwiefern soll uns das denn bei der Lösung des Falls helfen? Dafür hättest du nicht so einen Aufstand machen brauchen", gab Wald wenig erfreut von sich. Er verstand immer noch nicht, was Martin ihnen so Wichtiges mitteilen wollte.

Wolke pflichtete Wald stumm bei, indem sie Martin fragend anblickte.

„Ihr steht anscheinend beide immer noch auf der Leitung. Deshalb habe ich euch am Telefon gesagt, ihr müsst es sehen."

„Erinnert ihr euch an die Aussage von der alten Frau Schmitz? Sie hat zu Protokoll gegeben, dass auf dem Rucksack der flüchtenden weiblichen Person stand: ,Trainer müssen taffer oder straffer sein.' Aber in Wirklichkeit stand auf dem Rucksack: ,Containern muss straffrei sein.' Versteht ihr jetzt, auf was ich hinaus will?"

Beide guckten Martin immer noch verständnislos an. Daher nahm Martin nun ein Stück Papier und schrieb darauf:

Trainer müssen straffer sein.
Containern muss straffrei sein.

Jetzt fiel es Wolke und Wald wie Schuppen aus den Haaren. „Mensch Martin, du bist einfach genial, dass dir dieser Zusammenhang aufgefallen ist! Wir haben aber auch echt nichts geschnallt. Dabei könnte das jetzt endlich eine heiße Spur sein. So kommen wir bestimmt an die beiden Flüchtigen vom Tatort."

Martin nickte.

„Schon geschehen. Nele Schönwald und Tim Wasserfeld sind diejenigen, die den Verein gegründet haben. Bei beiden ist bekannt, dass sie Containern gehen. Vor ein paar Wochen sind sie dabei auch erwischt worden und anschließend zu einigen Stunden Sozialarbeit verurteilt worden. Ich habe die beiden für morgen um 10:00 Uhr einbestellt. Ich hoffe, das war in eurem Sinne."

Wolke strahlte Martin an und es ging mit ihr durch. „Total in unserem Sinne. Martin, du bist ein wahrer Schatz."

Martin strahlte, sagte dann aber leicht errötend: „Jetzt übertreib mal nicht!"

***

Am nächsten Morgen klopfte es kurz vor 10:00 Uhr an der Tür zu Wolkes und Walds Büro. Ein uniformierter Beamter wünschte einen ‚Guten Morgen' und brachte eine junge Frau und einen jungen Mann ins Büro. Dann war der Kollege auch schon wieder verschwunden.

„Guten Morgen", sagte der junge Mann. „Mein Name ist Tim Wasserfeld und bei mir ist meine Freundin Nele Schönwald. Wir sollten uns heute hier um 10:00 Uhr bei Ihnen melden."

„Ja, das stimmt", erwiderte Wolke freundlich. „Kommen Sie doch bitte näher und setzen Sie sich. Ich bin Hauptkommissarin Vera Wolke und das", dabei deutete sie auf Wald, „ist mein Kollege Oberkommissar Oliver Wald."

Nele und Tim setzten sich auf die vorderste Sitzkante ihrer Stühle, so als wollten sie sie nicht berühren. Nervös rutschten sie auf der Kante herum und schauten verschämt auf den Boden.

Sie vermittelten den Eindruck sich in der Situation nicht besonders wohl zu fühlen.

„Haben Sie Ihre Personalausweise dabei, damit ich Ihre Personalien aufnehmen kann oder haben die Kollegen das schon erledigt?", fragte Wolke.

„Nein", sagte Tim.

Er zog seinen Personalausweis aus der Jackentasche und Nele kramte in ihrem pinkfarbenen Rucksack. Nach einigen Augenblicken hatte Nele ihr Portemonnaie gefunden, holte es aus dem Rucksack heraus und entnahm ihren Personalausweis. Beide reichten die Ausweise an Hauptkommissarin Wolke weiter.

Wolke fiel auf, was auf dem Rucksack stand: **‚Containern muss straffrei sein'.**

Wald hatte bisher noch keinen Ton gesagt, sondern die ganze Situation nur beobachtet. Auch er hatte den Rucksack mit der Aufschrift bemerkt.

Nachdem die Formalien erledigt waren, begann Wolke mit der eigentlichen Befragung.

„Sie wissen, warum Sie hier sind?"

Nele nickte leicht mit dem Kopf und erwiderte: „Ich weiß es nicht genau, aber ich nehme an, wegen dem Vorfall am Container in der Trierer Straße am Mittwochabend."

Wolke nickte zustimmend.

„Ja. Deshalb wird mein Kollege jetzt mit Ihnen, Herr Wasserfeld, in ein anderes Büro gehen und Sie zu den Vorfällen befragen, während ich hier die Befragung mit Ihnen, Frau Schönwald, fortsetzten werde."

Wald erhob sich von seinem Stuhl, ebenso wie Tim. Wald ging vor und Tim folgte ihm aus dem Büro, wobei er Nele noch einmal anblickte und versuchte einen zuversichtlichen Eindruck zu vermitteln, um ihr noch etwas innere Stärke zu geben, obwohl er selbst sich gar nicht wohl in seiner Haut fühlte und nichts von Stärke verspürte.

Nele schaute Tim hinterher. *Jetzt bin ich ganz auf mich alleine gestellt. Es ist niemand mehr da, der mich noch unterstützen oder beschützen kann.*

„Frau Schönwald, dann schildern Sie doch einmal, was an diesem Mittwochabend passiert ist. Am besten fangen Sie damit an, als Sie und Herr Wasserfeld an diesem Abend das Haus verlassen haben."

Anscheinend weiß die Kommissarin alles.

Nele schluckte. Sie hatte einen Kloß im Hals und als sie anfangen wollte zu sprechen war ihre Stimme ganz belegt, so dass sie sich erst einmal räuspern musste.

„Also Tim und ich haben gegen 22:00 Uhr unsere Wohnung verlassen und sind dann mit unseren Rädern Richtung Trierer Straße gefahren. Wir sind in die Hauseinfahrt in der Trierer Straße eingebogen, die auf der Rückseite des Supermarktes liegt und haben unsere Räder hinter dem linken Container geparkt, damit sie nicht direkt von der Einfahrt aus gesehen werden konnten. Ein Stück weiter, neben dem rechten Container hatte ein Obdachloser sein Nachtlager eingerichtet. Er schien schon zu schlafen, als wir ankamen. Er lag auf Pappkartons und war in seinen Schlafsack eingemummt. Ich denke, er hat nicht mitbekommen, dass wir da waren."

„Ist Ihnen irgendetwas Ungewöhnliches aufgefallen?"

„Nein, es schien alles wie immer. Wir waren schon öfter an dem Container und es lag auch häufiger ein Obdachloser dort. Wir haben demjenigen dann immer Lebensmittel aus dem Container hingelegt, damit er am Morgen etwas zu essen hatte. Es war alles wie sonst auch."

„Und wie ging es dann weiter?"

„Der Container war verschlossen und wir haben das Schloss geknackt, um den Deckel öffnen zu können."

„Was heißt ‚wir'? Wer hat das Schloss geknackt? Ich brauche da eine ganz genaue Aussage von Ihnen."

Neles Gedanken rasten und sie überlegte stumm.

Was soll ich jetzt bloß sagen? Ich kann doch Tim nicht einfach ans Messer liefern. Was will die Kommissarin denn jetzt von mir hören?

„Tim und ich haben das Schloss gemeinsam geknackt."

„Wie haben Sie das denn gemacht?"

„Ich habe das Schloss festgehalten und für Licht gesorgt. Tim hat dann das Schloss mit dem Bolzenschneider durchtrennt."

„Hmm ... und was geschah an dem Abend dann weiter?"

„Tim stellte den Deckel des Containers auf und wir waren sehr erstaunt, was wir in ihm entdeckten, denn es lagen dort bestimmt einhundert Pakete Butter. Es war für uns unvorstellbar, dass so viel noch gute, essbare Butter dort gelandet war. Tim ist dann in den Container geklettert und ich habe unsere Tüten von den Rädern geholt, damit wir die Sachen einpacken konnten."

„Ah, vorher habe ich Tim noch seine Gummihandschuhe gegeben, damit er seine Hände im Container vor dem Schmutz schützen konnte. Anschließend hat er Tüten gepackt und ich habe diese dann auf unserem Hänger verstaut. Weil aber so viele Butterpakete im Container waren, bin ich dann auch hineingestiegen, um Tim zu helfen, damit es schneller ging."

„Ist Ihnen bis dahin immer noch nichts Ungewöhnliches aufgefallen?"

Nele überlegte einen Augenblick. „Nein, gar nichts. Wir waren sehr leise, da wir erst letztens beim Containern erwischt wurden und wir wollten nicht schon wieder auffallen, deshalb haben wir uns auch so beeilt."

„Was passierte dann?"

„Wir waren beide im Container und wollten noch schnell einige Tüten mit der Butter packen, als mir mein Handschuh aus der Jackentasche fiel. Tim und ich haben dann nach dem Handschuh gesucht. Als wir ihn endlich unter einer Holzkiste fanden, haben wir ihn nicht sofort heraus bekommen. Tim versuchte es dann von der anderen Seite. Von dort ist er ist dann an den Handschuh gekommen."

„Und bis dahin ist Ihnen immer noch nichts Ungewöhnliches aufgefallen?"

„Nein, gar nichts. Wir waren so mit dem Handschuh beschäftigt, dass wir alles was draußen geschah, einige Zeit ausgeblendet hatten. Gerade als wir wieder aus dem Container heraus wollten, hörten wir schreckliche Schreie. Wir haben dann vorsichtig von innen über den Rand geschaut, um sehen zu können, was da los war. Aber da war es schon geschehen. Der obdachlose Mann brannte lichterloh in seinem Schlafsack. Davor stand eine Person ganz in schwarz gekleidet."

Nele liefen langsam aber stetig Tränen über ihre Wangen, ohne dass sie es bemerkte.

„Es hat schrecklich gerochen, nach verbranntem Fleisch und Feuer. Dazu diese Schreie, die uns durch Mark und Bein gingen."

Nele schluchzte und saß mit weit aufgerissenen Augen, wie erstarrt vor Wolke und schien die Situation noch einmal zu durchleben. Ihre Schultern zuckten unter den wiederkehrenden Schluchzern, die sich nun durch ihre Kehle den Weg nach draußen suchten. Ihr ganzer Körper wurde wie von einem Erdbeben geschüttelt und sie konnte sich gar nicht mehr beruhigen. Ihre Lippen zitterten ebenso wie ihre Hände. Gleichzeitig hatte sie das Gefühl zu ersticken.

„Frau Schönwald, versuchen Sie ruhig zu atmen. Ganz ruhig ein- ... und ausatmen." Wolke gab sprachlich den Rhythmus des Atmens vor. Langsam verebbte das Schluchzen und Nele atmete wieder normal. Das Zittern ließ nach, aber die Tränen flossen immer noch.

Wolke reichte ihr ein Taschentuch, damit Nele sich die Tränen wegwischen konnte. Anschließend schniefte sie noch ein-, zweimal ins Taschentuch, bevor sie Wolke mit geröteten Augen ansah und ein leises: „Danke", murmelte.

„Können wir weitermachen?"

Nele nickte und putzte sich noch einmal die Nase.

„Da stand also ein Mann vor dem brennenden Obdachlosen, habe ich das so richtig verstanden?"

„Ja, genau so war es."

„... und vorher haben Sie die Anwesenheit des Mannes nicht bemerkt?"

„Nein. Wir haben denjenigen erst entdeckt, nachdem wir wegen der Schreie des Obdachlosen aus dem Container geschaut hatten."

„Können Sie mir sagen, wie groß der Mann in etwa war?"

Nele zuckte mit den Schultern. „Keine Ahnung. Ich denke er war ungefähr so groß wie Tim, also ungefähr 1,80m".

„Konnten Sie vielleicht auch erkennen, wie alt der Mann war?"

Nele schaute Wolke irritiert an. „Wieso sprechen Sie andauernd von einem Mann? Eine Person stand dort. Tim und ich sind uns nicht sicher, ob es ein Mann oder eine Frau war. Die Person trug einen Kapuzenpulli und wirkte sportlich. Es ging alles so schnell und es war dunkel. Wie alt die Person war, konnte ich nicht erkennen. Ich weiß ja noch nicht einmal, ob es ein Mann war."

„Hat die Person denn irgendetwas getan oder gesagt, während sie vor dem Obdachlosen stand?"

„Nein, ich glaube nicht. Die Person hob einen Kanister, der neben ihr stand, auf und ist dann schnell Richtung Hausdurchfahrt gerannt. Im nächsten Moment war sie auch schon verschwunden. Tim und ich waren durch die Schreie des Opfers und alles, was geschehen war, wie gelähmt. Nein, das stimmt nicht, ich war wie gelähmt und Tim hat mir gesagt, ich solle die Notrufnummer wählen und Hilfe anfordern."

„Was hat Tim während der Zeit gemacht?"

„Tim hat seine Jacke ausgezogen und ist zu dem brennenden Mann gerannt, um die Flammen mit ihr auszuschlagen."

„Wo ist die Jacke jetzt?"

„Sie hat fürchterlich nach Qualm gerochen und war total verbrannt. Tim hat sie dann am nächsten Tag an der Uni in einen Mülleimer geworfen."

„Gab es einen Grund, warum er die Jacke an der Uni entsorgt hat? Waren Sie dabei?"

„Keine Ahnung! Nein, ich war nicht dabei, als er sie weggeworfen hat. Er hat es mir erzählt."

„Dann erklären Sie mir doch bitte, warum Sie nicht am Tatort geblieben sind und auf die Polizei gewartet haben?"

„Wir hatten Angst, weil wir doch letztens erst Sozialstunden aufgebrummt bekommen hatten, weil wir beim Containern erwischt wurden. Außerdem hatten wir meinen Eltern versprochen nicht mehr zu Containern. Mein Vater wollte mir das Geld streichen, wenn ich nicht damit aufhöre. Wir wussten natürlich, dass wir eine strafbare Handlung begangen hatten. Das sind die Gründe, warum wir abgehauen sind. Außerdem dachten wir, dass wir nicht mehr hätten tun können. Wir hatten doch alles unternommen, um dem Obdachlosen zu helfen."

„Das war wirklich dumm von Ihnen. Jetzt sieht es so aus, als hätten Sie etwas zu verbergen oder den Obdachlosen selbst angezündet. Wären Sie früher zu uns gekommen, hätte die Sache sich ganz anders dargestellt. Aber da wir Sie einbestellen mussten und Sie sich erst auf Grund dieser Aufforderung bei uns gemeldet haben, wirft Ihr Verhalten nun ein ausgesprochen schlechtes Licht auf die ganze Sachlage."

Nele stand der Schreck ins Gesicht geschrieben. Fassungslos sah sie Wolke an.

„Das kann doch nicht Ihr Ernst sein. So etwas würden wir nie tun. Wir hatten nur Angst wegen des Containers."

Wieder schossen Nele die Tränen in die Augen und das Schluchzen ging von vorne los. Ihr ganzer Körper wurde vor Verzweiflung geschüttelt.

Was wird nun mit Tim und mir passieren? Wo haben wir uns da nur hineinmanövriert?

„Sind Sie sicher, dass Sie mir alles erzählt haben?", fragte Wolke nochmals bei Nele nach. „Wenn Sie noch etwas wissen, dann sagen Sie es jetzt. Ansonsten erwecken Sie noch mehr den Eindruck, etwas mit der Tat zu tun zu haben, falls Sie später noch etwas hinzufügen möchten."

Trotz all ihres Kummers, ging ein Gedankenblitz durch Neles Kopf.

Vielleicht hilft uns das, was die Person gesagt hat, als sie vor dem Opfer stand, aus der Bredouille."

„Doch, da war noch etwas, gerade fällt es mir wieder ein. Die Person hat etwas gesagt, als sie vor dem brennenden Mann stand."

„Sind Sie sich da ganz sicher? Eben haben Sie noch gesagt, dass die Person nichts gesagt hätte."

„Das war falsch, die Person hat etwas zu dem Obdachlosen gesagt. Es ist mir aber erst gerade wieder eingefallen, als Sie mir erklärt haben, dass es schlecht für uns wäre, wenn ich später noch etwas hinzufügen wolle."

„Das soll ich Ihnen jetzt glauben? Woher weiß ich, dass Sie sich nicht gerade noch etwas ausgedacht haben? Aber erzählen Sie erst einmal, was die Person gesagt haben soll."

„Die Person sagte als sie vor dem Brandopfer stand: **‚Das ist für Mia und Maya'**."

„Mia und Maya?"

„Ja. ... Mia und Maya."

„Sind Sie sich da wirklich sicher?"

„Ja, ganz sicher. Aber Sie können auch Tim fragen. Er wird Ihnen meine Aussage bestätigen."

Wolke nickte stumm und schaute Nele durchdringend an.

„Ich glaube Ihnen fürs Erste. Ihren Personalausweis muss ich hier behalten. Verlassen Sie nicht die Stadt. Wir melden uns bei Ihnen, wenn wir noch irgendetwas von Ihnen brauchen."

Damit war Nele erst einmal entlassen. Sie war viel zu verdattert, um noch etwas fragen zu können, sondern nur froh, dass sie das Büro verlassen durfte.

Wolke war gespannt, was bei der Befragung Walds von Tim herausgekommen war.

Einige Zeit später betrat er das Büro.

„Wie ist die Befragung gelaufen?", wollte Wolke wissen.

„Na ja, er hat ziemlich plausibel erklärt, wie was abgelaufen ist. Allerdings können die Aussagen auch gelogen sein, um von sich abzulenken. Vielleicht hat der Obdachlose ihnen den Zugang zum Container verweigert oder er fühlte sich durch die beiden gestört und hat Streit angefangen. Lass uns die beiden Befragungen erst einmal abgleichen und dann schauen wir das Resultat an."

„So machen wir es."

„Aber eins will ich sofort wissen, hat Herr Wasserfeld bzw. Tim etwas von einer Person erzählt, die vor dem brennenden Obdachlosen gestanden hat?"

„Ja, hat er. Eine Person, wobei er nicht wusste, ob es ein Mann oder eine Frau war."

„Jetzt lass dir doch nicht wieder alles aus der Nase ziehen. Hat die Person etwas gesagt oder getan?"

Wald ließ Wolke noch einen Moment zappeln. „Ja, Tim meinte, dass die Person etwas zu dem Obdachlosen gesagt hat."

„Und, was?" Wolke brach innerlich vor Ungeduld fast zusammen.

„Das ist für Mia und Maya, soll die Person gesagt haben."

„Das hat Nele Schönwald auch ausgesagt."

„Sind die beiden glaubwürdig oder haben sie sich eine stimmige Geschichte ausgedacht und sich gut abgesprochen? Was meinst du?"

„Ich bin mir noch nicht ganz sicher. Jedenfalls habe ich Ben mit Tim nach Hause geschickt, damit Ben alle Schuhe von Tim auf Spuren untersucht. Vielleicht bringt uns das neue Erkenntnisse. Außerdem habe ich Ben gebeten, sich die Mobiltelefone der beiden vorzunehmen und zu checken, in welcher Funkzelle sie am Mittwoch gegen 22:30 Uhr eingeloggt waren."

„Meinst du diese Person, von der Nele und Tim sprechen, war tatsächlich am Tatort? Wir haben bisher nichts gefunden, was auf eine weitere Person schließen lässt. Es ist also bisher fraglich, ob es sie überhaupt gibt."

Wolke seufzte.

„Komm, lass uns erst einmal die Befragungen abgleichen."

Sie setzten sich auf ihre Stühle und fingen mit dem Vergleich der Aussagen an.

Wenig später klingelte das Telefon. Ben meldete sich mit: „Hallo, Wölkchen. Ich wollte euch nur schnell zurufen, dass die DNA-Probe des Opfers nicht in der Datenbank vorhanden ist. Es gab keine Übereinstimmung. Die Probe bringt uns also nicht weiter. Wisst ihr denn mittlerweile, wer das Brandopfer ist?"

„Nein, leider immer noch nicht. Es wäre auch zu schön gewesen, wenn die DNA uns einen Treffer beschert hätte. So tappen wir immer noch im Dunkeln."

„Ich war bei Tim Wasserfeld zuhause und habe mir alle seine Schuhe geben lassen. Jetzt fahre ich erst einmal ins Labor und mache mich an die Arbeit. Wenn ich was Interessantes finden sollte, melde ich mich. Machs gut Wölkchen", und schon hatte Ben die Verbindung unterbrochen.

Wolke schaute noch einen Moment auf ihr Handy. *Hoffentlich findet Ben etwas.*

MITTWOCH, 16. DEZEMBER

Wolke saß in ihrem Büro und wartete auf Wald. Nun war es bereits eine Woche her, dass sie den Fall übernommen hatten und Weihnachten rückte immer näher. Irgendwie kamen bei ihr dieses Jahr noch gar keine weihnachtlichen Gefühle auf, obwohl die Weihnachtsmärkte in Köln hell erleuchtet erstrahlten und die ganze Stadt sich weihnachtlich geschmückt zeigte. Vielleicht lag es aber auch daran, dass es einfach noch zu warm war. Es fehlte einfach die klirrende Kälte und der Schnee. *Vielleicht kommt die Weihnachtsstimmung auf, wenn wir den Fall endlich gelöst haben … und wenn nicht?*

Aber schon waren ihre Gedanken wieder bei den laufenden Ermittlungen.

Bisher deuten alle Indizien auf Nele Schönwald und Tim Wasserfeld. Aber was für ein Motiv könnten die beiden haben?

Sie scheinen Recht von Unrecht unterscheiden zu können, und wussten, dass das Containern strafbar war. Trotzdem haben sie dem Opfer geholfen.

Eigentlich machen sie einen recht ordentlichen Eindruck auf mich, doch das ist leider kein Kriterium, das ich in meinem Beruf anlegen kann. Ich habe schon Täter überführt, die sympathisch, offen und anziehend wirkten, charismatisch waren und den Eindruck eines Lamms vermittelten und dennoch stellte sich später heraus, dass sie schreckliche Straftaten verübt hatten, wie ich sie mir in meinen kühnsten Träumen nicht hätte vorstellen können.

Diese Überlegungen bringen mich nicht weiter. Sympathisch kann an sich jeder Mensch wirken, auch ein Mörder. Sympathisch ist einfach kein Merkmal, um einen Täter auszuschließen. Sympathisch kann sowohl auf unschuldige als auch auf schuldige Menschen zutreffen.

Einen Streit zwischen Nele, Tim und dem Obdachlosen, der dann eskaliert ist, halte ich für ausgeschlossen. Wo hätten die beiden das Benzin her haben sollen? Um die Tat begehen zu können, hätten sie zufällig Benzin im Hänger spazieren fahren müssen, denn sie konnten ja nicht wissen, dass sie auf den Obdachlosen stoßen würden. ... Obwohl, Nele hat ausgesagt, dass sie dort öfter einen Obdachlosen angetroffen haben. ... Aber es ist nie zu einem Streit oder anderen Vorfällen gekommen, sondern der Obdachlose schlief weiter und wurde durch Tim und Nele nicht aufgeweckt. Also, warum sollten sie den Obdachlosen anzünden?

Außerdem fahren Nele und Tim immer mit ihren Fahrrädern. Wofür hätten sie das Benzin sonst noch verwenden sollen? Soweit ich weiß, haben die beiden kein Auto. Also eher unwahrscheinlich, dass sie einen Kanister gefüllt mit Benzin besitzen und einfach so spazieren fahren.

Der Obdachlose lag auf seiner Schlafstätte und hätte sich sicherlich nicht freiwillig dahin gelegt, um sich dann mit Benzin übergießen und anschließend anzünden zu lassen. Das passt einfach alles nicht.

Aber angeblich schlief der Obdachlose bereits. Was, wenn sie ihn dann übergossen und angezündet haben? Aber warum sollten sie einen schlafenden Mann anzünden, den sie vermutlich gar nicht kannten?

Und ... wenn sie ihn doch gekannt haben?

Ist es möglich, dass die beiden das Opfer doch kannten? Nele hat davon gesprochen, dass dort öfter ein Obdachloser nächtigte und sie ihm dann immer etwas aus dem Container zum Essen für den nächsten Tag hingelegt hätten.

Außerdem haben sie Sozialstunden in einer Suppenküche ableisten müssen. Vielleicht kannten sie den Obdachlosen daher. Ich muss Tim und Nele unbedingt fragen, ob es eine Verbindung zwischen dem Obdachlosen und ihnen gibt. Aber auch wenn sie ihn gekannt haben, warum sollten sie ihn dann anzünden? Welchen Grund könnte es dafür geben? Die gängigen Tatmotive passen alle nicht. Oder gibt es doch eine Verbindung zwischen Nele, Tim und dem Obdachlosen? Was für eine Verbindung könnte das sein?

Nele, Tim und der Obdachlose stammen aus ganz unterschiedlichen Milieus. Kann diese drei Menschen irgendetwas verbinden? Vielleicht helfen Nele und Tim ehrenamtlich in einer Obdachloseninstitution z.B. bei der Essensausgabe. Vorstellen kann ich mir das bei den beiden. Ja, das kann passen. Daher könnten sie sich kennen. Auch danach muss ich die beiden unbedingt fragen.

Aber der Dreh- und Angelpunkt ist immer wieder die Identität des Opfers. Solange ich nicht weiß, wer der Obdachlose ist, komme ich mit meinen Überlegungen immer wieder an den Punkt, wo ich einfach nicht weiterkomme.

Irgendwie müssen Wald und ich es schaffen, die Identität des Obdachlosen zu klären. Bloß, wie? Wir haben alles versucht, aber bisher ohne Erfolg. Wir haben aber auch immer noch nicht den kleinsten Hinweis, der uns weiterhelfen könnte.

Vielleicht wollte der Obdachlose Nele und Tim auch den Inhalt des Containers streitig machen. Nein, das ist total abwegig und passt überhaupt nicht. Warum geben sie dem Opfer dann freiwillig etwas von den Nahrungsmitteln ab? Dafür muss der Obdachlose keinen Streit mit den beiden anfangen. Sie hätten ihm vermutlich gerne etwas abgegeben. Außerdem hätte der Obdachlose dann gestanden und nicht auf dem Boden gelegen.

Ich habe den Eindruck, meine Gedanken drehen sich im Kreis, aber bisher ist nichts Neues oder Brauchbares dabei.

Aber was ist, wenn Tim und Nele so abgebrüht sind, dass sie sich eine plausibel klingende Story für die Polizei ausgedacht und sich vorher abgesprochen haben? Aber selbst das glaube ich nicht. Dann muss Nele eine verdammt gute Schauspielerin sein. Ihr emotionaler Ausbruch erschien mir echt, ebenso wie die Tränen, die sie vergossen hat. Wer kann schon so einfach von jetzt auf gleich wie ein Schlosshund heulen? Nein, ich glaube nicht, dass Nele geschauspielert hat. Verdammt, damit kann ich diesen Gedanken auch vergessen.

Aber warum sind die beiden nicht am Tatort geblieben oder wenigstens am nächsten Tag zur Polizei ge-

gangen? Die Angst, wegen dem Containern belangt zu werden, scheint mir ein schwacher Erklärungsversuch.

Ein: „Morgen, Wolke", holte sie aus ihren Überlegungen zurück in die Realität. „Ich hab uns heute mal einen Coffee to go mitgebracht oder hast du schon Kaffee aufgesetzt?", fragte Wald, wohlwissend, dass das Wunschdenken war.

„Kaffee ist jetzt genau das, was ich brauche. Aber um deine Frage zu beantworten, ich habe noch keinen aufgesetzt, ich bin noch nicht dazu gekommen", flunkerte sie.

„Dann komme ich doch gerade richtig, damit die Welt wieder in Ordnung ist."

„Wenn die Welt damit wieder in Ordnung wäre, würde ich den ganzen Tag Kaffee trinken", gab Wolke gedankenverloren zurück.

„Nanu, was ist denn mit meiner Kollegin heute früh los? So philosophisch kenne ich dich gar nicht."

„Ich mich eigentlich auch nicht. Aber manchmal überkommt es mich einfach. Ich habe mich gerade gefragt, ob wir in unserem Beruf überhaupt noch in der Lage sind, jemandem zu vertrauen oder ob wir hinter jeder Aussage eine Lüge vermuten. Bevor du gekommen bist, hat mich die Frage beschäftigt, ob Nele und Tim uns mit ihren Aussagen angelogen haben oder nicht. Eigentlich finde ich beide recht sympathisch", erklärte Wolke ihre Überlegungen. „Aber unabhängig davon, fällt mir kein Tatmotiv ein, welches erklären würde, warum die beiden eine so abscheuliche Tat begangen haben sollten."

„Lass uns erst einmal abwarten, was noch von der SpuSi kommt, dann sehen wir weiter. Es besteht auch immer noch die Möglichkeit, dass Martin etwas herausfindet, wenn wir ihn auf die beiden Namen Maya und Mia ansetzen. Zuerst sollten wir aber ins Krankenhaus fahren und hören, ob es da etwas Neues gibt. Vielleicht klären sich dann einige Dinge von alleine oder wir finden ein Puzzleteil, das uns weiterbringt."

Wald sah Wolke auffordernd an. „Ich fahre. Jetzt weißt du auch, warum es heute Coffee to go gibt. Übrigens, den Kaffeebecher schenke ich dir, der Umwelt zu liebe. Das ist kein Wegwerf-Becher, wie du sicherlich bemerkt hast."

„Danke, Wald. Woher wusstest du, dass ich auf Köln- Motive stehe? Du kennst mich anscheinend mittlerweile schon ganz gut. Ich werde auf den Becher mit Argusaugen aufpassen. Nicht, dass einer der Kollegen am Ende noch gefallen an einer kitschigen Köln-Tasse findet." Sie lachte und küsste das Köln-Motiv auf der Tasse. „Danke, das war eine super Idee von dir. Da sieht der Morgen doch schon wieder viel positiver aus."

„Stadt oder Autobahn?"

„Wenn es nach mir geht, heute mal wieder Stadt. Wenn es gut läuft, sind wir so schneller am Klinikum Merheim, als über die Autobahn. Alleine die Kreuzung Luxemburger Straße und Militärringstraße ist nervig. Wenn wir Pech haben und die Schranke runter geht, stehen wir alleine dort fünf Minuten an der roten Ampel."

„Kein Problem, fahren wir also durch die Stadt, du bist die Chefin aber vor allem die Ortskundigere."

Das Verkehrsaufkommen in der Stadt und über den Rhein hielt sich in Grenzen und so waren sie nach einer knappen halben Stunde im Merheimer Klinikum auf der Station für Schwerbrandopfer.

Die Schwester mit den roten Haaren und dem Pferdeschwanz, die im Stationszimmer saß, erkannte sie sofort wieder und begrüßte sie freundlich: „Guten Morgen, die Kommissare. Möchten Sie wieder mit Frau Dr. Esser sprechen? Dann gebe ich ihr Bescheid, dass Sie hier sind."

„Gut kombiniert", gab Wald charmant mit einem Lächeln zurück.

„Dann nehmen Sie doch wieder im Wartebereich Platz. Frau Dr. Esser kommt dann zu Ihnen." Die Schwester strahlte Wald an. Von Wolke nahm sie fast gar keine Notiz.

„Wie machst du das eigentlich immer wieder?", fragte Wolke Wald verblüfft.

„Was?"

„Na, dass die Frauen dir immer direkt verfallen sind." Ihren neuen Kaffeebecher mit dem Köln Motiv hielt sie dabei stolz in der Hand. „Gut, dass ich dir trotz des Bestechungsversuchs noch nicht verfallen bin. Verfallen bin ich weiterhin nur Köln."

Wald zog verständnislos die Augenbrauen hoch, wie er es häufig beim Überlegen machte. „Ich weiß nicht, was du meinst."

„Du hast es also wieder einmal nicht bemerkt, wie die rothaarige Schwester dich angehimmelt hat, oder?"

„Äh,… nein."

Das ist typisch Wald. Er checkt mal wieder nicht, welche Wirkung er auf weibliche Wesen hat. Hoffentlich bleibt es auch so, denn das macht ihn so sympathisch. Er sonnt sich nicht in seiner Wirkung auf Frauen und vor allen Dingen nutzt er diese Wirkung nicht zum Nachteil der Frauen aus.

Wenige Augenblicke später begrüßte Frau Dr. Esser sie. „Guten Morgen, Herr Kommissar Wald, guten Morgen", dabei guckte sie Wolke an und nickte ihr dann kurz zu.

Aha, auch Frau Dr. Esser ist dem Wald-Phänomen erlegen.

„Herr Wald, ich habe Neuigkeiten." Die Ärztin wirkte dieses Mal wesentlich offener, als es bei den letzten Gesprächen der Fall war.

Wald guckte sie ruhig und aufmerksam an. „Ich hoffe, Sie haben gute Neuigkeiten für uns."

„Selbstverständlich. Ich habe Ihnen doch bei unserem letzten Gespräch erklärt, dass wir den Patienten aus dem künstlichen Koma herausholen wollten, indem wir die Narkosemittel reduzieren würden. Das haben wir auch gemacht. Allerdings mussten wir das Narkosemittel sehr schnell wieder erhöhen, da die Schmerzen für den Patienten anscheinend unerträglich waren und seine Vitalwerte auf die Reduzierung der Mittel nicht gut angesprochen haben. Wie ich Ihnen bei Ihrem letzten Besuch erklärt habe, kann es zu Wahnvorstellungen kommen, während die Wirkung der Medikamente nachlässt. Daher müssen Sie das, was ich Ihnen nun sage, unter diesem Aspekt bewerten. In der Aufwachphase hat der Patient, laut seinem Pfleger, Herrn Kirschbaum, immer wieder die gleichen Worte wiederholt."

Wald schaute Frau Dr. Esser erwartungsvoll an und Wolke war die personifizierte Ungeduld. „Was hat der Patient denn nun gesagt?", fuhr Wolke Frau Dr. Esser leicht ruppig an.

Diese wandte sich daraufhin ganz von Wolke ab und redete nur noch mit Wald. Wolke zeigte sie die kalte Schulter.

Wald hatte die Szene beobachtet und schaute Frau Dr. Esser daher nun aufmunternd an, in der Hoffnung, dass sie weiter sprechen würde.

„Also, Herr Kirschbaum, ein sehr erfahrener Intensivpfleger, der während des gesamten Aufwach-Vorgangs immer bei dem Patienten war, sagte mir, dass dieser immer wieder die gleichen Worte wiederholt hätte."

„Das sagten Sie bereits", meinte Wald, da er mittlerweile auch immer ungeduldiger wurde. „Was hat der Patient denn nun gesagt?" Er hoffte darauf, dass die Worte des Mannes der Durchbruch für Ihre Ermittlungen sein könnte.

Frau Dr. Esser fuhr langsam und entspannt mit ihren Ausführungen fort: „Der Patient hat gebetsmühlenartig wie ein Mantra folgende Worte wiederholt: **‚Ich hätte es verhindern sollen, so viel Leid. Du hättest durchhalten müssen'.**"

Wolke blickte Wald an: „Der Patient sagte also immer wieder, dass er etwas hätte verhindern und jemand anderes hätte durchhalten müssen. Daraus ist dann viel Leid entstanden. Habe ich das so richtig verstanden?"

Doch weder Wald noch Frau Dr. Esser antworteten ihr.

Stattdessen wiederholte Wald nochmals die Worte, die der Patient geäußert hatte: „ ‚Ich hätte es verhindern sollen, so viel Leid. Du hättest durchhalten müssen.' Stimmt das so?"

Frau Doktor Esser nickte bestätigend mit dem Kopf.

„Ansonsten hat der Patient nichts mehr gesagt?", fragte Wald in der Hoffnung, dass Frau Dr. Esser vielleicht doch noch mehr Informationen hatte.

Die Ärztin schüttelte aber nur den Kopf. „Nein, tut mir leid, das war alles."

Enttäuschung machte sich bei Wald breit. *Wie sollen die Sätze, die der Obdachlose gesagt hat, uns nur auf die richtige Spur bringen?*

Dennoch bedankte er sich bei Frau Dr. Esser für die gute Zusammenarbeit und bat sie, sich wieder bei ihnen zu melden, falls der Patient noch einmal etwas sagen sollte. „Das mache ich doch gerne, Herr Oberkommissar Wald." Wolke ignorierte sie.

Die beiden Kommissare machten sich enttäuscht auf den Weg zurück zu ihrer Dienststelle. Unterwegs rätselten sie herum, was die Worte des Patienten bedeuten könnten, kamen aber zu keinem Ergebnis.

Wolke sagte: „Jetzt haben wir von Nele und Tim den Hinweis auf die beiden Namen Maya und Mia, sofern die Aussage stimmt und dann noch diese kryptischen Sätze des Opfers. Hast du eine Idee, wie das zusammenhängen könnte?"

„Vielleicht kannte der Obdachlose Mia und Maya und hätte sie vor etwas warnen können. Aber wer hätte dabei durchhalten sollen?" versuchte Wald eine Erklärung, „und wieso ist daraus so viel Leid entstanden? Ich glaube, so kommen wir nicht weiter. Wir stochern im Trüben und haben keinerlei Anhaltspunkte, worum es überhaupt geht und auch nicht, ob die Aussage des Opfers aus Wahnvorstellungen entspringt oder etwas mit der Realität zu tun hat. Mit anderen Worten, alles ist sehr vage und wir haben keine handfesten Fakten."

Ernüchtert nickte Wolke.

Kaum waren sie im Kommissariat angekommen, wartete bereits Ben auf sie. „Hallo Wölkchen, hallo Olli", begrüßte er die beiden mit einem breiten Grinsen im Gesicht. „Hallo Ben Kenobi", konterte Wald heute. Ben schaute verdutzt. „Wie hast du mich gerade genannt?", fragte er erstaunt noch einmal nach. Er war nicht sicher, ob er sich verhört hatte.

„Ben Kenobi auch bekannt als Obi-Wan Kenobi. Kennst du deinen Namensvetter etwa nicht?" Herausfordernd sah Wald Ben an.

„Wie lange hast du denn an dem Namen gebastelt?" Ben amüsierte sich königlich.

„Ist mir ganz spontan in den Sinn gekommen. Und … weißt du nun, wer dein Namensvetter Ben Kenobi ist?"

„Ich komme gleich drauf", wich Ben der Frage aus, um Zeit zu gewinnen.

„Ach komm, ich helfe dir. Ben Kenobi ist ein Jedi Ritter aus der Star Wars Trilogie, das weiß doch jeder", lachte Wald und schlug Ben kumpelhaft auf die Schulter. „Hat unser Jedi Ritter vielleicht gute Nachrichten für uns? Die könnten wir jetzt brauchen."

„Ha, ha. Der war gut, Wald. Langsam stellst du dich auf die Gepflogenheiten hier in Köln ein. Das war ein echter ‚Spass an d'r Freud' Gag. Noch ein paar Jahre und du gehst als waschechter Kölner durch."

Hatte Ben ihn etwa gerade Wald genannt, anstelle von Olli? Entwickelte sich etwa langsam eine Art Freundschaft zwischen ihnen?

„Ja, es gibt neue Erkenntnisse. Ich habe die Handy-Daten von Nele und Tim ausgewertet. Neles Handy und auch das von Tim waren zur fraglichen Zeit beide am Funkmast Barbarossaplatz eingeloggt. Sie waren also definitiv zum Tatzeitpunkt am Tatort."

Ben machte eine kurze Pause, bevor er fortfuhr.

„Unter Tims Schuhen haben wir Fasern gefunden, die wir auch direkt vor dem Schlafplatz des Opfers gefunden haben. Die Fasern waren teilweise verbrannt. Daher muss er ganz nah beim Opfer gestanden haben. Ebenfalls haben wir Rückstände von Benzin unter seinen Schuhen gefunden. Tim Wasserfeld muss also so dicht bei dem Opfer gestanden haben, dass das Benzin, mit dem das Opfer übergossen wurde, an seine Schuhe gelangen konnte. Die Jacke haben wir nicht mehr ausfindig machen können. Die Müllbehälter rund um die Uni waren bereits geleert. Die Jacke kann uns also keine Hinweise mehr darauf geben, ob sie Benzinspritzer abbekommen hat oder nicht. Deshalb können wir nicht mit Sicherheit sagen, ob Tim das Benzin über den Obdachlosen gegossen hat oder dort gestanden hat, um die Flammen auszuschlagen. Beide Szenarien können aufgrund der Spurenlage zutreffend sein."

Wolke fasste das Gehörte zusammen: „Wir können also weder ausschließen noch können wir eindeutig belegen, dass Tim das Opfer angezündet hat. Bisher bestätigen die Daten lediglich, was die beiden uns erzählt haben, nämlich, dass sie zur besagten Zeit am Tatort waren."

Ben und Wald bestätigten durch Kopfnicken Wolkes Ausführungen.

„Verdammt, dann sind wir immer noch nicht weiter", fluchte Wolke leise vor sich hin. Sie musste ihrem Frust endlich einmal Ausdruck verleihen.

„Ich soll euch von Martin ausrichten, dass er immer noch versucht den letzten Hausbewohner in der Trierer Straße zu erreichen, um ihn zu den Vorkommnissen der Nacht zu befragen. Bisher hat er ihn aber immer noch nicht angetroffen. Aber er bleibt dran, soll ich euch sagen."

Wolke überlegte einen Augenblick: „Wir können Tim und Nele auch Frau Schmitz gegenüber stellen, aber auch das würde vermutlich nur bestätigen, was wir schon wissen: dass beide zur Tatzeit am Tatort waren, was sie auch zugegeben haben."

***

Nach einer emotional aufgewühlten Nacht saßen Nele und Tim, jeder mit einer heißen Tasse Tee vor sich, an ihrem Küchentisch. Nele hatte sich gestern Abend in den Schlaf geweint und Tim das Gefühl völliger Leere verspürt.

Beide starrten vor sich hin und hingen ihren Gedanken nach. Tim rekapitulierte.

Was hat sich da gestern auf dem Polizeirevier bloß abgespielt? Es kommt mir wie ein Albtraum vor, aus dem ich jeden Augenblick aufwachen muss. Aber es klingelt kein Wecker, der mich aus diesem Schreckensszenario holt.

Ich bin total frustriert. Wie habe ich es nur so weit kommen lassen können? Wir haben doch, außer dem Containern, nichts Verbotenes getan und auch das Containern machen wir nicht aus böser Absicht, sondern verfolgen, in unseren Augen, ein gutes Ziel.

Jetzt geht die Polizei davon aus, dass ich den obdachlosen Mann angezündet und Nele mir vermutlich dabei geholfen hat. Wie habe ich nur so dumm sein können, zu glauben, dass uns am Tatort niemand gesehen hat und wir ungeschoren davonkommen?

Aber das Schlimmste ist, dass ich Nele damit so viel Kummer bereitet habe. Warum habe ich nur darauf bestanden, den Tatort zu verlassen? Wären wir dort geblieben, was hätte uns dann schlimmstenfalls passieren können? Alles wäre nicht so schrecklich gewesen, wie das, was wir uns jetzt eingebrockt haben. Ich werde im ungünstigsten Fall als Mörder verhaftet, sollte der Obdachlose sterben, und Nele als meine Komplizin! Was für eine schreckliche Vorstellung.

Nele holte ihn aus seinen Gedanken. „Tim, was sollen wir jetzt bloß machen? Die Situation wird immer vertrackter. Du bist doch kein Krimineller. Wir brauchen Unterstützung, das bekommen wir alleine nicht mehr hin. Wir müssen uns jemandem anvertrauen."

„Das sehe ich auch so. Hast du einen Vorschlag oder bereits eine Idee?"

„Ich denke wir sollten meinen Eltern alles erzählen, auch wenn es dann Ärger und Konsequenzen wegen des Containerns gibt. Ich bin mir sicher, dass sie uns auf jeden Fall unterstützen und helfen werden. Sicherlich können Sie auch besser als wir beurteilen, was in unserer Situation zu tun ist. Mit deinen Eltern stehst du immer noch auf Kriegsfuß, wenn wir sie um Hilfe bitten, wird die ganze Situation vermutlich nur noch weiter eskalieren."

Nachdem Nele ihren Vorschlag Tim unterbreitet hatte, schaute sie Tim traurig aber auch hoffnungsvoll an. „Was sagst du zu meinem Vorschlag?"

„Du hast recht. So sollten wir es machen. Schlimmer als es jetzt ist, kann es nicht mehr werden. Du kannst mir die ganze Schuld in die Schuhe schieben, wenn du willst. Ich war schließlich derjenige, der darauf gedrängt hat, den Tatort zu verlassen. Rufst du deine Eltern an und sagst ihnen, dass wir vorbeikommen möchten?"

Nele hatte ihr Handy bereits in der Hand und die Nummer ihrer Eltern über die Funktionstaste ‚Favoriten' gewählt.

Neles Vater meldete sich mit: „Hallo Liebes, wie geht es dir?"

Nele liefen schon wieder die Tränen aus den Augen und ihre Stimme zitterte als sie sagte: „Papa, es ist etwas passiert. Wir kommen jetzt vorbei, ok? Wir brauchen eure Hilfe."

„Um Himmels Willen, Nele, was ist denn passiert? Bist du verletzt oder Tim? Hattet ihr einen Unfall?"

„Nein, Papa, wir sind gesund. Aber wir wollen euch persönlich erzählen was passiert ist. Also bis gleich. Ich hab euch lieb." Schon etwas erleichterter beendete Nele das Gespräch.

Kurz darauf bestiegen sie ihre Räder und fuhren auf dem schnellsten Weg zu Neles Eltern. Bei ihrer Fahrt achteten sie akribisch darauf, sich an alle Verkehrsregeln zu halten. Noch mehr Ärger mit der Polizei wollten sie tunlichst vermeiden.

Herr und Frau Schönwald standen bereits in der Haustür, als sie angefahren kamen. Nele warf sich in die Arme ihrer Mutter, die ihr beruhigend über den Kopf streichelte und ihr immer wieder ins Ohr flüsterte: „Nele, beruhige dich. So schlimm wird es schon nicht sein." Herr Schönwald half Tim die Räder abzuschließen und sah ihn besorgt an.

Als sie alle vier im Wohnzimmer saßen, fingen Nele und Tim im Wechsel an zu erzählen, was sich in den letzten Tagen alles ereignet hatte. Neles Eltern hörten geduldig zu und unterbrachen die Ausführungen der beiden nicht. Als sie geendet hatten, stand Neles Eltern der Schrecken ins Gesicht geschrieben.

„Es kann doch nicht sein, dass die Polizei denkt, Tim hätte den Obdachlosen angezündet und du," dabei schaute er liebevoll seine Tochter an, „hättest ihm dabei geholfen. Warum hättet ihr so etwas machen sollen?"

Neles Mutter war ganz ruhig und nachdenklich geworden, bis sie plötzlich aus ihrem Sessel aufsprang, lebhaft mit ihren Armen gestikulierte und zuversichtlich zu Nele und Tim sagte: „Ich rufe jetzt Andreas an. Schließlich haben wir einen Juristen in der Familie. Dein Onkel muss sich als Staatsanwalt doch wohl mit solchen Dingen auskennen. Er soll sich darum kümmern und dann wird schon alles in Ordnung kommen. Andreas wird euch schon aus diesem Schlamassel rausholen." Neles Mutter strahlte nach diesen Ausführungen neu gewonnene Zuversicht aus.

Nachdem sie mit ihrem Bruder telefoniert hatte, informierte Frau Schönwald die restlichen Familienmitglieder einschließlich Tim, dass sich Andreas sofort mit dem Polizeikommissariat in Verbindung setzen wollte und sich dann wieder bei ihnen melden würde.

Tim, Nele und ihre Eltern saßen wieder gemeinsam im Wohnzimmer und warteten sehnsüchtig auf den Rückruf von Andreas. Es wollte keine wirkliche Unterhaltung aufkommen, da alle mit ihren eigenen Gedanken beschäftigt waren. Die Zeit verstrich viel zu langsam und zog sich wie Kaugummi. Unruhig rutschte Nele, wie tags zuvor auf dem Kommissariat, auf ihrem Stuhl hin und her. Sie konnte einfach nicht still sitzen bleiben. Dafür war sie viel zu nervös und angespannt. *Wird Onkel Andreas einen Ausweg aus dieser Situation für uns finden?* Sie schaute zu Tim und stellte fest, dass er auch nicht ruhig sitzen bleiben konnte.

„Soll ich noch ein Wasser aus der Küche holen?", fragte Nele in die Runde. Sie suchte einen Grund, aufstehen zu können, um sich etwas zu bewegen. Aber niemand wollte etwas. Also blieb sie sitzen.

Nach einer gefühlten Ewigkeit fragte Nele ihre Mutter gereizt: „Wann ruft Onkel Andreas denn endlich zurück? Ich halte diese Ungewissheit nicht mehr länger aus. Das ist die reinste Folter."

Sie war schon wieder den Tränen nahe.

„Er meldet sich so schnell es geht", erwiderte ihre Mutter ruhig. „Wir können jetzt nur abwarten und Tee trinken." Dabei zeigte ihre Mutter auf die Teetassen, die auf dem Tisch standen. Sie wollte damit die Spannung, die in der Luft lag, etwas auflockern. Aber niemand reagierte auf ihr Wortspiel. Deshalb schaute sie Nele liebevoll an und lächelte ihr aufmunternd zu. „Komm setz dich zu mir, dann streichele ich dir etwas über den Rücken. Das hat dich als Kind schon immer beruhigt."

Nele stand auf und kuschelte sich an ihre Mutter.

Nach weiteren Minuten, die ihnen allen wie Tage vorkamen, klingelte endlich das Handy von Frau Schönwald.

„Endlich", entfuhr es Nele, Tim und Herrn Schönwald fast gleichzeitig.

„Hallo Britta, hier ist Susi. Störe ich?", meldete sich Frau Schönwalds Sportfreundin.

„Susi, ja, tut mir leid, aber du störst wirklich gerade. Ich warte auf einen dringenden Anruf. Ich melde mich dann später", damit beendete Neles Mutter das Gespräch, bevor es richtig begonnen hatte.

Alle schauten enttäuscht auf das Telefon. Die Zeit verstrich weiter, ohne dass irgendetwas geschah. Alle vier starrten auf das Telefon, als wollten sie es hypnotisieren. Wann würde es endlich klingeln? ... Jetzt? ... Nein, kein Geräusch entwich dem kleinen, eckigen Ding. Es war zermürbend. Sie saßen da, aber der erlösende Klingelton wollte einfach nicht ertönen. Die Spannung im Raum nahm immer weiter zu, wie ein Gummiband, das gespannt wurde und kurz vor dem zerreißen stand.

Dann, nach einer weiteren quälenden Ewigkeit, endlich der erlösende Ton: „Didelidum, didelidum."

Frau Schönwald griff blitzschnell zu ihrem Handy und nahm es ans Ohr. Vor lauter Aufregung hatte sie vergessen, den Lautsprecher anzustellen, so dass die anderen das Gespräch nicht mithören konnten.

„Andreas, was hast du erreicht?", fragte sie statt einer Begrüßung.

„Ich habe mit dem Leiter der Dienststelle in der Rhöndorfer Straße, einem Herrn Grandler, telefoniert. Er war ganz zugänglich, als ich mit ihm gesprochen habe. Wir hatten beruflich schon einmal miteinander zu tun. Von ihm habe ich erfahren, dass der ermittelnde Staatsanwalt mein alter Studienkollege, Felix Fix, ist. Ich habe dann versucht Felix telefonisch zu erreichen, aber das hat gedauert, da er gerade in einer Verhandlung saß. Als ich ihn dann endlich in der Leitung hatte, hat er vorgeschlagen, ihn und die ermittelnden Kommissare morgen Vormittag auf dem Revier zu treffen. Nele und Tim sollen ebenfalls dabei sein. Deshalb müssen beide morgen auch auf die Dienststelle kommen. Aber sie sollen sich keine

Gedanken machen, ich bin schließlich mit von der Partie. Sag ihnen, ich hole sie morgen zuhause ab, dann können wir auf dem Weg zum Revier alles besprechen oder ich kann sie noch nach Details fragen, die mir noch wichtig erscheinen. Dann klärt sich hoffentlich alles auf. Drück Nele feste von mir und richte Tim Grüße aus. Das wird schon."

Andreas Teichner verbreitete mit seinen Worten Zuversicht.

Im Anschluss an das Gespräch gab Frau Schönwald die Informationen ihres Bruders an die anderen weiter.

Nele und Tim fiel ein Stein vom Herzen, als sie hörten, dass Neles Onkel sie am nächsten Tag zum Kommissariat begleiten würde. Jetzt sah die Welt schon nicht mehr ganz so grau und trostlos aus.

DONNERSTAG, 17. DEZEMBER

Als Wald am nächsten Morgen das Büro betrat, wartete Martin dort bereits auf ihn.

„Nanu! Was machst du denn schon so früh hier bei uns? Der frühe Vogel fängt den Wurm, oder was führt dich hierher? Aber zuerst einmal wünsche ich dir einen guten Morgen."

„Morgen Wald. Ich habe neue und wie ich denke, interessante Infos für euch. Soll ich schon mal loslegen?", fragte Martin, als könne er es nicht erwarten, seine Neuigkeiten los zu werden.

„Wolke kommt bestimmt auch jeden Augenblick. Wenn du noch einen Moment wartest, brauchst du nicht alles zweimal erzählen", meinte Wald pragmatisch und zog erst einmal Mantel und Schal aus. Dann ging er zur Kaffeemaschine und stellte sie an.

„Trinkst du einen Kaffee mit? Wenn ja, dann mache ich etwas mehr."

„Kaffee ist immer gut."

Wald setzte den Kaffee auf, stellte Tassen bereit und gab Milch in die Tassen.

Bevor der Kaffee durchgelaufen war, öffnete sich die Tür und Wolke kam herein.

„Guten Morgen Kollegen, was für eine Versammlung ist denn hier schon so früh?", fragte sie putzmunter und schaute dabei von einem zum anderen.

„Wir haben nur auf dich gewartet. Martin hat Neuigkeiten und ich hab schon mal Kaffee gemacht."

Wolke schaute Martin fragend an und zog dabei ihren Parka aus. Zum Vorschein kam ein Sweatshirt mit dem Kölner Wappen.

„Dann ist doch alles klar, jeder nimmt sich seinen Kaffee und dann kann es wegen mir direkt losgehen. Also, was hast du für uns?", dabei schaute sie Martin neugierig an.

„Wir haben gestern mit der Befragung in der Trierer Straße weitergemacht und tatsächlich den letzten Mieter, den wir bisher noch nicht sprechen konnten, erreicht. Er war einige Tage auf Geschäftsreise und daher für uns bisher nicht greifbar. Er erklärte uns, dass er nichts Auffälliges bemerkt hätte. Dann erzählte er uns aber, dass er an dem Abend, als der Obdachlose angezündet wurde, einige Fotos von seiner Freundin gemacht hätte, die dabei am Fenster stand, das in den Innenhof geht. Er hat uns dann bereitwillig die Fotos gezeigt und, jetzt haltet euch fest …, auf einem der Bilder ist Tim Wasserfeld zu erkennen. Er steht über den Obdachlosen gebeugt und hält etwas Unförmiges in der Hand. „Aber seht selbst."

Er öffnete seinen Laptop, welchen weder Wald noch Wolke vorher wahrgenommen hatten, suchte die richtige Datei, öffnete sie und auf dem Bildschirm erschien ein Foto, auf dem eine junge Frau mit Sommersprossen und auffallend grünen Ohrringen zu sehen war.

Alle drei rückten eng zusammen und starrten auf den Monitor.

„Tatsächlich, da im Hintergrund ist Tim Wasserfeld unscharf zu erkennen. Was hält er denn da bloß in der Hand? Was könnte das sein? Hat einer von euch eine Idee?", fragte Wolke ihre beiden Kollegen in der Hoffnung, dass diese zu einer Erkenntnis gekommen waren.

Wald erwiderte: „Die Auflösung des Bildes ist zu schlecht. Ich kann nicht klar erkennen, was er in seiner Hand hält. Es könnte ein Benzinkanister sein, aber auch eine Jacke. Genau kann ich es nicht sagen."

„Das sehe ich auch so", stimmte Martin Wald zu. „Es könnte ein Benzinkanister sein, muss es aber nicht."

„Könnte es denn auch die Jacke sein, von der Nele und Tim gesprochen haben? Kann einer von euch beiden erkennen, ob Tim auf dem Bild noch die Jacke an hat?"

Alle drei starrten wieder angestrengt auf den Monitor, so als würde das Foto dadurch mehr Einzelheiten preisgeben.

„Es ist alles so dunkel auf dem Foto ... und die junge Frau verdeckt genau den entscheidenden Teil des Bildes, so dass ich mir nicht sicher bin, ob Tim dort mit oder ohne Jacke steht", meinte Wald.

„Können wir denn aus irgendetwas schließen, ob das Bild aufgenommen wurde, bevor der Obdachlose angezündet wurde oder danach?" holte Wolke die Meinung der beiden Kollegen ein.

„Auch das lässt sich anhand des Fotos nicht erkennen", bemerkte Martin. „Ich kann den Bildausschnitt nicht noch mehr vergrößern, das bringt nichts. Ich habe schon versucht das Möglichste aus dem Foto rauszuholen, aber die Auflösung auf die Entfernung ist einfach zu schlecht und die Dunkelheit noch dazu, das macht es unmöglich, die Details zu erkennen. Es grenzt schon fast an ein Wunder, dass Tim Wasserfeld so gut zu erkennen ist."

„Es könnte ein Benzinkanister sein", grübelte Wolke. „Aber warum sollte Tim das getan haben und warum ist Nele Schönwald nicht eingeschritten, sondern hat mit ihm gemeinsam den Tatort verlassen?"

„Liebe", sagte Wald lakonisch.

„Aus Liebe handeln Menschen irrational", warf Martin ein.

„Ok, damit hätten wir ein mögliches Motiv, warum Nele Tim deckt und sie sich selbst mit strafbar gemacht hat. Aber wir haben immer noch kein Motiv, warum Tim die Tat verübt haben sollte", folgerte Wolke.

„Wenn die beiden gleich hier auf dem Revier sind, müssen wir noch einige wichtige Details klären", überlegte Wolke laut, „z.B. ob Nele und Tim den Obdachlosen kannten oder sich im Obdachlosenmilieu ehrenamtlich engagieren oder engagiert haben, so dass es zu einem Kontakt zwischen Tim und dem Obdachlosen kommen konnte. Vielleicht sind sich die beiden auch in der Suppenküche begegnet, wo Tim und Nele ihre Sozialstunden abgeleistet haben. Ob wir so eine Verbindung zwischen den Dreien finden? Versuchen müssen wir es auf jeden Fall. Wir können jetzt jedenfalls nicht mehr davon ausgehen, dass die beiden unschuldig sind. Bisher deuten alle Beweise in ihre Richtung. Das Einzige, was noch fehlt, ist ein schlüssiges Motiv für die Tat."

Kurz vor 10:00 Uhr erschien Grandler im Büro der beiden Kommissare, wie üblich ohne anzuklopfen. Ohne Wald und Wolke zu begrüßen, kam Grandler direkt zur Sache.

„Ich will sie darüber informieren, dass Tim Wasserfeld und Nele Schönwald von Frau Schönwalds Onkel begleitet werden. Er ist Staatsanwalt hier am Landgericht in Köln und ein Studienfreund von Staatsanwalt Fix. Fix hat ihm daher gestattet, heute bei der Befragung dabei zu sein. Sie müssten an sich jeden Augenblick hier eintreffen."

Das wird ja immer besser. Noch so ein Bürohengst, der nichts vom Ermitteln versteht, aber mitmischen will. Das kann ja heiter werden.

Wald warf Wolke einen stummen Blick zu und schien die Gleichen bedenken zu hegen.

Es klopfte, die Türe öffnete sich und Staatsanwalt Fix betrat beschwingt und voller Elan das Büro. „Einen wunderschönen guten Morgen wünsche ich allen", begrüßte er gut gelaunt die Anwesenden.

Noch bevor er die Türe schließen konnte, streckte Tim Wasserfeld den Kopf durch die Türe und fragte: „Dürfen wir schon reinkommen?"

„Selbstverständlich, herein spaziert", übernahm Fix das Kommando.

Was passiert hier gerade? Seit wann hat Fix in meinem Büro das Hausrecht? Wolke wunderte sich. *Was ist das denn für eine Versammlung?* Im nächsten Moment stand Nele Schönwald ebenfalls im Raum und hinter ihr erschien ihr Onkel.

Wolke erstarrte für den Bruchteil einer Sekunde. *Das gibt's doch nicht!* Staatsanwalt Andreas Teichner betrat ebenfalls ihr Büro.

Fix wandte sich an Grandler, Wald und Wolke und begann mit der Vorstellung: „Darf ich Ihnen meinen Studienkollegen und Patenonkel meines Sohnes, Herrn Staatsanwalt Andreas Teichner, vorstellen. Andreas, das hier sind Herr Grandler, Erster Kriminalhauptkommissar, ihr habt miteinander telefoniert, hier rechts, das ist Kriminaloberkommissar Oliver Wald und links, meine geschätzte Kriminalhauptkommissarin Vera Wolke, die die Ermittlungen in diesem Fall leitet."

„Guten Morgen", sagte Teichner in die Runde, „ich möchte mich bereits jetzt bei Ihnen bedanken, dass Sie dem Vorschlag meines Freundes Felix Fix zugestimmt haben und ich hier bei der Befragung heute dabei sein darf."

Er ließ sich mit keiner Miene anmerken, dass er Vera Wolke kannte. Sie sah absolut anders aus, als bei ihrem Treffen im Ambrosino. War das wirklich die Frau, mit der er den Kochkurs verbracht hatte? Weite Hose, Sweatshirt mit Köln-Wappen, ungeschminkt, ihre Figur unter unförmigen Klamotten verbergend. Es schien ihm, als würde er diese Frau tatsächlich zum ersten Male sehen. *Wieso hat sie mir verschwiegen, dass sie Kriminalhauptkommissarin ist, sondern mir stattdessen erzählt, sie sei Friseurin? Kann ich so jemandem trauen?*

Grandler erzählte gerade die Polizei würde der Staatsanwaltschaft doch gerne entgegenkommen im Zuge einer guten Zusammenarbeit, als Teichner anfing, sich wieder voll und ganz auf die momentane Situation einzulassen.

Jetzt konzentrier dich, alter Junge, spornte er sich selber an. *Deine Aufgabe ist es hier, Nele und Tim aus dem Schlamassel zu holen und nicht über dein Liebesleben nachzudenken. Klar?* Damit schob er alle weiteren Gedanken an Vera erst einmal zur Seite.

Grandler verabschiedete sich und verließ das Büro, aber nicht, ohne Wolke und Wald vorher noch als sein bestes Ermittler-Team vor den beiden Staatsanwälten zu loben. Er ging davon aus, dass, wenn sein Team gut war, es auch sein Verdienst war, schließlich war er der Chef. So einfach sah Grandler die Zusammenhänge.

Staatsanwalt Fix eröffnete nun das Gespräch. Er schaute Wald und Wolke an, um dann zu fragen: „Was haben Sie denn bisher herausgefunden? Wo stehen Sie mit ihren Ermittlungen?"

Wolke nickte Wald leicht zu, so dass dieser anfing, die aktuelle Beweiskette vorzutragen.

„Bisher haben wir ermittelt, was unstrittig ist, dass Frau Schönwald und Herr Wasserfeld zum Tatzeitpunkt am Tatort waren. Die Auswertung der Handy-Daten hat ergeben, dass das Handy von Frau Schönwald zur Tatzeit am Funkmast Barbarossaplatz eingeloggt war. Außerdem haben wir unter den Schuhen von Herrn Wasserfeld Fasern, vermutlich von einer Jacke, gefunden, die wir auch direkt vor dem Obdachlosen auf dem Boden gefunden haben. Die Fasern stammen von dem gleichen Kleidungsstück. Von den Butterpaketen aus den Container haben wir die Chargennummern. Diese haben wir mit den Butterpäckchen verglichen, die wir in der Wohnung von Frau Schönwald und Herrn Wasserfeld gefunden haben."

„Darf ich Sie kurz unterbrechen?", fragte Staatsanwalt Teichner.

„Das, was Sie bisher ausführen, wird von den beiden doch gar nicht bestritten. Sie haben sich dazu bekannt, zum Tatzeitpunkt am Tatort gewesen zu sein und auch dazu, dass sie Lebensmittel aus dem Container genommen haben. Bisher sagen Sie nichts Neues, was meine Nichte und ihr Freund nicht bereits zugegeben haben. Gibt es einen speziellen Grund, warum Sie die beiden noch einmal einbestellt haben?"

Jetzt mischte sich Wolke in das Gespräch ein. „Wir haben noch einige Fragen an die beiden. Bisher ist noch nicht geklärt, ob die beiden Zeugen oder Täter sind. Das versuchen wir herauszufinden."

Sie nickte Wald zu, so dass dieser fortfuhr.

„Die Jacke, die Herr Wasserfeld angeblich benutzt hat, um das Feuer auszuschlagen, das den Obdachlosen erfasst hatte, ist nicht mehr auffindbar. Laut Aussage von Herrn Wasserfeld hat er die Jacke an der Uni in einem Abfallbehälter entsorgt. Wir konnten die Jacke nicht mehr sicherstellen, da die Mülleimer bereits geleert waren, als Herr Wasserfeld uns darüber informierte. Somit ist nicht klar, ob seine Aussage zutrifft. Es gibt keine Zeugen, die seine Aussage bestätigen könnten."

„Sie hätten doch auch keine angebrannte, verqualmte Jacke in Ihrer Wohnung gelagert, wenn Sie genau gewusst hätten, dass das Feuer die Jacke ruiniert hat", warf Teichner ein.

Jetzt wandte Wolke sich an Nele und Tim und fragte: „Kannte einer von Ihnen beiden das Opfer?"

Nele schüttelte energisch den Kopf und sagte laut und deutlich: „Nein."

Tim guckte etwas irritiert: „Woher sollten wir das Opfer denn kennen?"

„Ja oder nein, Herr Wasserfeld. Ich brauche eine klare Aussage."

„Nein, ich kannte den Obdachlosen nicht", beantwortete Tim die Frage von Wolke.

„Auch nicht aus der Suppenküche?"

„Nein, ganz bestimmt nicht", erwiderte Tim mit Nachdruck.

„Frau Schönwald, Sie haben bei Ihrer ersten Befragung ausgesagt, dass Sie den Obdachlosen für den nächsten Tag immer etwas zu essen aus dem Container hingelegt hätten, wenn Sie zum Containern dort waren und, dass ein Obdachloser da wohl häufiger geschlafen hätte. Stimmt das so?", vergewisserte sich Wolke bei Nele.

Nele blickte hilfesuchend zu ihrem Onkel. Der nickte ihr aufmunternd zu. „Ja, das stimmt. Aber das heißt doch nicht, dass wir das Opfer gekannt haben."

Wald wandte sich nun an Tim: „Können Sie das so bestätigen?"

„Ja, das stimmt. Es lag öfter ein Obdachloser da, aber ob das das Opfer oder ein anderer Obdachloser war, weiß ich nicht. Generell kennen wir persönlich keine Obdachlosen."

Wolke fragte weiter: „Engagieren Sie sich zufällig ehrenamtlich in einer Institution, die Obdachlose unterstützt oder ihnen Hilfe anbietet?"

Nele sagte wieder: „Nein" und Tim ebenfalls laut: „Nein".

„Sie haben also keinerlei Kontakt zum Obdachlosenmilieu und kennen auch keine Obdachlosen. Habe ich das so richtig verstanden?", paraphrasierte Wolke die Angaben der beiden.

„Das haben meine Nichte und ihr Freund doch jetzt schon oft genug wiederholt", schaltete Teichner sich nun wieder in die Befragung ein. „Wie oft sollen die beiden denn noch beteuern, dass sie keine Obdachlosen kennen, egal woher."

Wolke klappte nun langsam ihren Laptop mit dem Foto auf, das Tim zeigte, als er sich über den Obdachlosen beugte.

„Herr Wasserfeld, wir haben hier ein Foto, das zum Tatzeitpunkt aufgenommen wurde. Auf dem Foto sind Sie zu sehen, als Sie sich über den Obdachlosen beugen. In der Hand halten Sie einen Benzinkanister. Können Sie uns das erklären?"

Wolke schaute Teichner herausfordernd an.

Tim wurde kreidebleich im Gesicht und bekam vor Entsetzen seinen Mund nicht mehr zu. Er schnappte nach Luft, wie ein Fisch, den man aus dem Wasser gezogen hatte. Entgeistert starrte er auf das Foto, wo er sich selbst vor dem Obdachlosen stehen sah. Er war es, ohne Frage.

„Warum soll ich denn einen Benzinkanister in der Hand halten, wenn der Obdachlose bereits brannte, als ich versucht habe, mit der Jacke von Mats die

Flammen auszuschlagen? Wie kommen Sie überhaupt darauf, dass ich einen Benzinkanister in der Hand halte?"

„Sie mussten den Kanister vom Tatort entfernen und ihn deshalb mitnehmen. Sie konnten ihn ja schlecht dort stehen lassen", entgegnete Wolke eiskalt.

Nele starrte immer noch auf das Foto und ihr gefror das Blut in den Adern. Es sah tatsächlich so aus, als beugte Tim sich über den Obdachlosen und es schien, als hätte er einen Kanister in der Hand und würde den Mann mit Benzin übergießen.

Das konnte doch nicht sein! Das musste eine Fotomontage oder ein manipuliertes Foto sein!

„Tim ist doch erst zu dem Obdachlosen gerannt, als er schon brannte", bekräftigte Nele Tims Aussage. „Er hatte keinen Kanister in der Hand, wir besitzen gar keinen."

Nele bemerkte, wie sich Entsetzen in ihr breit machte. Die Furcht kroch ihr ganz langsam den Rücken hinauf bis zum Hals. Kalte Hände legten sich gefühlt um diesen und drückten ihr die Luft ab. So, wie die Polizistin den Vorfall darstellte, hatte sich das Ganze doch gar nicht abgespielt! Entgeistert und hilfesuchend blickte sie zu ihrem Onkel.

„Warum haben Sie Herrn Wasserfeld nicht von dieser Greueltat abgehalten", fragte Wolke Nele als nächstes, „oder haben Sie sogar mit einem Streichholz das Benzin entzündet? War es eine Gemeinschaftstat? Hat Ihnen diese Tat einen gewissen ‚Kick' gegeben?"

„Frau Hauptkommissarin Wolke, das ist doch nicht Ihr Ernst? Glauben Sie wirklich, dass meine Nichte und Tim zu so etwas fähig wären? Es hat vielleicht den Anschein, als würde Tim einen Benzinkanister in der Hand halten, aber genau zu erkennen, ist das nicht. Das kann auch ein Schatten sein. Das Bild ist viel zu unscharf und dunkel, um mit einhundertprozentiger Sicherheit sagen zu können, dass es sich auf dem Foto um einen Benzinkanister handelt. Nur, um das noch einmal klar zu stellen, Tim hatte keinen Kanister in der Hand. Er hatte gar keinen dabei bzw. er besitzt noch nicht einmal einen. Das können Ihnen beide, Nele und auch Tim, bestätigen."

Teichner legte eine kurze Wortpause ein und setzte dann seinen Vortrag fort: „Überlegen Sie doch einmal weiter, warum sollten die beiden die Tat verübt haben? Ich kann kein Motiv erkennen, das so eine schreckliche Tat erklären könnte. Einfach nur Sadismus oder Freude daran, jemand anderen zu quälen, können Sie vergessen. Jeder Gutachter wird den beiden bescheinigen, dass sie keine Persönlichkeitsmerkmale in dieser Richtung aufweisen."

„Wir haben bisher nur die Aussage von Ihrer Nichte und Herrn Wasserfeld, dass sich noch eine weitere Person zur Tatzeit am Tatort aufgehalten haben soll. Bisher haben wir aber keinerlei Spuren oder Hinweise finden können, dass dies der Wahrheit entspricht. Leider haben sich die beiden vom Tatort entfernt und die Ermittlungen dadurch behindert. Das Entsorgen der Jacke wirft ebenfalls Fragen auf, ebenso wie die Tatsache, dass sie sich erst zu der Straftat des Containerns bekannt haben, als mein Kollege sie ausfindig gemacht hat", erklärte Wolke. „Freiwillig haben Frau Schönwald und Herr Wasserfeld sich nicht bei der Polizei gemeldet. Nennen Sie mir einen Grund, warum wir den Aussagen der beiden glauben schenken sollten. Die Aussage, Angst vor Bestrafung wegen des Containers gehabt zu haben, erscheint mir ein wenig vage vor dem Hintergrund dieser Tat."

„Die beiden waren entsetzt von dem, was dort geschehen ist und haben sich in einem stressigen Moment falsch entschieden. Sie sind jung und waren sich der Tragweite ihres Handelns in dem Moment sicherlich nicht ganz bewusst. Sie haben den Notruf abgesetzt, die Flammen ausgeschlagen, wobei bestimmt auch das Foto entstanden ist und sind davon ausgegangen, dass sie nicht mehr hätten tun können. Sie haben in der Situation vieles vorbildlich gemacht und eine einzige falsche Entscheidung getroffen. Können Sie das nicht nachvollziehen? Nele und auch Tim waren in dem Moment mit der Situation vollkommen überfordert. Die Angst vor den Konsequenzen wegen des unerlaubten Containers, die schrecklichen Schreie, der Geruch nach verbranntem Fleisch. Ich denke, da würde jeder von uns nicht vollkommen rational handeln," appellierte Teichner an die Kommissare und hoffte auf deren Einsicht.

„Das mag schon sein, aber warum sind die beiden nicht später zur Polizei gegangen z.B. am nächsten Tag? Bis dahin hätten sie sich beruhigen und noch einmal über alles nachdenken können", merkte Wolke an.

Andreas Teichner gab nicht so schnell auf und versuchte es weiter: „Sie hatten die ganze Zeit über ein schlechtes Gewissen, auch gegenüber Tims Freund Mats, der Rettungssanitäter ist und der zufällig den Obdachlosen am Tatort versorgt hat. Auch ihn haben sie wegen der Jacke angelogen, die sich Tim von Mats geliehen hatte. Tim konnte seinem Freund nicht beichten, dass er die Jacke ruiniert hat. So sind sie immer wieder von einer schwierigen Situation in die nächste gestolpert und wussten gar nicht mehr, wie sie da wieder rauskommen sollten. Waren Sie nicht auch mal jung und haben einen Fehler gemacht?", dabei sah er Wolke sehr intensiv an. „Im Übrigen sind die beiden doch kooperativ und haben Ihnen alles gesagt, was sie wissen."

„Sind Sie sich da ganz sicher?", fragte Wolke skeptisch.

„Interessant dürfte für Sie doch sein, was der Mann, der vor dem Opfer gestanden hat, gesagt hat", meinte Teichner, um deutlich zu machen, dass Nele und Tim doch zur Mitarbeit bereit waren.

„Was hat der Mann denn gesagt, Herr Wasserfeld?" fragte Wolke nun Tim.

„Nele und ich haben immer und immer wieder über den Ablauf des Abends nachgedacht und versucht uns daran zu erinnern, wie sich was genau am Tatort zugetragen hat, nachdem wir letztes Mal hier auf dem Revier waren. Wir sind uns immer noch nicht sicher, ob es ein Mann oder eine Frau war. Wir sind uns aber ziemlich sicher, dass die Person so etwas wie: ‚**Du sollst so leiden wie Mia und Maya**'", gesagt hat. Auf jeden Fall, zu einhundert Prozent, hat er die beiden Namen Maya und Mia erwähnt. Da sind Nele und ich uns absolut sicher."

„Frau Kommissarin, darf ich noch etwas sagen", meldete sich Nele zu Wort. „Es tut uns aufrichtig leid, dass wir nicht am Tatort bei dem Opfer geblieben sind. Wir hatten deswegen viele schlaflose Nächte und uns war einfach nicht klar, welche Folgen unser Verhalten für die polizeiliche Arbeit hat. Wir haben dem Obdachlosen wirklich nichts getan."

Tim fügte noch hinzu: „Ich setze mich für straffreies Containern ein, aber ich bin doch kein Gewalttäter oder Mörder."

„Wie kommen Sie denn darauf?", fragte Wolke nun erstaunt. „Bisher lebt der Obdachlose noch. Wir reden also nicht von Mord, sondern immer noch von schwerer Körperverletzung."

Staatsanwalt Fix nahm seinen Freund Teichner in die Pflicht und sagte: „Andreas, ich kenne dich schon so lange. Ich glaube nicht, dass du deine Nichte ungeschoren davonkommen lassen würdest, wenn du nicht sicher wärest, dass sie unschuldig ist. Daher stelle ich folgenden Vorschlag zur Disposition: Hauptkommissarin Wolke und Oberkommissar Wald ermitteln weiter wie bisher und versuchen herauszufinden, was sich tatsächlich zugetragen hat. Gab es eine dritte Person, die sich am Tatort aufgehalten hat? Darauf sollten sich die weiteren Ermittlungen fokussieren. Nele und Tim verhalten sich weiter kooperativ, und melden sich, falls ihnen noch etwas einfällt. Bis dahin bist du, dabei schaute er seinen Freund Andreas an, für die beiden verantwortlich. Nutze deinen guten Einfluss und stelle sicher, dass sie nichts Unüberlegtes tun. Da uns bisher für Nele und Tim ein Tatmotiv fehlt, können wir im Moment nichts weiter machen, als in alle Richtungen zu ermitteln. Vielleicht können wir die dritte Person, die am Tatort war, doch noch irgendwie ausfindig machen. Bis dahin bleiben Nele und Tim allerdings unsere Hauptverdächtigen."

Teichner erklärte sich mit dem weiteren Vorgehen einverstanden und nickte deshalb zustimmend mit dem Kopf.

Danach löste Staatsanwalt Fix die Runde auf.

Bevor Teichner das Büro verließ, warf er Wolke noch einen langen Blick zu.

Eine Frau mit zwei so unterschiedlichen Seiten. Frau Hauptkommissarin Wolke zeigt sich sehr facettenreich und wandlungsfähig, lustig und knallhart. Eine interessante Frau, nicht nur als Kommissarin, sondern auch als Vera.

FREITAG, 18. DEZEMBER

Andreas und Vera wollten sich heute um 10:00 Uhr im Café Laura auf dem Gottesweg treffen, um über ihr unverhofftes Zusammentreffen am Tag zuvor zu sprechen.

Als Wolke mit Wald morgens beim Kaffee in ihrem Büro saß um zu planen, wie sie weiter vorgehen wollten, schlug Wolke daher vor: „Was hältst du davon, wenn du noch einmal ins Klinikum nach Merheim fährst und bei Frau Dr. Esser nachhakst, ob es Neuigkeiten bei unserem Obdachlosen gibt?"

„Kommst du nicht mit?"

„Frau Dr. Esser redet doch sowieso nur mit dir. Ob ich dabei bin oder nicht, macht da keinen Unterschied. Vielleicht erzählt sie dir sogar, wenn du alleine mit ihr bist, noch etwas mehr."

„Wenn du meinst, fahre ich noch einmal dorthin. Aber wollte sich Frau Dr. Esser nicht melden, wenn es eine Veränderung bei dem Obdachlosen gibt oder er noch einmal etwas sagen sollte?"

„Du weißt doch selber, wie das ist, wenn man nicht immer hinterher ist, gehen Informationen auch oft auf dem Weg zu uns verloren. Besser ist es, wenn du noch einmal nachfragst. Während du mit Frau Dr. Esser sprichst, werde ich mich noch einmal mit Staatsanwalt Teichner treffen. Er wollte mir noch etwas Wichtiges mitteilen", flunkerte Wolke und hoffte, dass Wald nichts merken würde.

Wald sah sie mit einem langen, nachdenklichen Blick an. Dann nickte er. „Ok, ich fahre ins Klinikum und du sprichst noch einmal mit Staatsanwalt Teichner. Anschließend treffen wir uns wieder hier im Büro. Ich nehme das Auto. Du musst sehen, wie du zu deinem Treffpunkt kommst. Ich will gar nicht wissen, wo das Treffen stattfindet", erklärte Wald vielsagend und zog seinen Schal und seinen Mantel an.

Ob er etwas ahnt? Aber wie kann er etwas vermuten? Andreas und ich haben uns bisher nur einmal getroffen, außer gestern hier auf dem Revier. Vermutlich sehe ich schon Gespenster.

„Jetzt kann ich wenigstens selber entscheiden, welchen Weg ich fahre", plauderte Wald munter weiter, dabei grinste er Wolke breit an.

Kann ich mich doch irgendwie verraten haben?

Nachdem Wald ihr gemeinsames Büro verlassen hatte, erledigte Wolke noch einigen Schriftkram, bevor sie sich auf den Weg zum Café Laura auf dem Gottesweg machte. Da es bis dahin nicht weit war, ging sie zu Fuß, eingepackt in ihren grünen Parka und ihre Köln-Kappe auf dem Kopf. Heute trug sie ein Sweatshirt mit einem Nikolaus darauf, der ein frisch gezapftes Kölsch in der Hand hielt und von einem Ohr zum anderen lachte. Selbstverständlich hatte sie dazu wie immer eine weite Hose mit Gummizug und Turnschuhe an.

Im Café Laura setzte sie sich an einen freien Tisch. Als die Bedienung kam, bestellte sie einen

Latte macchiato, schön heiß. Während sie wartete, ließ sie die Augen durch den Raum wandern.

Sie sah hellblau gestrichene Wände an denen einige gerahmte Fotos hingen, auf denen ganz unterschiedliche Menschen zu sehen waren. Es erinnerte sie an Familienfotos, wie sie bei manchen Leuten an den Wänden in ihren Wohnzimmern aufgereiht hingen.

Die Tische waren wie kleine, gemütliche Sitzecken gestellt, die zum Gespräch einluden. Bei den Stühlen fiel ihr auf, dass sie alle von unterschiedlicher Art waren: mit Armlehnen und ohne, gepolstert oder aus hartem Holz, bunt oder uni. Es schien für jeden Geschmack etwas dabei zu sein.

An einem Tisch saßen ältere Damen und unterhielten sich, an einem anderen Tisch saßen zwei junge Männer, tranken Kaffee und lachten amüsiert über irgendetwas. Das Publikum hier war von der Altersstruktur sehr unterschiedlich. *Das mag ich an Köln.*

„Hallo Vera", begrüßte Andreas sie in diesem Augenblick. „Hast du mir auch schon einen Kaffee bestellt?", fragte er forsch mit einem Augenzwinkern.

„Äh, nein." Vera war überrumpelt von Andreas Frage. „So gut kennen wir uns noch nicht, dass ich wüsste, welchen Kaffee du gerne hättest."

„Dann wird es aber Zeit, dass wir das ändern. Im Café trinke ich fast immer einen Cappuccino mit aufgeschäumter Milch, aber er muss schön heiß sein", erklärte er Vera.

Vera schaute ihn verdattert an. *Schön heiß? Will er mich auf den Arm nehmen?*

Als die Bedienung kam, bestellte Andreas einen Cappuccino mit aufgeschäumter Milch und schön heiß.

„Aha, wie Ihre Freundin", bemerke die Bedienung, bevor sie sich entfernte.

„Was sollte die Bemerkung denn jetzt? Obwohl, Freundin hörte sich gut an."

„Och, ich bestelle meinen Kaffee auch immer schön heiß." Dabei schaute sie Andreas ganz unschuldig an.

„Dann passen wir hierbei doch schon mal super zusammen", schloss Andreas messerscharf.

Als er seinen Cappuccino mit einer Tannenbaum-Verzierung im Milchschaum vor sich stehen hatte, eröffnete Vera ernst das eigentliche Gespräch.

„Du warst gestern sicherlich überrascht, als mein Chef, Herr Grandler, mich als ermittelnde Hauptkommissarin vorgestellt hat. Danke, dass du nicht verraten hast, dass wir uns kennen."

„Ich war so überrascht von der Situation, dass ich automatisch so getan habe, als würden wir uns nicht kennen. Du hast gestern so anders ausgesehen und auch heute, so ganz anders als bei unserem Kennenlernen. Daher ist es mir nicht schwergefallen, so zu tun, als wärest du mir ganz fremd. Irgendwie stimmte es ja auch."

„Da hast du vollkommen recht. Das hier", dabei zeigte sie auf ihre Kleidung, „ist sozusagen meine Arbeitskleidung. Wenn ich beruflich unterwegs bin, möchte ich meine Weiblichkeit nicht in den Fokus stellen."

Wolke legte eine kurze Pause ein bevor sie fortfuhr.

„Mir ist es zu Beginn meiner Arbeit als Kommissarin zu oft passiert, dass sowohl männliche Kollegen als auch männliche Kriminelle mich als Freiwild betrachtet haben oder mich als schwache Frau einsortiert haben. Meine männlichen Kollegen haben mich oft genug als blondes Dummchen abtun wollen oder ihr Beschützer-Instinkt ging mit ihnen durch. Das war mir auf Dauer zu anstrengend. Ich hatte keine Lust, immer allen zeigen zu müssen, dass ich mehr bin als nur blond. Mein Ziel war es, von meinen Kollegen als ebenbürtige Kollegin akzeptiert zu werden, die meine Arbeit zu schätzen wissen. Ich bin dann irgendwann dazu übergegangen, meine Rolle als Frau in meiner Freizeit auszuleben und meine Rolle bei der Polizei als eine etwas durchgeknallte Köln-Liebhaberin zu bestreiten, die in sackförmigen Klamotten rumläuft. Das kostet mich alles in allem weniger Kraftressourcen, hat mir den Respekt meiner Kollegen eingebracht und mich von dem Ruf des blonden Dummchens befreit. Mittlerweile stehe ich zu meinem Arbeitslook. Ja, ich liebe Köln und zeige das durch meine Kleidung jedem. Außerdem ist diese Arbeitskleidung im Einsatz auch wesentlich tauglicher als High Heels oder tiefe Dekolleté-Ausschnitte".

Andreas schaute Vera fasziniert an. *Diese Frau ist so facettenreich wie eine Paillettenjacke, auf die die Sonne scheint. Jeden Moment überrascht sie mich mit einer neuen, reizvollen Seite von sich.*

„Wieso hast du dann bei unserem letzten Treffen über deinen Beruf geflunkert. Findest du den Beruf der Friseurin so viel interessanter als deinen oder was steckte dahinter?"

„Als du sagtest, dass du Staatsanwalt bist, hatte ich keine Lust darauf, dass unser Gespräch in beruflichen Fachfragen enden würde. Es war so ein schöner Nachmittag und Abend, den wollte ich einfach genießen. Außerdem werden die Buschtrommeln zwischen Staatsanwaltschaft und Kommissariat immer so schnell angeworfen. Auch darauf hatte ich keine Lust. Deshalb trenne ich auch Berufliches und Privates so gut es geht voneinander."

„Das heißt, ich kenne jetzt eine private Vera und, wie haben dich alle auf dem Revier genannt, eine dienstliche Wolke", fasste Andreas amüsiert zusammen.

„Wenn du es so sehen willst, ja."

„Ich fand unseren Kennenlerntag auch sehr schön. Ich hatte schon lange Zeit keinen so entspannten und amüsanten Samstag. Wenn es nach mir geht, sollten wir das schleunigst wiederholen."

Jetzt schaute er Vera intensiv an, gespannt auf ihre Reaktion. *Wird sie meinem Vorschlag zustimmen?*

Vera lächelte Andreas warm an. „Als Vera, sehr gerne. Aber als Wolke müssen wir die Situation professionell angehen. Deine Nichte und ihr Freund Tim sind momentan unsere Hauptverdächtigen. Kannst du da Privates von Beruflichem trennen?"

„Ich denke schon. Über kurz oder lang wird sich sowieso herausstellen, dass Nele und Tim unschuldig sind, was die Tat an dem Obdachlosen angeht, davon bin ich felsenfest überzeugt. Damit wird sich unsere Beziehung dann auch entspannter gestalten. So lange würde ich dich gerne bei den Ermittlungen unterstützen, wenn ich darf. Aber auf jeden Fall will ich dich wiedersehen."

Wolke schaute auf ihre Hände, die auf dem Tisch gefaltet lagen. „Du hattest gestern vollkommen recht. Uns fehlt die ganze Zeit ein Tatmotiv für Tim, auch wenn Nele Tim aus Liebe decken sollte. Es passt einfach alles nicht richtig zusammen, auch wenn bisher alle Indizien auf Nele und Tim deuten. Wir werden natürlich weiter ermitteln und ich hoffe, dass wir noch weitere Spuren finden, damit deine Nichte und ihr Freund entlastet werden, denn an sich finde ich beide ganz sympathisch."

„Du hast mich gestern als Wolke sehr beeindruckt, Frau Hauptkommissarin. Ich bin sicher, du wirst den Fall lösen und der Tat auf den Grund gehen. Aber räum mir bitte etwas Zeit in deinem Leben ein, damit wir uns besser kennenlernen können, auch wenn es momentan eine etwas schwierige Situation ist."

Vera schaute ihm lange in seine grünen Augen bevor sie ihm antwortete. „Lass es uns versuchen. Willst du morgen Abend zu mir zum Essen kommen? Sozusagen als Entschuldigung für die ‚Friseurin'? Aber strikte Trennung von Privatem und Beruflichem."

„Die Einladung nehme ich gerne an. Ich bringe den Wein mit."

***

Nachdem Wald im Krankenhaus mit Frau Dr. Esser über die neuesten Entwicklungen des Gesundheitszustandes des Verletzten gesprochen hatte, fuhr er wieder zurück ins Kommissariat und wartete dort auf seine Kollegin Wolke, um mit ihr die neuen Informationen zu teilen und diese einzuordnen.

Da er nicht wusste, wie lange das Gespräch zwischen ihr und Staatsanwalt Teichner dauern würde, erledigte er in der Zwischenzeit einige Routinearbeiten. Zu tun gab es immer genug und so verging die Zeit schnell und produktiv. Die Büroarbeit blieb viel zu häufig liegen, obwohl sie einen nicht unerheblichen Teil ihrer Arbeit ausmachte.

Nachdem Wald ohne größere Unterbrechungen einen Teil seiner Schreibarbeiten erledigt hatte, erschien Wolke wieder im Büro.

„Bist du schon lange da?"

„Schon eine ganze Weile. Aber ich hatte genug zu tun. Wie ist es bei dir gelaufen? Hat Teichner dir noch etwas Neues zu unserem Fall sagen können?"

„Äh ... nein. Eigentlich hat er mir nichts Neues geliefert. Er wollte mich davon überzeugen, dass weder Tim noch Nele ein Tatmotiv hätten und er sich sicher ist, dass wir bald dahinter kommen, dass die beiden unschuldig sind. Er geht davon aus, dass die Geschichte mit der Person vor dem Brandopfer stimmt und hat uns seine Unterstützung bei den Ermittlungen zugesagt."

„Sonst hat er nichts gesagt? Dafür macht er so ein Aufheben und ihr musstet euch extra treffen?"

Wolke zuckte mit den Schultern und sah ihn unschuldig an.

Sie verschweigt mir doch etwas. Teichner scheint mir eine sehr merkwürdige Rolle einzunehmen. Was führt der Kerl im Schilde? … oder läuft da etwa etwas zwischen Wolke und Teichner? So wie der Staatsanwalt sie gestern angesehen hat und Wolke sich heute bei dem Thema Teichner verhält, kann ich den Gedanken nicht als absurd abtun. Ich werde die weitere Entwicklung und den Kerl auf jeden Fall im Auge behalten.

„Wie ist es denn bei dir gelaufen? Hatte Frau Dr. Esser Neuigkeiten für ihren Lieblingskommissar?", neckte Wolke ihn, um von sich abzulenken.

„Wenn du wüsstest, was im Klinikum Merheim so alles los war."

„Was war denn alles los?" hakte Wolke sofort, neugierig geworden, nach.

„Da kommst du nie drauf", erhöhte Wald bewusst den Spannungsbogen.

„Jetzt mach es doch nicht so spannend", sprang Wolke auch direkt darauf an und platzte fast vor Ungeduld.

Langsam hatte Wald sie da, wo er sie haben wollte.

„Wenn du mal nicht dabei bist, ereignen sich Dinge, die hältst du nicht für möglich", erhöhte er nochmals geheimnisvoll die Spannung. Er wollte Wolke noch etwas zappeln lassen.

Diese sah ihren Kollegen lachend an. „Willst du mich bestrafen, dass ich nicht mitgekommen bin oder warum spannst du mich so auf die Folter? Hoffentlich hast du wirklich wichtige Infos, sonst Gnade dir Gott."

„Also, als ich auf dem Weg zur Station für Schwerbrandopfer war, rate mal, wer mir da entgegen kam?"

„Wald, woher soll ich das denn wissen? Jetzt bring es mal auf den Punkt. Wir sind hier nicht bei einem Quiz. Ja, ich bin gespannt wie ein Flitzebogen und du hältst mich immer weiter hin. Ich habe deine Taktik durchschaut. Und ja, ich halte es vor Neugierde kaum noch aus, denn unser Fall könnte eine neue Wende oder Spur gut brauchen."

„Okay, ich erzähle dir jetzt alles. Ehrenwort. Also noch mal von vorne. Auf dem Weg zur Station sind mir Nele und Tim entgegengekommen. Das hat mich verwundert. Also habe ich die beiden gefragt, warum sie im Krankenhaus sind. Sie erklärten, dass sie sich bei dem Brandopfer dafür entschuldigen wollten, dass sie den Tatort verlassen hatten. Aber als sie auf der Station waren, erging es ihnen wie uns, sie durften nicht zu dem Patienten, wegen der Hygienevorschriften. Sie erzählten mir, dass sie sich erkundigt hätten, wie es dem Patienten geht, aber niemand habe ihnen Auskunft gegeben."

„Das ist doch interessant. Was meinst du, waren die zwei da, um ihr schlechtes Gewissen zu beruhigen oder wollten sie herausfinden, ob das Opfer sie noch als Täter beschuldigen kann oder ob sie sich letztlich doch noch für einen Mord verantworten müssen?"

„Wenn du mich so fragst, glaube ich eher, sie wollten ihr schlechtes Gewissen beruhigen. Sie hatten Blumen dabei und frisches Obst. Sie wirkten auf mich nicht so, als ob sie auskundschaften wollten, ob der Obdachlose ihnen noch schaden könnte.

Aber, du weißt selbst, man kann nicht in die Köpfe der anderen schauen. Stimmt's?", dabei schaute er Wolke zweideutig an.

Diese bemerkte, dass Wald die letzten Worte doppeldeutig auch auf sie bezogen hatte. Aber sie wollte ihrem Kollegen erst einmal nichts von ihrem persönlichen Verhältnis zu Andreas erzählen. Sie war sich nicht sicher, ob er sie dann für befangen erklären würde. Das würde die Arbeit gefährden und das durfte auf keinen Fall passieren. Also erst einmal kein Wort über ihr Verhältnis zu Andreas Teichner. Erst einmal … auch wenn sie Wald vertraute.

„Also haben wir wieder eine Situation mit Nele und Tim, die wir in beide Richtungen, schuldig oder unschuldig, auslegen können. Nimmt das eigentlich gar kein Ende mit den Zweien? Kann nicht langsam mal etwas eindeutig sein, damit wir wissen, wo wir dran sind?" schimpfte Wolke leise vor sich hin.

Langsam ging ihr der Fall an die Nieren. Sie traten immer noch auf der Stelle, obwohl immer weitere Informationen zusammenkamen. Aber bisher war nichts dabei, was einen Durchbruch gebracht hätte.

„War das jetzt schon alles? Hast du mich dafür eben so auf die Folter gespannt?"

„Nein, es gibt noch mehr Neuigkeiten."

Wald wollte den Bogen nicht überspannen und berichtete weiter: „Ich habe mit Frau Dr. Esser gesprochen. Sie war wieder sehr redselig und hat mir bereitwillig alle Informationen zu unserem Patienten geliefert. Sie haben nochmals versucht das Opfer aus dem künstlichen Koma aufzuwecken und daher die Medikamente wieder reduziert. Während der Aufwach-Phase hat der Obdachlose wieder gesprochen. Herr Kirschbaum, der Pfleger, der wieder die ganze Zeit während dieses Vorgangs bei dem Patienten war, hat ihr aber erst heute morgen davon berichtet. Unser Opfer muss auch diesmal während der Aufwach-Phase die immer gleichen Sätze wiederholt haben. Diesmal sagte er: ‚**Nein, Angie, nein, ich kann das nicht. Du verlangst zu viel.**‘ Frau Dr. Esser hat nochmals darauf hingewiesen, dass es Wahnvorstellungen des Mannes gewesen sein könnten. Es ist also auch diesmal nicht gewiss, ob sich das Gesagte auf etwas Reales bezieht oder ob es Wahnvorstellungen des Patienten sind. Der Allgemeinzustand des Patienten hat sich, laut Frau Dr. Esser, noch nicht wesentlich verbessert. Er schwebe immer noch zwischen Leben und Tod, die Verletzungen, die ihm zugefügt wurden, seien extrem schwer."

„Nehmen wir einmal an, die Sätze, die der Patient gesagt hat, stammen aus einem realen Erlebnis. Was können wir dann daraus ableiten? Wir wissen nicht, wer Angie ist. Was hat das Opfer nicht gekonnt und was hat diese Angie von ihm verlangt, was für ihn zu viel war? Was sollen wir damit anfangen? Solange wir nicht wissen, wer das Opfer ist, können wir auch die Aussage mit Angie nicht einordnen. Uns fehlt einfach immer noch ein Bezugsrahmen. Wenn wir wüssten, wer der Patient ist, dann würde uns der Name in seinem Umfeld vielleicht weiterbringen. Aber so stehen wir immer noch ohne irgendetwas da. Oder hast du eine Idee, wie uns das weiterhelfen kann?"

Wald schüttelte verneinend den Kopf und schlug dann vor: „Was hältst du davon, wenn wir das Team für heute Nachmittag zusammentrommeln und mit allen gemeinsam noch einmal alles durchgehen, was wir bisher haben. Vielleicht kommen wir gemeinschaftlich weiter."

„Das ist eine gute Idee. Brainstorming mit allen. Hoffen wir, dass dabei neue Ansätze oder Erkenntnisse rausspringen."

***

Nachdem Nele und Tim das Krankenhaus in Köln-Merheim verlassen hatten, fuhren sie nach Hause. Sie hatten sich mit Mats verabredet und wollten endlich klaren Tisch wegen Mats' Jacke und den Notlügen machen.

Tim hatte etwas Bammel vor dem Gespräch.

„Wie soll ich ihm bloß beibiegen, dass seine Jacke ruiniert ist?"

„Sie ist nicht nur ruiniert, sie existiert gar nicht mehr."

„Was, wenn er mir nicht verzeiht, dass ich ihn belogen habe? Mats ist mein bester Freund, was, wenn ich ihn verliere? Was, wenn er mir nicht mehr vertraut? Bei allem Mist, der gerade abläuft, würde ich es nicht verkraften, wenn ich auch noch Stress mit Mats bekomme", jammerte Tim verzweifelt.

„Du hast gerade selbst gesagt, Mats ist dein bester Freund. Vielleicht ist er erst einmal sauer auf dich, aber jetzt sieh nicht so schwarz. Er kennt dich und wird dir schon nicht den Kopf abreißen", Nele wuschelte durch Tims Haare und versuchte ihn so zu beruhigen und von seinen trüben Gedanken abzubringen.

„Aber die Jacke hat ihm so viel bedeutet", jammerte Tim weiter, „und er hing so an ihr, fast so, als wäre sie ein Stellvertreter für seine Oma. Oft schien es so, als wäre die Jacke für ihn quasi Oma Ersatz."

Nele wurde still und dachte über ihre Misere nach. *Tim scheint die gesamte Situation zu überfordern. Ich habe ihn noch nie, seit ich ihn kenne, so niedergeschlagen erlebt wie jetzt. Tim war immer der Starke von uns beiden, auf den ich mich immer, in jeder Situation, verlassen konnte. Er ist derjenige, der den Ton in unserer Beziehung angibt. Jetzt ist es wohl endlich mal an mir, stark für ihn zu sein.*

Wir haben uns beide in diese Lage gebracht, die alles andere als gut ist. Aber wir werden auch wieder da rauskommen, davon bin ich total überzeugt. Mit Onkel Andreas an unserer Seite wird schon alles gut werden. Er wird unsere Interessen vertreten, als wären es seine eigenen, ohne Wenn und Aber, und er wird immer auf unserer Seite stehen. Er wird für uns kämpfen wie ein Löwe, da kann kommen, was will. Auf Onkel Andreas können wir einhundert Prozent bauen.

Mitten in ihre Gedanken hinein klingelte es an der Tür. Tim machte keine Anstalten, sie zu öffnen. Also erhob Nele sich, öffnete die Tür und ließ Mats herein. Tim hatte in der Küche gewartet und saß dort mit einer heißen Tasse Tee.

Als Mats die Küche betrat, schaute er Tim entgeistert an. „Hey Alter, was ist denn mit dir los? Du siehst ja aus wie ein Gespenst? Was ist mit dir passiert?"

Nele war Mats in die Küche gefolgt. Jetzt sah dieser sich Nele an und meinte: „Sorry, aber du siehst auch nicht viel besser aus. Ihr seht beide wie ausgekotzt aus. Was ist los?" Er schien sichtlich erschrocken.

Tim schaute Mats lange an. „Ich bin froh, dass du da bist. Willst du auch einen Tee?"

„Ja, aber schieß erst einmal los. Was ist mit euch beiden? Ihr habt doch irgend etwas."

„Vielleicht fange ich am besten von vorne an", meinte Tim und stellte für Mats eine Tasse mit Tee auf den Tisch.

„Erinnerst du dich an unser letztes Treffen, hier in der Wohnung?"

Mats nickte. „Ja, als Joshua und Nadine mit hier waren. Aber warum fragst du?"

„An dem Abend hast du uns von dem Obdachlosen erzählt, den du am Abend vorher versorgt hast und bist davon ausgegangen, dass wir nicht am Tatort waren."

Er machte eine Pause und sah Mats an.

„Jetzt sagt nicht, ihr wart doch da", platzte es aus diesem heraus. Er sah erstaunt beide nacheinander an.

Nele und Tim konnten Mats' Blick nicht standhalten und wichen ihm aus, indem sie auf ihre Finger schauten, die vor ihnen auf dem Tisch lagen.

„Ihr habt dort echt den Container durchstöbert?" Er schien fassungslos. „Aber warum habt ihr dann nichts davon erzählt?"

„Das ist eine lange Geschichte", stöhnte Nele und Tim begann, erst stotternd, dann aber immer flüssiger, Mats alles zu erzählen. Er beschrieb ihm den Ablauf des Abends und wie sie gesehen hatten, dass eine Person vor dem Obdachlosen stand, als dieser lichterloh brannte, und dass diese Person etwas zu dem Opfer sagte, was sich angehört hatte wie: ‚Das ist für Mia und Maya'.

Er berichtete weiter, wie sie den Notruf abgesetzt und er mit Mats Jacke die Flammen des brennenden Mannes ausgeschlagen hatte.

Tim schaute Mats traurig und ganz zerknirscht an. Seine Augen flehten um Verzeihung.

„Mats, das mit der Jacke tut mir so leid. Ich weiß, sie war das letzte Geschenk deiner Oma. Ich hätte deine Jacke nicht nehmen dürfen."

„Jetzt verstehe ich gar nichts mehr", gab dieser irritiert von sich. „Machst du dir echt wegen der Jacke einen Kopf?"

Tim nickte zustimmend mit dem Kopf.

„Mensch Alter, was, außer meiner Jacke, hättest du denn sonst nehmen sollen, um dem Opfer zu helfen? Scheiß auf die Jacke, Oma wäre stolz, wenn sie wüsste, dass die Jacke vielleicht ein Menschenleben gerettet hat. Und ich bin froh, so einen Freund zu haben. Du bist in meinen Augen so etwas wie ein Held. Nicht jeder hätte in der Situation geistesgegenwärtig reagiert und sich getraut, die Flammen mit einer Jacke auszuschlagen. Wo liegt also jetzt das Problem? Warum konntet ihr mir nicht sagen, dass ihr auch am Tatort wart? Wieso habe ich euch da nicht gesehen?"

„Genau das ist unser nächstes Problem. Wir sind nicht am Tatort geblieben, sondern aus Angst, schon wieder beim Containern erwischt zu werden, abgehauen und das scheint uns nun zum Verhängnis zu werden."

Mats schaute Nele und Tim ungläubig an. „Du heilige Scheiße, was ist noch passiert?"

„Die Polizei glaubt nun, dass ich den Obdachlosen angezündet habe, und Nele meine Komplizin ist."

„Nicht wahr, oder?" Mats lehnte sich auf seinem Stuhl zurück und sah Nele und Tim an, als würde er sie zum ersten Male sehen.

„Ihr sollt den Obdachlosen angezündet haben? Nein, das kann und will ich nicht glauben. So etwas könnte keiner von euch beiden tun. Dafür lege ich meine Hand ins Feuer. Autsch, schlechter Vergleich! Aber jetzt verstehe ich langsam, warum ihr so beschissen ausseht."

Mats dachte einen Moment nach. „Jetzt verstehe ich auch, warum du mit der Jacke so rumgedruckst hast. Aber mach dir deshalb keinen Kopf. Nur merk dir eins für die Zukunft: Ich bin dein Freund, mir kannst, … nein, musst du immer die Wahrheit sagen, egal wie schlimm sie zu sein scheint. Ich kündige dir unsere Freundschaft höchstens, wenn du mir in Zukunft nicht immer direkt reinen Wein einschenkst, wenn du Mist gebaut hast. Verstanden? Wofür hat man denn Freunde, wenn sie nicht für einen da sind, wenn man Sorgen oder Probleme hat? Vergiss das nie wieder."

Tim sah Mats mit großen Augen an. „Danke, dass du mich daran erinnert hast. Meine Sorge, dich als Freund zu verlieren war vollkommen überflüssig, das hätte ich wissen müssen."

Tim ging auf Mats zu und umarmte ihn kumpelhaft. „Du bist und bleibst mein bester Freund. Danke, dass du es gerade wieder einmal bewiesen hast."

„Keine Ursache, Kumpel. Aber schließ mich beim nächsten Mal nicht aus, sonst werde ich echt sauer. Kann ich euch irgendwie in dieser misslichen Lage unterstützen?"

Nele strahlte Mats an. „Ich glaube, das hast du gerade schon getan."

***

Ben Meier, Martin Groß, Wald und Wolke hatten sich nachmittags im Büro zum Brainstorming versammelt. Gerade als sie anfangen wollten den Fall zu erörtern, öffnete sich die Bürotüre und ihr Chef, Herr Grandler, betrat das Zimmer, wie üblich ohne anzuklopfen.

„Das ganze Team komplett, das ist aber schön und warum hat mir keiner Bescheid gesagt? Ich bin ja nur Euer Chef, ich verstehe schon. Mich kann man ja gut außen vor lassen. Schließlich muss ich nur den Kopf für alle hinhalten."

„Chef", versuchte Wolke ihr Glück, „wir dachten, Sie hätten genug anderes zu tun und wollten Sie entlasten. Aber wenn Sie Zeit für uns haben, sind Sie wie immer herzlich willkommen." Sie strahlte Grandler gewinnend an. „Wir können jeden Kopf brauchen, der mit guten Ideen zu unserem Brainstorming beiträgt. Sie, Chef, sind doch ein besonders kreativer Kopf und mit Sicherheit eine Bereicherung für diese Runde, oder?"

Der Rest des Teams bemühte sich schnell bejahend mit dem Kopf zu nicken, um Grandler zu signalisieren, wie wichtig er als Unterstützung war.

Das ging Grandler runter wie Öl. Er plusterte sich noch etwas mehr auf als üblich und sonnte sich in den Worten Wolkes.

„Dann lasst uns mal anfangen", machte er sich nun gut gelaunt an die Arbeit.

Wald schaute Wolke an und zeigte ihr seinen nach oben gestreckten Daumen, für ‚gut gemacht'. Sie hatte Grandler mal wieder um den Finger gewickelt, so dass alle im Team aufatmen konnten.

„Tragen wir noch einmal alle Fakten zusammen", übernahm Grandler das Kommando. „Bringen Sie mich mal auf den neuesten Stand."

Wolke signalisierte Wald, dass er dies übernehmen sollte.

„Alle Spuren deuten momentan auf Nele Schönwald und Tim Wasserfeld als Täter, wobei Tim vermutlich derjenige ist, der das Opfer mit Benzin übergossen hat, da er auf einem Foto mit einem Benzinkanister zu sehen ist. Wir können aber nicht hundertprozentig sicher sein, da die Auflösung des Fotos sehr schlecht ist. Ein Anwohner hat uns das Tatfoto geliefert, aber gar nicht realisiert, was er da fotografiert hat. Wer von den beiden Tatverdächtigen das Opfer angezündet hat, wissen wir bisher nicht. Jedenfalls steht eindeutig fest, dass beide zur

Tatzeit am Tatort waren, was sie auch nicht bestreiten. Fasern, die wir direkt vor dem Brandopfer sichergestellt haben, haben wir ebenfalls unter Tims Schuhen gefunden. Die anderen Anwohner haben an dem besagten Abend nichts Auffälliges bemerkt, so dass wir keine weiteren Hinweise zu der Tat erhalten haben."

Wolke unterbrach Wald kurz und teilte allen anderen einen Gedanken mit, der ihr gerade durch den Kopf ging. „Es könnte doch gut sein, dass das Foto gemacht worden ist, als Tim die Flammen bereits ausgeschlagen hatte. Daher ist dem Hausbewohner auch nichts Besonderes aufgefallen, weil von den Flammen nicht mehr viel zu sehen war."

Wald nickte zustimmend mit dem Kopf. „Das könnte eine mögliche Erklärung sein."

Dann fuhr er mit den weiteren Fakten fort.

„Nele und Tim behaupten, unschuldig zu sein, was die Tat betrifft. Sie haben sich lediglich des Containers für schuldig bekannt. Trotz umfangreicher Recherche-Arbeiten des Kollegen Martin Groß konnten wir noch niemanden ausfindig machen, der den Obdachlosen vermisst, obwohl wir deutschlandweit eine Suchmeldung geschaltet haben. Über die DNA des Opfers konnte der Kollege Ben Meier auch keine Ergebnisse erzielen. De facto wissen wir immer noch nicht, wer das Opfer ist."

Wolke übernahm nun die weiteren Ausführungen. „Genau das ist unser Problem. Wir wissen immer noch nichts über die Identität des Opfers. Es schwebt noch in Lebensgefahr und liegt weiterhin im künstlichen Koma. Die Ärzte unternehmen ab und an den Versuch, den Patienten aus dem künstlichen Koma zu holen. In diesen Phasen spricht das Opfer. Beim ersten Mal hat es immer wiederholt: ‚**Ich hätte es verhindern sollen, so viel Leid. Du hättest durchhalten müssen.**‘ Beim zweiten Mal wiederholte es ständig: ‚**Nein, Angie, nein, ich kann das nicht. Du verlangst zu viel von mir.**‘ Wir wissen allerdings nicht, ob diese Sätze den Wahnvorstellungen des Opfers entspringen oder einen realen Bezug haben, da uns die behandelnde Ärztin, Frau Dr. Esser, immer wieder darauf hinweist, dass Koma-Patienten beim Aufwachen halluzinieren können.

Dann haben wir noch die Aussagen von Nele Schönwald und Tim Wasserfeld. Sie haben eine Person vor dem Brandopfer stehen sehen, die gesagt haben soll: ‚**Das ist für Mia und Maya.**‘ Vielleicht hat die Person auch noch so etwas wie: ‚**Du sollst so leiden, wie Mia und Maya**‘ gesagt, aber da sind sich die beiden nicht ganz sicher."

Wolke schaute in die Runde. „Jetzt seid ihr dran. Was für Ideen kommen euch?"

Grandler fragte Wolke irritiert: „Warum haben Sie die beiden Hauptverdächtigen denn noch nicht festgenommen? Alle Indizien sprechen doch gegen sie."

„Das stimmt schon, Chef. Aber wir haben kein wirkliches Tatmotiv. Irgendwie passt das alles nicht zusammen. Da fällt mir gerade ein, wir haben auch noch Päckchen Butter mit der gleichen Chargennummer aus dem Container bei Nele und Tim gefunden. Aber das Containern haben sie schließlich auch zugeben."

„Hm, da haben Sie recht, ein Tatmotiv kann ich auch nicht erkennen. Wenn wir jetzt noch einmal ganz neu anfangen alle Puzzleteile zusammenzusetzen und die Verdächtigen mal außen vor lassen, was ergibt sich dann Ihrer Meinung nach für ein Bild?"

Alle guckten sich ratlos an. Ben Meier meinte: „Wir haben drei Namen: Mia, Maya und Angie."

„Genauer gesagt, drei Frauennamen", warf Martin ein.

„Stimmt", pflichtete Wolke ihm zu. „Das hatte ich bisher noch gar nicht so auf dem Radar. Drei Frauennamen."

„Ich denke, die Verbindung ist das Leid", sagte Grandler plötzlich nachdenklich. „Das muss es sein! **‚Ich hätte es verhindern sollen, so viel Leid'** und **‚Du sollst so leiden, wie Mia und Maya'**. Erkennen Sie auch alle die Gemeinsamkeit?"

„Chef, das könnte es tatsächlich sein", stimmte Wolke Grandler zu. „Wenn es die Person, die angeblich vor dem Opfer gestanden hat, wirklich gibt, ist diese vermutlich ein Mann. Was das Opfer und den Täter verbindet, sind dann vielleicht die Frauen, die alle leiden mussten."

„Ja, das könnte eine Verbindung sein", schloss sich Wald den Überlegungen an.

„‚Ich hätte es verhindern sollen'", deutet meiner Meinung nach darauf hin, dass das Opfer etwas gesehen oder erlebt hat, wo es hätte eingreifen sollen, es aber nicht gemacht hat," steuerte Martin noch einen weiteren Aspekt bei.

„Das passt", pflichtete Wald ihm bei. „Aber anscheinend sollte das Opfer so leiden, wie Mia und

Maya. Vielleicht sollten wir in alten Fällen recherchieren, ob zwei Frauen irgendwann angezündet wurden, die Mia und Maya hießen. Vielleicht kommen wir so in unserem Fall weiter."

„Das scheint mir ein guter Ansatz zu sein", pflichtete Wolke ihm bei. „Möglicherweise sind zwei weibliche Personen verbrannt. Es müssen nicht zwingend Frauen gewesen sein, es könnten auch zwei Kinder, Geschwister, gewesen sein."

„Oder Mutter und Tochter, vielleicht auch Cousinen, Tante und Nichte", ergänzte Ben.

„Auch das stimmt. Wir sollten also offen lassen, in welcher Konstellation und Altersgruppe wir suchen. Zwei weibliche Personen, die verbrannt oder angezündet worden sind, sind unsere Zielgruppe."

„Wie passt denn die Aussage: ‚**Ich hätte es verhindern sollen**' zu unseren Überlegungen", fragte Grandler sein Team. „Fällt uns dazu noch etwas mehr ein?"

„Dieser Satz legt die Vermutung nahe, dass das Opfer das Verbrennen der beiden weiblichen Personen hätte verhindern können", mutmaßte Wolke.

„Es scheint sich aber alles immer mehr auf Brandopfer zuzuspitzen", resümierte Wald nachdenklich.

„Ja, und zwischen Opfer und Täter scheint es irgendeine Verbindung diesbezüglich zu geben", schlussfolgerte Wolke weiter. „Chef, was schlagen Sie vor?"

„Ich denke, wir sollten nach alten Fällen suchen, in denen Menschen lebendig verbrannt sind oder angezündet wurden. Dafür ist es vermutlich unerlässlich, alte Akten zu wälzen."

„Wir können die Fälle aber auf weibliche Brandopfer eingrenzen, oder", vergewisserte sich Wald.

Grandler nickte zustimmend mit dem Kopf.

„Ich gehe davon aus, dass wir uns auf Kölner Fälle beschränken können, da das Opfer und der Täter sich anscheinend kannten. Das deutet darauf hin, dass der Obdachlose nicht von außerhalb stammt und ein zufälliges Opfer geworden ist. Außerdem müssen wir mit irgendeiner Hypothese arbeiten. Daher schlage ich vor, wir beschränken uns erst einmal bei der Recherche verbrannter Frauen auf Köln. Gegebenenfalls müssen wir den Suchradius eben weiter ausdehnen. Ich vermute, dass unser Opfer auch vorher hier in Köln gelebt hat. Vielleicht hat ihn ja das Ereignis, nach dem wir suchen, aus der Bahn geworfen. Lasst uns am Montag mit frischem Elan und neuer Motivation an die Sache herangehen. Jetzt scheinen wir doch endlich einen Plan zu haben. Ich danke allen, für die konstruktive Mitarbeit und wünsche ein schönes, erholsames Wochenende."

Damit beendete Grandler das Meeting.

Wolke fiel es schwer, sich damit abzufinden, dass der Fall nun bis Montag ruhen sollte. Aber immerhin hatten sie jetzt eine Spur, der sie nachgehen konnten. Ihr Chef, der alte Hase, war doch immer wieder für eine Überraschung gut.

SAMSTAG, 19. DEZEMBER

Vera lag in ihrem Bett und wälzte sich im Schlaf unruhig hin und her.

Etwas war da, was sie gefangen hielt. Aber sie konnte es nicht fassen. Es lag vor ihren Augen, aber sie konnte es nicht sehen. Alles befand sich in einem dichten Nebel.

Nein, es war kein Nebel, es war der dichte, stinkende Rauch eines Feuers. Sie bekam keine Luft. Der Qualm nahm ihr die Luft zum Atmen.

Langsam wurde ihr bewusst, dass sie träumte. Mühsam kämpfte sie sich aus dem Traum zurück in die Realität und in ihr Schlafzimmer. Mit pochendem Herzen, das ihr bis zum Hals schlug, wachte sie endgültig auf.

In ihrem Schlafzimmer war alles dunkel. Sie versuchte sich zu orientieren. Es gab keinen Rauch und auch ihre Nase nahm keine Rauchentwicklung wahr. Langsam beruhigte sie sich wieder und ihr Herz hörte langsam wieder auf zu rasen.

Was hatte sie da bloß geträumt? Verfolgte der Fall sie jetzt schon bis in den Schlaf? Das war kein gutes Zeichen.

Sie musste dringend abschalten und die Distanz wahren. Aber einfacher gesagt, als getan. Was hatte sie da bloß so beschäftigt, dass es sie bis in ihre Träume verfolgte? Sie konnte sich schon fast nicht mehr an den Traum erinnern. Die Erinnerungen daran entglitten ihr immer mehr. Sie schaute auf die Uhr. 1:20 Uhr. Sie hatte also noch einige Stunden bis zum Aufstehen vor sich. Deshalb versuchte sie wieder einzuschlafen, was ihr aber nicht gelang.

Also dachte sie darüber nach, was sie am nächsten Abend für Andreas und sich kochen könnte. Bei dem Gedanken an Andreas stellte sie fest, dass sie sich auf das Treffen mit ihm wirklich freute. Die Aussicht auf einen fröhlichen Abend mit ihm beruhigte sie endgültig, so dass sie mit einem leichten Lächeln auf den Lippen endlich einschlief.

Als sie das nächste Mal wach wurde, war es bereits 10:10 Uhr. Sie räkelte sich noch einmal wohlig in ihrem warmen Bett, bevor sie aufstand und sich einen Kaffee machte.

Mit diesem und dem Kölner Stadtanzeiger bewaffnet, setzte sie sich in ihren Lieblingssessel vor dem großen Wohnzimmerfenster und las entspannt die Wochenendausgabe ihrer Lieblingszeitung. Als sie auf die Uhr schaute, war es bereits 11:32 Uhr.

Jetzt musste sie sich aber beeilen, wenn sie noch auf den Klettenberger Markt wollte. Rasch zog sie sich an und machte sich zu Fuß auf den Weg. Es schneite leicht und war ziemlich kalt. Noch fünf Tage bis Weihnachten, da passte das winterliche Wetter gut.

Der Schnee und die Kälte taten ihrer Freude über den Markt zu schlendern aber keinen Abbruch. Bei ihrem Lieblingsbiobauern besorgte sie Obst, Gemüse und frische Kräuter. Dann ging sie weiter und kaufte noch Eier und Käse. Beim Bäcker ‚Petit

Paris' erstand sie noch ein knuspriges französisches Baguette.

Zum Schluss kaufte sie noch einige Tannenzweige und Zweige mit roten Beeren als Dekoration. Sie wollte wenigstens etwas Adventsstimmung in ihrer Wohnung verbreiten, wenn Andreas kam. Die Tannenzweige dufteten herrlich nach Harz und Nadelgehölz, so dass das erste Mal in diesem Jahr eine Art weihnachtliche Stimmung in ihr aufkam.

Anschließend machte sie sich voll bepackt auf den Heimweg.

Zuhause angekommen verstaute sie die Einkäufe und fing mit den Vorbereitungen für das Abendessen an. Sie putzte verschiedene Gemüse und setzte eine Minestrone auf.

Anschließend machte sie sich daran, die Panna Cotta vorzubereiten und eine Erdbeersauce zuzubereiten.

Als sie damit fertig war, fing sie mit der Spinatlasagne an. Sie kochte mit frischen Tomaten eine herzhafte Tomatensauce und anschließend eine cremige Béchamelsauce. Den frischen Spinat dünstete sie mit Zwiebeln und etwas Butter. Zum Schluss schichtete sie die Lasagneplatten abwechselnd mit den anderen Zutaten in eine Auflaufform, gab noch den frischen Büffel-Mozzarella als letzte Lage dazu, so dass die Lasagne, wenn Andreas kam, nur noch in den Backofen geschoben werden musste.

Das Hantieren in der Küche hatte Vera abgelenkt und davon abgehalten, über ihren Fall nachzudenken.

Jetzt wurde es aber auch schon Zeit, dass sie sich für den Abend zurechtmachte. Nach einer ausgiebigen Dusche cremte sie sich mit ihrer Lieblingslotion ein und föhnte ihre blonden, lockigen Haare zu einer wahren Löwenmähne.

Sie schminkte sich dezent, zog einen kurzen, engen Rock mit einem kleinen Schlitz an der rechten Seite an und eine legere, etwas verspielte Bluse, die farblich in verschiedenen beige Tönen auf den Rock abgestimmt war. Dazu wollte sie ihre neuen, braunen Stiefel, die ihre langen Beine betonten, tragen. Sie musterte sich im Spiegel. Jetzt fehlten nur noch die langen, goldenen Ohrringe und die Goldkette mit dem Perlenanhänger. Fertig. Sie schaute noch einmal in den Spiegel und war mit dem Ergebnis zufrieden.

Kurz darauf klingelte es. Vera betätigte den Türöffner für die Haustüre und wenig später kam Andreas die Treppe herauf.

„Wow, du siehst umwerfend aus", war das Erste, was er von sich gab.

„Komm doch erst einmal herein."

Andreas war bepackt wie ein Weihnachtsmann. „Willst du etwa hier einziehen oder warum hast du so viel Gepäck dabei? Hast du deine Wohnung bereits aufgelöst?"

Andreas schmunzelte amüsiert. „Wäre auf jeden Fall eine Überlegung wert. Aber denk gut darüber nach, was du sagst, sonst wirst du mich nicht mehr los." Er lachte lausbübisch.

„Aber jetzt komm doch wirklich erst mal rein und leg deinen Mantel ab."

Vera musterte Andreas von oben bis unten, nachdem er seinen Mantel ausgezogen hatte und stellte sachkundig fest: „Du siehst aber auch nicht schlecht aus."

Dabei neigte sie den Kopf etwas zur Seite und musterte ihn genau.

„Danke für die Blumen, apropos Blumen", Andreas griff in eine der Taschen und zog einen gigantischen Strauß roter und weißer Rosen hervor. „Ich hoffe, dass es demnächst nur noch rote Rosen sind, die ich dir schenken darf, heute habe ich es noch für etwas vermessen gehalten, daher die Rosen in rut un wiess, wie de Stadt Färve vun Kölle."

Andreas war während er sprach in die kölsche Mundart verfallen.

Vera sah ihn sprachlos an: „Kannst du etwa richtig kölsch sprechen?"

„Jo, wann et sin muß."

Vera war überrascht. Das hätte sie ihm nicht zugetraut. Es machte ihn für sie noch liebenswerter.

„Jetzt sag nur noch, du bist auch FC Fan?"

„Wat denkst du dann? Isch han zick Johre en Dauerkaat für d'r FC."

Vera strahlte ihn an.

„Isch och. Isch freue mich allt op uns nöchstes, gemeinsames Heimspill."

„Jonn mer beienein hin?"

„Klor, mer jonn zesamme."

„Weißt du, was wir gemeinsam haben?"

„Wir mögen beide heißen Kaffee?", erwiderte Andreas nach kurzer Überlegung.

„Das auch, aber wir scheinen auch beide sehr leidensfähig zu sein, sonst wären wir keine FC-Fans."

„Stimmt. Das macht einen echten FC-Fan aus. Ins Stadion gehen, den FC anfeuern und gute Stimmung verbreiten, auch wenn er mal wieder absteigt oder kurz davor steht. Ein echter FC-Fan bleibt seinem Verein auch in schlechten Zeiten treu."

„Lass uns doch ins Wohnzimmer gehen."

Dort hatte sie den Tisch weihnachtlich mit Kerzen und Weihnachtskugeln gedeckt. Im Wohnzimmer roch es angenehm nach Tannenwald, dank der Zweige vom Markt.

Andreas bemerkte den Geruch sofort. „Hier duftet es aber angenehm nach Tannen. Ich liebe den Duft. Er erinnert mich immer an Weihnachten in meiner Kindheit."

„Dann haben wir schon drei Gemeinsamkeiten."

Vera freute sich, dass der Kauf der Tannenzweige bei Andreas so positiv aufgenommen wurde und bei ihm anscheinend die gleichen Erinnerungen auslöste, wie bei ihr.

Jetzt holte Andreas drei Flaschen Wein aus seiner Tasche.

„Ich hatte ja versprochen, den Wein mitzubringen. Da ich nicht wusste, was es zu Essen gibt und auch nicht, welche Art von Wein du bevorzugst, habe ich einfach mal einen schweren Rotwein, einen spritzigen Weißwein und natürlich einen leichten Rosé mitgebracht. Ich dachte, damit liege ich auf alle Fälle richtig."

„Du hast es aber gut vor. Wer soll denn den ganzen Wein trinken? Ich erwarte keine weiteren Gäste mehr", scherzte Vera und sah Andreas verführerisch an.

„Ich dachte, wir trinken erst einmal einen Aperol Spritz oder möchtest du lieber etwas anderes?"

Er schaute Vera tief in die Augen und flüsterte ihr ins Ohr: „Ich will dich."

„Ich stehe aber weder auf dem Speiseplan noch auf der Getränkekarte", gab Vera kokett von sich. „Außerdem bin ich unbezahlbar".

„Schade. Dann nehme ich eben einen Aperol Spritz, auch wenn der lange nicht an dich ran reicht, egal wie gut er ist."

Andreas und Vera setzten sich an den Tisch, tranken ihren Aperol Spritz und die lockere Unterhaltung setzte sich, auch während des gesamten Essens, ähnlich fort. Beide flirteten heftig miteinander. Zur Minestrone tranken sie den Weißwein, den Rotwein zur Lasagne und die Flasche Rosé zur Panna Cotta. Je weiter das Menü fortschritt, desto mehr lösten sich die Zungen der beiden und sie erzählten sich Geschichten aus ihrem bisherigen Leben, garniert mit lustigen Anekdoten. Die Zeit verging wie im Fluge und als Vera auf die Uhr sah, war es schon nach Mitternacht.

Gerade zeigte sie Andreas ein Foto von sich als Schulkind. Das war der Moment in dem Andreas sie zu sich heranzog und ihr fragend in die Augen blickte. Langsam, ohne sie aus den Augen zu lassen, näherte sich sein Mund dem ihren und er küsste Vera lange und zärtlich.

Vera sträubte sich nicht gegen diese Zärtlichkeit sondern erwiderte den Kuss leidenschaftlich.

Was passiert hier gerade mit mir? Normalerweise lasse ich keinen Mann so schnell an mich heran. Andreas verzaubert mich und scheint alle Last von meinen Schultern zu nehmen. Ich habe den Eindruck, dass ich mich bei ihm fallen lassen kann.

„Bist du immer so ein Draufgänger?", neckte sie ihn schon wieder.

„Nein, das ist mir noch nie passiert. Du lässt mich mutiger sein, als ich es normalerweise bin. Frauen gegenüber bin ich eher zurückhaltend und abwartend. Ich weiß nicht, was du mit mir machst. Aber es ist mir nicht unangenehm."

Dann zog er Vera noch einmal ganz nah an sich heran und küsste sie leidenschaftlich. Anschließend wanderten seine Lippen küssend, ihr Gesicht erforschend, über ihre Wangen zu ihren Ohren und langsam ihren Hals hinunter. Die Atmosphäre zwischen ihnen knisterte als wäre sie elektrisch aufgeladen.

Vera löste sich sanft und vorsichtig von Andreas. „Ich muss erst einmal alles Revue passieren lassen. Das gerade war umwerfend. Der ganze Abend war wundervoll. Aber jetzt muss ich ins Bett. Wenn du willst, darfst du bei mir übernachten, schließlich kannst du nicht mehr Auto fahren nach all dem Wein. Aber bevor du ja sagst: du schläfst auf dem Sofa."

Andreas schaute sie mit einem treuen Hundeblick an. „Etwas anderes hätte ich auch nicht von dir erwartet. Das Sofa ist super."

Sie richtete Andreas das Sofa her und gab ihm noch einen Gute-Nacht-Kuss, bevor sie sich in ihr Schlafzimmer verzog.

Im Bett dachte sie glücklich an die letzten Stunden zurück und schlief sofort ein.

Sie fühlte den körperlichen Schmerz. Sie fühlte, dass sie brannte! Sie sah die Flammen vor ihrem Gesicht züngeln. Ihr Brustkorb zog sich zusammen und sie konnte nur noch röchelnd atmen. Sie musste husten. Aber es tat so weh. Ihre Haut und ihre Muskeln verbrannten im Schein der Flammen und die Luft um sie herum flirrte vor Hitze. Sie roch den beißenden Geruch von Qualm und sah, wie sich der Ruß langsam Richtung Himmel bewegte. Vor ihr stand ein Mann mit einem schwarzen Kapuzenpulli. Sie kannte ihn nicht.

„Du sollst so leiden wie Mia und Maya", hörte sie ihn anklagend sagen.

Sie hatte doch gar nichts getan! Er musste sie verwechseln. Sie kannte keine Mia und auch keine Maya. Warum tat er ihr so weh? Diese schrecklichen Schmerzen. Sie hielt es nicht mehr aus. Sie schrie sich die Seele aus dem Leib.

Andreas wurde durch diese lauten Schmerzensschreie aus dem Schlaf gerissen. *Wo bin ich?*

Er brauchte einen kurzen Moment, bis er realisierte, dass er sich bei Vera in der Wohnung befand. *Woher kommen diese schrecklichen Schreie? Veras Schlafzimmer!* Er war schlagartig hellwach, sprang vom Sofa auf und war schon unterwegs in Richtung Schlafzimmer.

Sie schrie, immer noch wie am Spieß.

Warum schreit sie so? Sind wir nicht mehr alleine in der Wohnung? Wird Vera angegriffen oder bedroht?

Alles in der Wohnung erschien ihm ruhig und friedlich, bis auf Veras Schreie. Er konnte keine Geräusche wahrnehmen die darauf hindeuteten, dass sich noch jemand hier befand.

Als er vor ihrem Bett stand, sah er, dass sie schlief und anscheinend einen Albraum durchlebte. Er rüttelte sanft an ihrer Schulter. „Vera, wach auf. Es ist alles gut. Du hast nur schlecht geträumt."

Sie erwachte zögernd und kam nur ganz langsam in der Realität an. Der Traum hielt sie immer noch umschlungen und sie schluchzte wie ein kleines Kind, ohne sich beruhigen zu können. Dicke Tränen kullerten aus ihren Augen. Andreas nahm sie in seine Arme und wiegte sie beruhigend und beschützend hin und her. „Es ist alles gut. Du hattest einen Albtraum. Du hast nur schlecht geträumt", wiederholte er, bis Vera sich endlich beruhigte.

„Was war denn los? Was hast du Schreckliches geträumt?"

Vera sah ihn mit rot verquollenen Augen an. „Ich habe geträumt, dass ich angezündet worden bin. Ein Mann stand vor mir und sagte, ich müsse so leiden wie Mia und Maya, dabei kenne ich niemanden mit diesen Namen. Es fühlte sich so real an. Ich dachte wirklich, ich würde verbrennen und hatte entsetzliche Schmerzen."

„Der Fall scheint dir ja echt an die Nieren zu gehen." Nach einiger Zeit, in der sich Vera dicht an Andreas schmiegte, fragte er behutsam: „Meinst du, du kannst jetzt wieder schlafen?"

Sie schaute ihn immer noch geschockt von dem heftigen Traum an. „Kannst du dich einfach zu mir legen, das würde mir helfen."

Andreas entsprach ihrem Wunsch und nahm sie beschützend in den Arm. Sie kuschelte sich erneut an ihn und schlief dann tatsächlich bald wieder ein.

SONNTAG, 20. DEZEMBER

Am Morgen, als Vera aufwachte, fühlte sie sich auf seltsame Weise geborgen und behütet. Sie lag in den Armen von Andreas, als könnte er sie vor allen Gefahren des Lebens beschützen. Eine schöne, aber idiotische, Annahme erkannte sie kurz darauf realistisch.

Sie drehte sich zu ihm und sah ihm beim Schlafen einen Moment lang zu.

Dann stand sie auf, ging in die Küche und bereitete Frühstück für sie beide zu. Sie fand, dass sich Andreas das nach den Geschehnissen der letzten Nacht redlich verdient hatte.

Was ist bloß mit mir los? Wieso wühlt der Fall mich so auf? Ich kann es mir einfach nicht erklären. So etwas habe ich doch sonst nie. Was soll Andreas bloß von mir denken? Frau Hauptkommissarin schreit im Schlaf alles zusammen, weil sie von ihrem Fall träumt. Super gelaufen! Die erste Nacht mit ihm und dann so ein Auftritt. Wie peinlich! Was an dem Fall beschäftigt mich nur so extrem? Oder hat der Traum etwa eine ganz andere Ursache?"

Plötzlich fiel ihr eine Erklärung ein. Ihre Oma hatte ihr als Kind oft erzählt, dass ihr Bruder im Krieg bei einem Angriff lebendig verbrannt war. In diesem Zusammenhang hatte Oma ihr sehr anschaulich erklärt, dass Verbrennen ein schrecklicher Tod sei.

Ihre lebhafte Phantasie als Kind hatte ihr schreckliche Bilder vorgegaukelt. Sie hatte sich immer vor diesen Erzählungen gefürchtet, aber ihre Oma schien das nicht bemerkt zu haben. Sie hatte immer nur gesagt: „Gut, dass es so etwas heute nicht mehr gibt."

Mit dieser Aussage lag Oma wohl falsch.

Sie erinnerte sich jetzt plötzlich daran, dass sie als Kind auch öfter schreiend wach geworden war und ihre Eltern nicht verstanden, warum sie so schlecht träumte. Anscheinend hatte sie sich als Kind die schrecklichen Schmerzen eines Brandopfers vorgestellt und die Erzählungen von Oma im Schlaf durchlebt.

Aber ist das der Grund dafür, dass ich träume, ich würde verbrennen?

Möglich war es.

Wenige Augenblicke später erschien Andreas in der Küche. „Hier duftet es herrlich nach Kaffee."

Er ging auf Vera zu, nahm sie sanft in den Arm und drückte ihr vorsichtig einen Kuss auf die Lippen.

„Hast du die Träume der Nacht hinter dir gelassen? Ist wieder alles in Ordnung?"

Vera nickte. „Komm, setz dich! Ich hoffe, du hast schon wieder Hunger. Nach dieser Nacht hast du dir ein ordentliches Frühstück verdient."

Andreas setzte sich Vera gegenüber an den Tisch und nahm erst einmal einen Schluck heißen Kaffee aus einer Tasse mit vielen bunten Dom-Motiven. Er musste lächeln.

Vera hatte ihn beobachtet.

„Was ist? Was zaubert dir ein Lächeln auf die Lippen?"

„Ich musste über die Köln Tasse schmunzeln. Köln ist bei dir allgegenwärtig, stimmt's?"

„Ich bin eben durch und durch Kölnerin, wie sieht es bei dir aus?"

„Ich lebe auch gerne in Köln und bin zu einhundert Prozent Kölner. Allerdings spiegelt sich das nicht so in meinen Sachen wider, die ich trage oder die sich in meiner Wohnung befinden."

„Gefallen dir meine Sachen etwa nicht?" Vera schaute Andreas herausfordernd an.

„Doch, zu dir passen sie", antwortete Andreas diplomatisch. Schnell wechselte er das Thema. „Das sieht aber alles lecker aus, was du da gezaubert hast."

„Können wir noch einmal über letzte Nacht sprechen?", fragte er dann vorsichtig.

„Wenn es sein muss", erwiderte Vera nicht sonderlich begeistert.

„Träumst du immer so heftig, wenn du mitten in einem Fall steckst?"

„Nein, normalerweise nicht, aber irgendetwas an diesem Fall lässt mich einfach nicht los. Ich habe eben überlegt, dass es auch damit zusammen hängen könnte, dass der Bruder meiner Oma im Krieg lebendig verbrannt ist und ich mir so einen Tod durch verbrennen immer extrem schmerzhaft und schrecklich vorgestellt habe. Vielleicht liegt es aber auch daran, dass wir immer noch nicht wissen, wer der Obdachlose ist. Außerdem haben wir am Freitagnachmittag ein Brainstorming mit den Kollegen gemacht. Vielleicht hat sich ein neuer Ermittlungsansatz daraus ergeben. Normalerweise hätte ich sofort losgelegt, aber da das Wochenende vor der Tür stand, sollten sich die Kollegen und ich etwas schonen. Aber ich bekomme den Fall einfach nicht aus dem Kopf."

„Darfst du mir sagen, was für eine neue Richtung der Fall nehmen könnte?"

„Wenn ich es dir nicht sage, wird dir später dein Freund Felix alles erzählen. Wie ich Grandler kenne, hat er Staatsanwalt Fix am Freitag bestimmt noch informiert. Wir vermuten, wenn die Aussagen von Tim und Nele stimmen, dass die Verbindung zwischen Täter und Opfer darin besteht, dass das Opfer angezündet worden ist, weil es wie jemand aus dem Umfeld des Täters leiden sollte. Das Leid scheint die Verbindung zu sein."

„Das ist ein interessanter Ansatz und klingt plausibel. Das Tatmotiv wäre dann schwere Körperverletzung aus Selbstgerechtigkeit."

Vera nickte.

„Nur wissen wir weder, wer das Opfer, noch der Täter ist. Es ist aber auch wie verhext."

„Wie seid ihr denn auf den neuen Ansatz gekommen?"

„Wir haben drei Frauennamen: Mia, Maya und Angie. Wer Angie ist, wissen wir nicht. Mia und Maya, vermuten wir, stehen in Kontakt zu dem Täter, da Nele und Tim ausgesagt haben, sie hätten gehört, wie der Täter gesagt hat: ‚Du sollst so leiden, wie Mia und Maya'."

„Jetzt reden wir doch die ganze Zeit nur über Berufliches, obwohl du Privates und Berufliches doch strikt trennen willst. Ist das für dich in Ordnung?"

Vera nickte statt einer Antwort mit dem Kopf.

Andreas schoss ein Gedanke in den Kopf.

„Vielleicht hilft es dir in der jetzigen Situation aber auch über den Fall zu reden, um deine nächtlichen Dämonen los zu werden. Was hältst du davon aktiv zu werden? Wir könnten ins Polizeipräsidium fahren und dort alte Akten wälzen, die mit weiblichen Brandopfern im Zusammenhang stehen. Wir suchen dann nach alten Fällen und gucken, ob die Namen, die wir kennen, vielleicht auftauchen. Was hältst du von meinem Vorschlag?"

„Ein guter Vorschlag. Im Polizeipräsidium sind alle alten Akten der letzten Jahre archiviert. Dort müssten wir am ehesten etwas finden, wenn es etwas zu finden gibt. Willst du das wirklich machen? Hast du nichts besseres an einem Sonntag vor?"

„Nein, ich habe für heute nichts geplant. Außerdem war es meine Idee. Denn erstens bin ich dann mit dir zusammen und zweitens kann ich vielleicht helfen, Nele und Tim zu entlasten. Es ist also nicht ganz uneigennützig. Nele und Tim zählen auf mich, ebenso wie meine Schwester und mein Schwager."

„Ich denke Akten wälzen, ist genau das, was ich jetzt brauche. Das Gefühl, dass es weitergeht und wir dem Täter vielleicht auf die Spur kommen und damit der Fall bald gelöst ist, erscheint mir verlockend."

Nachdem sie das Frühstück beendet, geduscht und sich angezogen hatten, setzten sie ihren Plan um und fuhren gemeinsam zum Polizeipräsidium Köln, um dort im Archiv die alten Fälle durchzugehen.

***

Oliver Wald war wie jeden Sonntag gerade im Fitness Studio angekommen und befand sich auf dem Weg zu den Umkleiden. Er wollte, wie üblich, nach einer Aufwärmphase, sein Krafttraining an den Geräten absolvieren. Als er die Umkleide betrat, begrüßte ihn sein Trainingspartner Sebastian Kölner, der nach langer Zeit endlich wieder einmal zum Training gekommen war. Sebastian war Journalist beim Kölner Stadtanzeiger und die beiden trainierten gemeinsam, wenn sie zur gleichen Zeit im Studio waren.

Wegen seines Namens hatte Sebastian sich schon einiges anhören müssen. Oft wurde er gefragt, ob er denn der Herausgeber des Kölner Stadtanzeigers sei, schließlich trügen er und die Zeitung den gleichen Namen. Einige Menschen amüsierten sich dann köstlich. Sebastian konnte dies nur ein mitleidiges Lächeln entlocken.

Schlimmer aber war die Tatsache, dass Sebastian in Düsseldorf das Licht der Welt erblickt hatte und das bei dem Nachnamen. Die meisten Kölner bedauerten ihn, wenn das Gespräch auf seinen Geburtsort kam und fragten ihn, wie er die Zeit als Kölner in Düsseldorf überhaupt hätte überleben können. Das Vorurteil, dass Kölner keine Düsseldorfer und Düsseldorfer keine Kölner leiden könnten, hielt sich hartnäckig. Es diente als Voraussetzung, um immer wieder den Konkurrenzgedanken zwischen Köln und Düsseldorf neu zu befeuern und damit einen Anlass für neue Witze zu liefern.

„Hallo Sebastian, ich hab dich vermisst. Du hast dich in letzter Zeit ziemlich rar gemacht und ich gestehe, alleine trainieren macht nicht so viel Vergnügen wie mit dir zusammen", begrüßte Oliver seinen Trainingspartner.

„Es freut mich doch sehr, dass dir aufgefallen ist, dass ich nicht da war. Meine kleinen Frotzeleien haben dir wohl doch gefehlt. Zieh dich um, und dann lass uns mal wieder zusammen starten. Fahrräder oder Laufband heute?"

„Du hast den Trainingsrückstand, deshalb darfst du heute entscheiden", scherzte Oliver voller Vorfreude auf das gemeinsame Training.

„Ich bin für Fahrräder, auch wenn du, wie ich dich kenne, bereits mit deinem Rennrad hierher gefahren bist."

„Stimmt. Trotzdem entscheidest du, also auf zu den Fahrrädern."

Oliver joggte bereits, mit seinem Handtuch um dem Hals, Richtung Fitnessraum.

Als beide auf den Rädern saßen fragte Oliver Sebastian: „Wieso warst du so lange nicht beim Training? Was hat dich auf- oder abgehalten? Waren zu viele Frauen am Start?"

„Leider nicht. Ich war beruflich ziemlich eingespannt. Mein Ressortchef hatte angefragt, ob ich Lust hätte, eine Recherche über Brandopfer zu machen und mir eine Frist gesetzt, bis wann ich fertig sein musste. Es hat sich dann herausgestellt, dass die Arbeit umfangreicher war, als ich zu Anfang gedacht hatte. Die Recherche hat einfach unheimlich viel Zeit gefressen, deshalb bin ich froh, dass ich nun durch bin und wieder Zeit für's Training habe."

„Das hört sich doch interessant an. Wir bearbeiten auch gerade einen Fall mit einem Brandopfer. Über was genau hast du recherchiert? Bevor du antwortest, stellt sich natürlich die Frage, ob du während des Radfahrens überhaupt noch genügend Luft hast, um zu sprechen? Nicht, dass ich dich überfordere."

„Noch geht beides ganz gut zusammen. Dich quatsch ich doch noch immer in Grund und Boden. Bevor ich aufhören muss zu reden, weil ich keine Luft mehr bekomme, bist du schon Stunden vor mir vom Rad gefallen. Aber jetzt mal wieder im Ernst, hauptsächlich ging es um Ehrenmorde, aber ich habe auch über Brände im Haushalt und andere Arten von Unfällen recherchiert."

„Mit dem Thema Ehrenmorde habe ich mich noch nie im Detail auseinandergesetzt, finde es aber ein sehr spannendes Thema. Erzählst du mir etwas über deine Recherchearbeit?"

„Jetzt ... hier?"

„Wieso nicht hier und jetzt, hast du was Besseres vor?"

„Dir erzähle ich doch gerne davon. Wer weiß, vielleicht nutzt es dir in deinem Job irgendwann einmal, wenn du etwas über das Thema Ehrenmorde weißt."

„Könnte gut sein, aber ich bin nicht scharf darauf, so einen Fall bearbeiten zu müssen. Außerdem gibt es laut Statistik gar nicht so viele Ehrenmorde. Viel mehr interessiert mich, was du sonst noch zu Brandopfern recherchiert hast."

„Was willst du wissen?"

„Alles. Fang einfach an. Wenn es mir zu langweilig wird, steig ich ab und such mir einen anderen Trainingspartner. Es liegt also an dir, ob ich bleibe oder nicht." Dabei stand Oliver der Schalk im Gesicht.

„Okay. Ich gebe mein Bestes. Also, die meisten Brandopfer gibt es durch Unfälle, was du dir sicherlich schon gedacht hast. Wobei die meisten im Haushalt passieren. Trockner sind die Geräte, die am häufigsten anfangen zu brennen, wusstest du das?"

Oliver schüttelte den Kopf.

„Aber bei brennen fällt mir ein, brennen deine Muskeln schon so richtig oder geht es noch?"

„Wegen mir können wir noch bis Weihnachten so weiter radeln." Oliver nahm demonstrativ sein Handtuch und wischte sich den Schweiß von der Stirn. „Mein Handtuch ist noch fast trocken."

„Gut zu wissen. Dann hau weiter rein."

„Gab es für dich einen besonders interessanten oder auch überraschenden Aspekt bei deiner Recherche?"

„Am interessantesten fand ich die Fälle, die ich als Einzelschicksale bezeichne oder die eine Verquickung unglücklicher Umstände darstellen."

„Was genau meinst du damit?"

„Unter Einzelschicksal verstehe ich zum Beispiel, dass ein Mann morgens mit dem Auto zur Arbeit unterwegs ist und sein Auto von einem umstürzenden Baum getroffen wird, so dass der Wagen in Flammen aufgeht. Derjenige ist einfach zur falschen Zeit am falschen Ort gewesen."

„Hm, verstehe – und was sind dann, deiner Meinung nach, Verquickungen unglücklicher Umstände?"

„Vor einigen Jahren gab es hier ganz in der Nähe, in Lindenthal, eine solche Verquickung von Umständen. Eine Frau ist mit ihrem Säugling in ihrem Auto verbrannt, nachdem eine Selbstmörderin aus der sechsten Etage eines Hauses gesprungen ist. Die vor dem Haus stehenden Mülltonnen fielen durch den Aufprall der Frau um und landeten teilweise auf der Fahrbahn, wodurch ein Kleinwagen mit einem entgegenkommenden Lastwagen frontal zusammenprallte. Das ganze war eine dreifache Tragödie."

Oliver legte sich sein Handtuch wieder um den Hals, nachdem er zuvor noch einmal die Schweißperlen auf seinem Gesicht weggewischt hatte. „Wieso sprichst du von einer dreifachen Tragödie?"

„Ein Mann verlor an diesem Tag seine Frau durch einen Suizid und ein anderer Mann durch eine Verquickung ungünstiger Umstände und den daraus resultierenden Unfall seine Frau und seine drei Monate alte Tochter. Der Kleinwagen der Frau ging nach dem Aufprall mit dem Laster sofort in Flammen auf. Der Lastwagenfahrer blieb unverletzt, kam aber mit einem Schock ins Krankenhaus."

„Oh, das ist ja wirklich eine schreckliche Verkettung von Ereignissen gewesen. Hast du noch mehr Kenntnisse zu dem Fall?"

„Der Airbag auf der Beifahrerseite ging nach der Kollision mit der Mülltonne auf. Die Mutter wurde durch den frontalen Aufprall mit dem Laster hinter dem Lenkrad in dem brennenden Kleinwagen eingeklemmt. Die anwesenden Passanten versuchten alles, um die Frau und den Säugling aus dem brennenden Auto zu befreien, aber ohne Erfolg. Sie mussten mit ansehen, wie die Mutter und ihr Kind qualvoll verbrannten."

„Das ist ja wirklich ein schreckliches Ereignis gewesen. Deine Schilderung erinnert mich an eine Kettenreaktion, so wie bei Dominosteinen, wo der erste Stein umfällt und alle anderen danach mitreißt. Apropos umfallen? Hab ich dich bald soweit?"

„Weit entfernt. Träum weiter." Sebastian wirkte immer noch putzmunter.

„Weißt du etwas über die Selbstmörderin oder warum sie sich umbringen wollte?"

„Sie soll psychisch krank gewesen sein und schon mehrere erfolglose Suizidversuche unternommen haben. Soweit ich mich an meine Recherche erinnern kann, deutete nichts auf Fremdverschulden hin. Die Frau ist aus der sechsten Etage eines Mietshauses auf der Dürener Straße in Lindenthal gesprungen, vollgepumpt mit Medikamenten."

„Die Straße kenne ich gut. Da kann ich mir bildlich vorstellen, wie sich der Unfall zugetragen hat. Die Straße ist dort sehr stark befahren und auch auf den Gehwegen und auf dem angrenzenden Radweg ist immer viel Betrieb. Die Mülltonnen stehen da, wenn sie geleert werden sollen, immer halb auf dem Rad- und halb auf dem Fußweg. Wenn dann gerade ein Lastwagen aus der entgegengesetzten Richtung kommt, wenn der Kleinwagen ausweichen wollte, oh Gott, ich will es mir gar nicht ausmalen. Da hätte noch viel mehr passieren können, wenn du mich fragst."

Oliver hielt einen Moment inne und schien seine Gedanken zu sortieren.

„Wie sind die beiden Männer denn mit der Situation fertig geworden, weißt du etwas darüber? Es ist immer wieder schrecklich, welche Schicksalsschläge Menschen ereilen. Unser Leben ist so fragil, in einem Augenblick denkst du, alles ist in bester Ordnung und im nächsten Moment kannst du schon vor dem Scherbenhaufen deines Lebens stehen. Ich könnte mir vorstellen, dass sich beide Männer so oder so ähnlich gefühlt haben."

Oliver versuchte die düstere Stimmung mit einem Scherz aufzulockern. „Du schwitzt aber mittlerweile auch ganz gut, liegt wohl an dem Trainingsrückstand oder hast du gestern zu viel Kölsch getrunken?"

„Bis du mal in die Hufe kommst, habe ich ja schon ein Pittermännchen geleert. Ich wäre kein guter Journalist, wenn ich nicht auch versucht hätte, etwas über den weiteren Verlauf des Lebens der beiden Männer in Erfahrung zu bringen. Der Mann, der Frau und Kind verloren hat, arbeitete vor und nach dem Unglück weiter in seinem Beruf. Er soll freundlich zu seinen Kunden und seinen Mitarbeitern gewesen sein, zurückgezogen gelebt und nicht wieder geheiratet haben. Aber es heißt, er hätte niemanden mehr an sich heran gelassen und über den Tod seiner Frau und seines Kindes würde er kein

Wort verlieren. Er verhält sich gerade so, als hätte es dieses Unglück nicht gegeben. Er verdrängt die Sache komplett, was nicht gut ist."

„Weißt du auch was über den anderen Mann oder hat das Pittermännchen dir schon den Geist vernebelt?"

„Ich hab dir doch gesagt, für dich reicht es immer noch, egal wie wenig ich trainiert habe. Mach dir keine Hoffnung. Also, der Mann des Suizidopfers war Berufsschullehrer. Er soll über den Tod seiner Frau Angela nicht hinweg gekommen sein. Ihm wurde nach dem Suizid seiner Frau der Job gekündigt, da er angefangen hatte zu trinken und als Lehrer nicht mehr tragbar war. Mehr Informationen habe ich nicht. Ich weiß nicht, was aus ihm geworden ist. Was mir aber deutlich bewusst geworden ist, ist die Tatsache, dass jeder Mensch auf seine Art und Weise trauert. Jeder geht mit so einem Schicksalsschlag anders um, was das Beispiel der beiden Männer deutlich zeigt."

„Du liegst sicherlich mit deiner These richtig, dass jeder Mensch anders trauert. Aber die Frage ist auch, ob sich diese beiden Schicksale überhaupt vergleichen lassen. Vermutlich ist die Trauer der Hinterbliebenen immer groß, egal, wie oder wodurch jemand zu Tode kommt."

„Das ist ein echt schwieriges Thema, dass wir hier und heute bestimmt nicht lösen können. Aber ich denke dieses Thema ist es wert, sich damit eingehender auseinanderzusetzen."

Oliver und Sebastian radelten noch einige Zeit weiter und schienen über die letzten Sätze nachzudenken.

„Du merkst, ich war gut beschäftigt. Aber lass uns jetzt an die Gewichte gehen und noch zwei bis drei Durchgänge machen. Ich bin jetzt nicht nur mit dem Thema durch sondern ansonsten auch, was ich natürlich nie zugeben würde. Das Thema war jetzt heavy genug."

„Stimmt. Lass uns lieber noch ein paar heavy Gewichte stemmen und einige Glückshormone zur Ausschüttung bringen. Was hältst du von zwei intensiven Sätzen pro Übung ohne viel Gequatsche?"

„Da bin ich dabei. Los geht's."

Nachdem sich beide beim Training nichts geschenkt hatten und sich eine gewisse Müdigkeit einstellte, gingen sie in die Umkleide, holten sich ihre großen Handtücher, um in der Sauna noch etwas für die passive Regeneration zu tun.

Als Oliver in der Sauna lag, sich langsam entspannte und merkte, wie eine wohlige Wärme von ihm Besitz ergriff, dachte er noch einmal über das nach, was Sebastian ihm erzählt hatte.

Innere Bilder zogen durch seinen Kopf, die er nicht steuern konnte. Irgendetwas beschäftigte sein Gehirn immer noch. Es fühlte sich so an, als würde einem der Name von jemandem nicht einfallen und das Hirn in allen Schubladen nach diesem suchen und kramen, bis einem plötzlich der gesuchte Name durch den Kopf schoss. Es schien, als suche er nach etwas, was er aber noch nicht fassen konnte. Seine kleinen grauen Zellen arbeiteten auf Hochtouren und schienen die Ausführungen von Sebastian zu verarbeiten. Etwas wollte an die Oberfläche, aber was?

Ein Gedankenblitz zuckte durch sein Oberstübchen, aber im nächsten Augenblick war er schon wieder verschwunden. Er konnte den Gedanken einfach nicht festhalten. Immer wieder schien er zum Greifen nah, aber dann rückte der Moment der Erkenntnis wieder in weite Ferne, ohne das sein Bewusstsein den Kern des Ganzen hätte erfassen können. Immer noch zogen unsortiert Bilder des Gehörten durch sein Gehirn. Ein Gefühl von Unstimmigkeit nahm langsam immer mehr Raum ein und breitete sich immer mehr aus. Was war es bloß, was störte oder irritierte ihn?

Plötzlich leuchtete die Erkenntnis wie ein heller Lichtstrahl von einem dunklen Himmel. Pfeilschnell schoss er in die Höhe und saß im nächsten Moment senkrecht auf der Saunabank.

Was hatte Sebastian ihm eben erzählt? Wie hieß die Frau, die den Suizid verübt hatte? Hatte er tatsächlich Angela gesagt? Angela wie Angie? Da passte doch alles. Zwei Frauen die verbrannt waren. Das könnten Mia und Maya gewesen sein!

War der Täter etwa der Ehemann bzw. Vater der beiden? **‚Du sollst so leiden wie Mia und Maya'.** Auch das ergab jetzt einen Sinn.

Was hatte der Obdachlose noch einmal beim ersten Aufwachen gesagt? **‚Ich hätte es verhindern sollen, so viel Leid.'** Auch dieses Puzzleteil fügte sich nun ein. Hätte der Ehemann den Suizid seiner Frau verhindert, hätte die Verkettung unglücklicher Umstände nicht stattfinden können und Mia und Maya, sofern es sich um die beiden handelte, würden vielleicht immer noch leben.

Er musste sofort Wolke benachrichtigen, damit sie dieser Spur nachgehen konnten. Vielleicht kommen wir nun endlich dahinter, wer der Täter und wer der Obdachlose ist. Endlich eine heiße Spur. *Wozu eine heiße Sauna doch gut ist.*

Wald duschte sich kurz kalt ab und verabschiedete sich von Sebastian, der gerade aus der Saunakabine trat, mit den Worten: „Die Arbeit ruft. Du hast mir sehr geholfen. Du bist der Beste", und schon war Wald im Laufschritt Richtung Umkleide unterwegs.

Sebastian verstand rein gar nichts. Was hatte das denn jetzt zu bedeuten?

Wald trocknete sich hastig ab, nahm sein Handy aus der Sporttasche und wählte die Nummer von Wolke. Nachdem es nur einmal geläutet hatte, war sie auch schon am Apparat.

Walds Stimme überschlug sich fast: „Ich weiß jetzt, wonach wir suchen müssen. Können wir uns in einer halben Stunde im Archiv des Polizeipräsidiums treffen?"

„Ich bin schon im Archiv, um alte Fälle durchzugehen. Kann ich etwas für dich tun, wenn du es so dringend machst? Gibt es etwas wonach ich suchen soll?"

„Versuch schon mal die Akte eines Unfalls vor ungefähr acht Jahren zu finden, wo auf der Dürener Straße ein Kleinwagen gegen einen Lastwagen geprallt ist, Feuer gefangen hat und Mutter und Kind verbrannt sind. Auslöser für den Verkehrsunfall war der Suizid einer Frau namens Angela. Die Opfer könnten Mia und Maya heißen."

Einen Augenblick blieb es ganz still in der Leitung. Wald schien es, als würde er förmlich hören, wie Wolkes Denkapparat ratterte. „Wald, kann das möglich sein? Ich mache mich direkt an die Suche."

Kurze Zeit später traf Wald am Polizeipräsidium ein. Sein Fahrrad hatte er vor dem Präsidium mit zwei Schlössern angekettet, obwohl er es kaum abwarten konnte, ins Archiv zu kommen. Aber schließlich war Vorsicht besser als Nachsicht.

„Hast du schon einen Fall gefunden, der passt?" fragte er atemlos, als er Wolke erblickte. Dann stutzte er kurz, als er Teichner an einem anderen Arbeitsplatz sitzen sah. *Was macht der denn hier?*

„Nein, ich habe noch keine passende Akte gefunden." Wolke schüttelte nur den Kopf. „Das geht hier nicht so schnell. Das Ablagesystem ist zum Teil digital erfasst und zum Teil noch analog, das heißt in der guten alten Papierform, deshalb müssen wir immer in beiden Systemen nachschauen. Andreas sucht in der elektronischen Ablage und ich sehe mir die Aktenordner zu den Fällen an. Wir dachten, so geht es am schnellsten. Wo willst du dich einklinken?"

„Was ist aufwendiger? Wo macht meine Unterstützung mehr Sinn?", fragte Wald, obwohl er die Antwort kannte.

„Hier bei mir. Schnapp dir ein paar Ordner und guck, ob du darin eine Akte findest, die zu unseren Suchkriterien passt."

Wald machte sich an die Arbeit. Die Zeit verging wie im Fluge und sie hatten immer noch nicht den richtigen Vorgang gefunden, der zu den Namen ihres Falles passte. Da die Akten unter Fallnummern abgelegt waren, mussten sie die Zeit von vor acht Jahren komplett durchgehen und hoffen, dass die zeitliche Angabe, die Sebastian Kölner gemacht hatte, stimmte.

Nach etwas mehr als einer weiteren Stunde kam Teichner von seiner Recherche am PC an ihren Tisch. „Ich habe nichts gefunden. Weder unter Angela, noch unter Angie und auch nichts unter Mia oder Maya. Auch unterschiedliche Kombinationen haben mich nicht weitergebracht. Dann bin ich über Dürener Straße in die Suchanfrage gegangen. Aber auch kein Treffer. Suizid, Brandopfer, Lastwagenunfall mit Kleinwagen, Auto geht in Flammen auf, auch alles negativ. Ich denke, da finden wir unseren Fall nicht. Soll ich euch hier weiterhelfen oder seid ihr schon durch?"

Wolke stöhnte. „Immer noch nichts und noch kein Ende in Sicht. Und du, Wald, hast du schon etwas ausgegraben?"

„Wenn ich was gefunden hätte, hätte ich dir direkt Bescheid gegeben, das weißt du doch wohl hoffentlich. Unter solchen Umständen würde ich deine Geduld nicht auf die Probe stellen."

Wald blätterte die nächste Fallakte durch und stellte dann frustriert fest: „Es ist echt mühsam jede Akte zu öffnen und so lange zu blättern, bis endlich mal die Namen der Beteiligten auftauchen oder der Straßenname. Die Vorgänge sind nicht einheitlich angelegt. Ich weiß nicht, wie irgendjemand da jemals etwas finden soll."

„Normalerweise kennst du die Fallnummer und dann ist es ganz leicht, die richtige Akte zu finden. Aber ohne Fallnummer haben wir keinen Anhaltspunkt und müssen alles durchsuchen. Pech für uns. Andreas, am besten nimmst du dir auch ein paar von den Ordnern und hilfst uns hier weiter."

Statt einer Antwort nahm er sich einige Fälle und fing an, in ihnen nach den Personen- und Straßennamen zu suchen.

Alle drei arbeiteten ruhig, systematisch und konzentriert, als die Stille plötzlich durch das Klingeln von Walds Handy unterbrochen wurde.

Er wühlte es unter einem Berg von Aktenordnern hervor, meldete sich und erbleichte. „Ja, ich verstehe. Danke, dass Sie mir Bescheid geben. Ja, wünsche ich Ihnen auch."

Wald schaute Wolke und Teichner konsterniert an. „Das war Herr Kirschbaum, der Intensivpfleger unseres Opfers, aus dem Krankenhaus Merheim. Er hat mir gerade mitgeteilt, dass unser Verletzter vor wenigen Minuten verstorben ist. Wir ermitteln jetzt also nicht mehr wegen schwerer Körperverletzung, sondern wegen Mord."

Wolke schluckte und starrte Wald fassungslos an. „Unser nicht identifizierter Obdachloser ist verstorben? Mein Gott. Ich hatte so gehofft, dass er durchkommt."

Andreas nahm ihre Hand über den Tisch und drückte sie zärtlich.

„Na, dann mal weiter", übernahm Wolke wieder die Führung, obwohl sie noch um Fassung rang, „wir haben jetzt schließlich einen Mord aufzuklären."

Mittlerweile war es früher Abend und trotz intensiver Suche hatten sie immer noch nicht die richtige Fallakte gefunden. Es war zum Haare raufen. Einen Fall nach dem anderen blätterten sie durch, doch ohne den erhofften Durchbruch.

Resigniert und frustriert, mit knurrenden Mägen und trockenen Kehlen, beschlossen sie bald zusammenzupacken und für heute mit der Durchsicht des Materials aufzuhören, als Wolke plötzlich wie von einer Tarantel gestochen von ihrem Stuhl aufsprang und siegessicher ihre geballte Faust zur Decke streckte. Sie stieß einen Jubelschrei aus und sah Wald und Andreas siegessicher an: „Ja, hier ist sie, unsere Fallakte. Hier steht alles, was wir brauchen."

„…und, was steht drin?", fragten beide wie aus einem Munde.

„Angela Stern, 43 Jahre alt, beging am 17. Juli 2016 um 11:23 Uhr einen Suizid, indem sie eine Überdosis verschiedenster Tabletten nahm und anschließend aus dem sechsten Stock ihres Wohnhauses, Dürener Straße 44c in Köln Lindenthal, sprang. Sie landete auf den auf dem Gehweg zur Leerung bereitstehenden Mülltonnen, die durch den Aufprall des Körpers teilweise auf die Fahrbahn fielen, so dass die 28jährige Autofahrerin, Maya Tauber, zuerst mit der Beifahrerseite ihres Kleinwagens gegen eine der Mülltonnen fuhr, woraufhin sich der Airbag auf der Beifahrerseite öffnete. Bei dem Versuch der Fahrerin, dem Hindernis auszuweichen, verriss sie das Lenkrad Richtung Gegenfahrbahn, so dass ein auf der Gegenspur fahrender Lastwagen den Kleinwagen seitlich erfasste und einige Meter mitschleifte, bevor der Wagen, zwischen einem Straßenbaum und dem Lastwagen eingeklemmt, zum Stillstand kam. Bereits nach dem Aufprall mit dem LKW hatte der Kleinwagen Feuer gefangen. Die Türen des Wagens waren nicht mehr zu öffnen. Maya Tauber und ihre drei Monate alte Tochter Mia verbrannten in ihrem Kleinwagen. Alle Versuche der umstehenden Passanten, sie und ihre Tochter aus dem Wagen zu retten, blieben vergebens.

Sven Stern, 48 Jahre alt, der Ehemann von Angela Stern, hielt sich zum Zeitpunkt des Unfalls bei seinem Schwager Otto Schall, 58 Jahre alt, auf. Michael Tauber, 37 Jahre, befand sich zum Unfallzeitpunkt in den Geschäftsräumen seines Optikergeschäfts."

Wald sagte: „Genau so hat mir Sebastian, das Geschehen auch erzählt. Optiker – Brille, da haben wir doch noch etwas, was zu unserem Opfer passen könnte."

„Ja, die Brille, die wir in der IKEA-Tasche gefunden haben. Aber hört zu, hier steht auch noch in der Unfallakte, dass der Airbag auf der Beifahrerseite fälschlicherweise ausgelöst haben muss. Das haben die Sachverständigen bei der Rekonstruktion des Unfalls festgestellt."

„Was heißt das genau?", fragte Andreas nach.

„Das heißt, so steht es hier, dass der Säugling bereits vor dem Verbrennungstod durch die Wucht des Airbags getötet wurde."

„Das darf doch nicht wahr sein. Da ist aber auch wirklich alles zusammengekommen. Da begeht eine Frau Suizid, was einer anderen Frau und ihrer Tochter zum Verhängnis wird. Der Sprung führt dazu, dass diese verunfallen, ihr Auto in Flammen aufgeht, was letztlich zum Tod durch Verbrennen führt und der Airbag des Wagens löst fälschlicherweise auf der Seite des Kindes aus, obwohl er nicht hätte auslösen sollen, so dass die Tochter durch einen technischen Defekt am Auto stirbt. Damit ist ihr der Tod durch Verbrennen erspart geblieben. Aber alles in allem eine Tragödie. Allerdings ist es wirklich kaum vorstellbar, was alles zusammenkommen musste, damit sich dieses Unglück so ereignen konnte."

„Sebastian hat das Ganze auch unter dem Aspekt einer Verquickung unglücklicher Umstände erzählt. Das mit dem defekten Airbag wusste er allerdings nicht. Gab es denn noch mehr Verletzte?"

Wald sah Wolke fragend an, da diese die Akte vor sich hatte.

„Der Lastwagenfahrer blieb unverletzt, erlitt aber einen schweren Schock und wurde in die Uniklinik gebracht. Ansonsten wurde niemand weiter verletzt."

„Es grenzt schon fast an ein Wunder, dass nicht noch mehr Menschen bei dieser Verkettung von Ereignissen verletzt wurden. Bei dem stark frequentierten Rad- und Fußweg auf der Dürener Straße, hätte es auch gut noch einige Fußgänger und Radfahrer treffen können. Somit können wir festhalten, dass der Suizid von Angela Stern als Auslöser, bei vielen anderen, unbeteiligten Personen zu viel Leid geführt hat, besonders vermutlich bei Herrn Tauber. Er hat durch den Unfall Frau und Kind verloren", fasste Andreas zusammen.

„Aber was bedeuten diese Informationen nun tatsächlich für unseren Fall? Wir sollten den Ehemann von Maya Tauber durch die Kollegen festsetzen lassen und für morgen Vormittag eine Vorführung auf dem Revier veranlassen. Alle Puzzleteile deuten nun auf Tauber als denjenigen, der unser Opfer angezündet hat", überlegte Wolke. „Herrn Tauber müssen wir genauer durchleuchten. Er hat ein starkes Motiv."

„Das sehe ich auch so", pflichtete ihr Wald bei.

Teichner holte tief Luft: „Puh, bin ich froh, dass wir diese Akte noch gefunden haben. Damit dürften Nele und Tim als Verdächtige raus sein. Ich wusste es doch die ganze Zeit, dass die beiden unschuldig sind, mit Ausnahme des Containerns."

„Moment, nicht so voreilig", bremste Wolke ihn aus.

„Noch sind die beiden nicht aus dem Spiel. Wenn wir Tauber haben, muss er erst einmal die Tat gestehen oder Nele und Tim müssen ihn eindeutig als den Mann identifizieren, den sie am Tatort gesehen habe. Aber, ob sie das können? Da bin ich mir nicht so sicher. Nur dann sind sie raus. Ansonsten können wir uns auf einen langen Ermittlungsprozess gefasst machen, denn Nele und Tim sind bisher die einzigen Zeugen gegen Tauber. Wenn wir gegen ihn ermitteln müssen, können wir praktisch wieder bei Null anfangen und nur hoffen, dass es Beweise gegen ihn gibt, was schwierig werden dürfte, da wir bisher keine gefunden haben."

„Vor lauter Tauber haben wir noch gar nicht über das verstorbene Brandopfer gesprochen. Bei ihm müsste es sich dann schließlich um den Ehemann von Angela Stern, handeln. Wie hieß noch gleich der

Schwager von Herrn Stern?" Mit dieser Frage wandte sich Wolke an die beiden Männer.

„Hast du nicht eben gesagt Otto Hall, oder so ähnlich?", erwiderte Wald.

„Äh, hier steht's, Otto Schall heißt der Schwager und ist der Bruder von Angela Stern", entnahm Wolke der Akte.

„Das heißt, bei dem Obdachlosen handelt es sich vermutlich um Herrn Stern. Wartet mal kurz. Ja, hier steht es. Sven Stern. Endlich bekommt das Opfer einen Namen, sofern Herr Schall ihn identifizieren kann. Immerhin muss er dann nicht anonym bestattet werden."

„Dann sollten wir den Kollegen Bescheid geben, dass sie Herrn Schall informieren, dass sein Schwager, Sven Stern, heute verstorben ist und ihn zur Identifizierung bitten. Vielleicht gibt es ein besonderes Merkmal, an dem Herr Schall seinen Schwager erkennen kann, oder er kann uns wenigstens den Namen seines Zahnarztes nennen. Jedenfalls kommen wir über den Schwager hoffentlich zu einer Identifizierung des Toten. Vielleicht hat dieser noch Sachen von Herrn Stern aus der wir DNA gewinnen können, dann kann Ben vielleicht einen Abgleich machen", fasste Wald seine Gedanken zusammen.

„Die Kollegen sollen auch Herrn Schall morgen Vormittag auf das Revier bestellen, damit wir ihn zu dem Mordopfer befragen können", meinte Wolke nachdenklich. „Es war bis hierher ein echt zäher Ermittlungsfall. Dann hoffen wir, dass Herr Tauber uns morgen etwas zu erzählen hat, was den Fall zum Abschluss bringt und Herr Schall seinen Schwager identifizieren kann. Dann hätten wir den Fall doch noch vor Weihnachten abgeschlossen und könnten uns auf ein entspanntes Fest freuen."

„Das würde mir auch gut gefallen", meinte Teichner, „dann wäre das Weihnachtsfest auch für die Familie meiner Schwester, einschließlich Tim gerettet."

Er schaute Vera etwas länger als nötig in die Augen und erklärte ihr dann: „Mein Fest wäre dann sicherlich auch entspannter."

„Dann hoffen wir auf einen erfolgreichen Tag morgen", schloss Wald das Gespräch ab. *Wusste ich doch, dass zwischen den beiden was läuft.*

Wolke informierte noch die Kollegen und Wald verabschiedete sich. Beseelt fuhr er mit seinem Rad nach Hause.

Vera und Andreas machten sich gemeinsam auf den Weg zurück zu Wolkes Wohnung.

Vor Veras Wohnung bat Andreas sie: „Halt mich bitte auf dem Laufenden über alles, was sich morgen auf dem Revier abspielt und was sich aus den Befragungen ergibt."

Wolke nickte zustimmend.

Dann verabschiedete er sich mit einer kurzen Umarmung und einem Kuss von ihr.

MONTAG, 21. DEZEMBER

Am nächsten Morgen kam Grandler Wolke bereits auf dem Flur des Reviers entgegen.

„Guten Morgen, Frau Hauptkommissarin Wolke, was für ein grandioser Durchbruch im Fall des Brandopfers. Endlich kennen wir seine Identität, und den Täter haben Sie vermutlich auch am Haken. Fabelhaft! Ich gratuliere!" Grandler platzte fast vor Stolz.

„Chef, Sie haben uns so phantastisch unterstützt und den entscheidenden Impuls bei der Ermittlung gesetzt, der Rest hat sich fast von alleine erledigt", schmeichelte Wolke Grandlers Ego, nicht ganz zu Unrecht.

Dieser schien regelrecht zu wachsen und sonnte sich in dem Glanz, den Wolke für ihn verbreitete.

„Frau Wolke, wofür ist denn ein Chef da? Wenn es bei den Ermittlungen mal stockt, darf der Chef sich nicht zu fein sein, auch mal selbst mit anzupacken, oder wie sehen Sie das?"

Gönnerhaft sah Grandler Wolke an, bevor er fortfuhr: „Herr Tauber wird gleich hier sein, ebenso wie Herr Schall. Ziehen Sie jetzt die Schlinge zu und machen Sie den Mörder dingfest. Aber auch für die Zukunft gilt: wenn es mal hakt, wissen Sie, dass Sie mich immer als Geheimwaffe in der Hinterhand haben. Aber ohne Ihre gute Arbeit hätte sich der

Fall nicht so positiv entwickelt. Ich weiß eben, dass ich auf Sie zählen kann, wenn es mal brenzlig wird und Sie wissen hoffentlich auch, dass Sie immer auf mich zählen können, oder? Richten Sie Herrn Wald bitte ebenfalls meine Anerkennung aus. Sind Sie so freundlich, ja? Und übrigens ... Grüße von unserer Bürgermeisterin, sie ist froh, dass wir den Fall vor Weihnachten noch so weit aufklären konnten."

Grandler machte drei Schritte von Wolke weg, so als würde er sich entfernen. Doch dann blieb er wieder stehen und setzte seine Rede fort.

„Jetzt will ich Sie aber auch nicht länger von Ihrer Arbeit abhalten. Ach …, da fällt mir noch ein. Ich habe Staatsanwalt Fix über unseren Erfolg unterrichtet. Er wird ebenfalls im Laufe des vormittags hier erscheinen."

„Können Sie nicht mit Staatsanwalt Fix alles Nötige besprechen? Das würde uns wirklich entlasten. Wir haben schließlich noch Herrn Tauber und Herrn Schall zu vernehmen."

„Das übernehme ich doch gerne, wenn ich Sie damit unterstützen kann."

„Danke Chef, Sie sind einfach der Beste!" Wolke verabschiedete sich von Grandler und steuerte auf ihr Büro zu. Wald erwartete sie bereits.

„Die Kollegen haben angekündigt, dass sie Tauber so gegen 10:00 Uhr herbringen werden. Sie haben ihn gestern Abend in seiner Wohnung angetroffen und in Gewahrsam genommen. Er hat sich ohne jede Gegenwehr abführen lassen. Ich bin gespannt, wie sich dieser Mann gleich präsentieren wird."

„Das hört sich doch schon einmal gut an, wenn er sich ohne Gegenwehr hat abführen lassen. Vielleicht haben wir Glück und er gesteht seine Tat. Übrigens, Anerkennung von unserem Chef, soll ich dir ausrichten. Ich habe Grandler auf dem Flur getroffen und er war wieder einmal mit sich selbst hochzufrieden, denn es gab positives Feedback von der Oberbürgermeisterin."

Wald lachte nur, auch er kannte Grandler mittlerweile gut genug, um sich vorstellen zu können, wie die Unterhaltung verlaufen war.

Kurz vor 10:00 Uhr brachten zwei Polizei-Kollegen Tauber in Handschellen in ihr Büro. Tauber war knapp 1,80m groß, schlank und hatte kurze dunkle Haare. Er sah nach der Nacht in Gewahrsam etwas zerknittert aus, machte aber ansonsten einen gepflegten Eindruck. Auffällig an seiner Erscheinung war die modische, kornblumenblaue Brille, die er trug. Ansonsten stand ihnen ein eher unscheinbarer Mann gegenüber.

„Herr Tauber, nehmen Sie doch bitte Platz", forderte Wolke ihn auf.

„Ich bin Kriminalhauptkommissarin Vera Wolke und mein Kollege ist Kriminaloberkommissar Oliver Wald. Sie wissen, warum Sie hier sind?"

Tauber verzog keine Miene und setzte sich stumm hin.

„Wir wollen Sie zu einem Tathergang vom 09. Dezember dieses Jahres befragen."

Tauber starrte ohne weitere Regung vor sich auf den Boden.

„Ihnen wird zur Last gelegt, am 09. Dezember gegen 22:45 Uhr im Innenhof an der Trierer Straße den Obdachlosen Sven Stern mit Benzin übergossen und anschließend angezündet zu haben."

Regungslos saß Tauber auf seinem Stuhl und sah Wald und Wolke teilnahmslos mit leerem Blick an.

„Das Opfer, Herr Stern, ist gestern verstorben, somit ist aus der schweren Körperverletzung nun Mord geworden", führte Wolke aus. „Wollen Sie einen Anwalt hinzuziehen?"

Tauber schüttelte apathisch den Kopf und sagte weiterhin nichts.

„Herr Tauber, ist es korrekt, dass Sie am 14. August 1979 in Köln geboren sind?"

Unbeteiligt nickte er mit dem Kopf.

„Können Sie mir bitte ihren derzeitigen Wohnsitz nennen?"

Er sah sie mit glasigen Augen an und antwortete schleppend: „Gemünder Straße 81, 50937 Köln."

„Herr Tauber, sind Sie sicher, dass Sie keinen Anwalt hinzuziehen möchten?", fragte Wolke nochmals nach.

„Ihnen ist doch bewusst, dass es sich hier um ein Tötungsdelikt handelt. Alles was Sie nun sagen, wird ins Protokoll aufgenommen und kann gerichtlich gegen Sie verwendet werden."

Tauber nickte wieder ohne jegliche Gemütsregung.

Wolke seufzte und wollte mit der sehr einseitigen Befragung weitermachen, als plötzlich ein Ruck durch den Tatverdächtigen ging und er mit fester Stimme sagte: „Ich möchte ein Geständnis ablegen.

Ich habe den Obdachlosen, Sven Stern, am 09. Dezember gegen 22:45 Uhr im Innenhof an der Trierer Straße angezündet. Reicht das?"

Wolke sah ihn an und wusste nicht, sollte sie sich über das Geständnis freuen oder den Mann bedauern, dem das Schicksal übel mitgespielt hatte.

Jetzt schaltete Wald sich ein und stellte schnell die nächste Frage: „Sie kannten den Obdachlosen?"

„Ja."

Wald schaute Wolke an und beide registrierten diese für sie neue Tatsache.

„Wie sind Sie bei der Tat vorgegangen? Können Sie uns den Tathergang kurz schildern?"

Er schien mit sich zu ringen, ob er reden sollte oder nicht. Doch dann fing er stockend an zu berichten.

„Am Abend des 09. dieses Monats trug ich eine schwarze Hose, schwarze Schuhe und einen schwarzen Kapuzenpulli unter meiner schwarzen Jacke. Ich hatte mir im Vorfeld überlegt, dass Schwarz vermutlich am wenigsten in der Dunkelheit auffallen würde. Im Keller hatte ich noch einen alten Benzinkanister, den ich irgendwann in meinen Wagen gepackt hatte, um ihn beim Tanken mit aufzufüllen. Diesen vollen Kanister habe ich an dem Abend mitgenommen."

„Verstehe ich das richtig", fragte Wald, „Sie haben schon lange vor der Tat mit dem Beschaffen des Benzins begonnen?"

„Ja, das ist korrekt! Ich habe Sven Stern über einige Wochen beobachtet und bin ihm unauffällig gefolgt, so dass ich mit der Zeit herausfand, welche Schlafplätze er bevorzugte. Nach einiger Zeit wusste ich, dass er den Schlafplatz Trierer Straße immer dann aufsuchte, wenn es regnete oder Regen angesagt war. Da für die Nacht des 09. Dezembers Regen vorhergesagt war, bot sich dieser Tag für meine Tat an, da ich genau wusste, wo Herr Stern an diesem Abend nächtigen würde. Außerdem hatte ich alle Vorbereitungen abgeschlossen."

„Welche Vorbereitungen?"

„Meine Beobachtungen."

„Sie hatten die Tat also schon über einen längeren Zeitraum geplant? Ist dies zutreffend?", fragte nun Wolke.

„Ja, das ist richtig. Ich wusste, dass Sven Stern, bevor er einschlief, dem Alkohol immer noch einmal gut zusprach. Dann schlief er meist tief und fest und bekam erst einmal nichts mehr um sich herum mit, das hatte ich schon einige Male getestet."

„Warum haben Sie das getestet und was haben Sie noch alles bei ihren Beobachtungen herausgefunden? Hat Herr Stern Sie denn nie bemerkt?"

„Ich denke nicht. Er war abends immer alkoholisiert und mit sich beschäftigt, so dass er seine Umgebung nicht bewusst wahrnahm. Außerdem war ich vorsichtig. Meine Beobachtungen sollten sicherstellen, dass ich bei der Tat keine bösen Überraschungen zu erwarten hatte."

„Wie sind Sie dann weiter vorgegangen?", lenkte Wald das Gespräch wieder auf den eigentlichen Tathergang.

„Ich fuhr also an diesem Abend mit meinem Auto in die Innenstadt und parkte meinen Wagen in der Nähe der Trierer Straße, da wo ich einen freien

Parkplatz fand. Aus dem Kofferraum holte ich meine schwarze Tasche, in die ich den Benzinkanister steckte. Eine Schachtel mit Streichhölzern hatte ich schon zuhause in meine Jackentasche gepackt. Dann bin ich ganz normal durch die dunklen Straßen Richtung Trierer Straße gegangen, um kein Aufsehen zu erregen."

„Sie sind dann also vom Auto aus zu Fuß durch den Regen zum Tatort gegangen?", hakte Wolke nach.

„Ja, bin ich. Ich hatte es nicht eilig. Sven Stern würde die ganze Nacht dort liegen, da war ich mir ziemlich sicher. Ich bin dann durch die Hauseinfahrt in den Innenhof abgebogen und habe mich kurz umgeblickt, ob ich etwas Verdächtiges ausmachen konnte. Nachdem mir alles ruhig erschien, bin ich also auf die Stelle zugegangen, wo Sven immer lag und schlief."

„Hatten Sie denn keine Zweifel, kein schlechtes Gewissen, als Sie Herrn Stern so vor sich haben liegen sehen? Wollte Ihr Gewissen Sie nicht von der Tat abbringen?"

„Meine ganze Wut über den unnötigen Tod meiner Frau und meiner Tochter hatte sich über Jahre in mir aufgestaut. Jetzt konnte ich ihr endlich freien Lauf lassen. Ich umklammerte die Schreiben von Sven in meiner Jackentasche und heizte damit noch einmal meine innere Flamme der Wut. Ich wusste, ich stand kurz vor meinem Ziel. Ich würde Mia und Maya jetzt endlich rächen können."

„War Ihnen das so wichtig?"

„Ja. Ich wollte endlich Gerechtigkeit. Ich nahm also den Kanister aus der Tasche und übergoss zuerst den Schlafsack von Sven Stern mit Benzin und zuletzt sein Gesicht. Dann zündete ich ein Streichholz an und warf es in Richtung Sven auf den Schlafsack, der sofort Feuer fing. Ich starrte die züngelnden Flammen an, denn ich wollte sicher sein, dass Sven verbrannte und ebenso leiden musste wie meine beiden Liebsten."

Wolke hielt einen Moment die Luft an, bevor sie Tauber fragte: „Was fühlten Sie in diesem Moment?"

„Ich habe diesen einen Moment genossen, als Stern registrierte, was geschah. Es war für mich ein Moment des vollkommenen Glücks und der Zufriedenheit, als ich erkannte, dass er verstand."

„Was hatte Herr Stern verstanden?"

„Er hatte verstanden, dass die Flammen in der Dunkelheit nur für Mia und Maya tanzten, so, als würden sie diesen einen Tanz nur für die beiden aufführen. Dieses Flammenmeer war eine Wiedergutmachung für ihre Qualen. Auge um Auge und Zahn um Zahn. Er brannte in seinem Schlafsack lichterloh und kurz bevor er das Bewusstsein verlor, war ich mir absolut sicher, dass er wusste, weshalb er auf diese Weise sterben musste und warum er ebensolche Schmerzen erleiden musste."

Bisher hatte Michael Tauber fast monoton, ohne jegliche Gefühlsregung gesprochen. Aber von einem Moment zum anderen änderte sich seine Ton- und Gefühlslage schlagartig.

„Ich wollte Rache! Ich wollte Gerechtigkeit!" schrie er durch das Büro.

Dabei sprang er von seinem Stuhl auf, so dass dieser umfiel.

„Ich wollte, dass er für das, was er uns angetan hat, zahlt. Er sollte die gleichen Schmerzen ertragen müssen." Tauber sank vor dem Schreibtisch auf die Knie und schlug rhythmisch mit seinem Kopf immer und immer wieder auf die Schreibtischplatte vor ihm.

„Herr Tauber, hören Sie auf damit", sagte Wolke ruhig, aber bestimmt und stand auf. Wald erhob sich ebenfalls von seinem Stuhl.

„Er hat es ver-dient! Er hat es ver-dient!", schrie Tauber dabei im gleichen Rhythmus, wie er seine Stirn auf die Schreibtischplatte schlug.

„Herr Tauber, bitte hören sie sofort auf damit," sagte Wolke nun noch einmal mit Nachdruck. Ihr Appell drang jedoch nicht mehr bis zu ihm durch.

„Ich wollte Rache, aber auch Gerechtigkeit! Er sollte endlich für seine schreckliche Tat büßen. Er ist an allem Schuld", schrie Tauber in einer Intensität, die Wolke ihm nicht zugetraut hätte und die ihm die Zornesröte ins Gesicht trieb.

Er hatte sich so in Rage geschrien, dass seine Gesichtszüge einer Fratze ähnelten, aus der der pure Hass sprach.

Wald stand neben Tauber und wollte diesen davon abhalten, seinen Kopf weiter auf die Tischplatte zu donnern, doch Wolke hielt ihn zurück.

Erschöpft sackte Tauber in sich zusammen.

Wald hob den umgekippten Stuhl auf und half Tauber, sich wieder hinzusetzen. Aus dem Kühlschrank holte er ein Icepack und legte es vor Tauber auf den Schreibtisch.

Jetzt wieder ganz ruhig, nahm Tauber das Icepack, legte es auf seine Stirn und erzählte ganz ruhig weiter.

„Lange Zeit dachte ich, Sven Stern könne ebenso wie ich, nichts für das, was an unserem Schicksalstag vor acht Jahren passiert ist, außer, dass er seine Frau vielleicht von dem Suizid hätte abhalten können. Aber nachdem ich die ganze Wahrheit kannte, war meine Wut grenzenlos."

„Welche ganze Wahrheit? Was hatte sich geändert?"

„Er hat die Leben von Mia und Maya auf dem Gewissen und irgendwie auch meins. Er hatte es einfach nicht verdient weiterzuleben. Gut, dass er jetzt tot ist."

Wald und Wolke brauchten einen Moment, um das Gehörte verarbeiten zu können.

Dann schaute Wald Wolke an und hoffte an ihrem Gesichtsausdruck erkennen zu können, was sie von Taubers Aussage hielt.

Aber Tauber redete bereits weiter: „Stern sollte so leiden, wie meine beiden Liebsten leiden mussten. Sie hatten mit dem ganzen Geschehen doch gar nichts zu tun. Sie waren unschuldige Opfer."

Im nächsten Augenblick schrie Tauber wieder durch das Büro: „… deshalb musste ich ihn töten. Dieser Mann hatte sein Recht zu leben durch seine Tat verwirkt."

„Wieso wollten Sie sich dann gerade jetzt an Herrn Stern rächen oder, wie Sie sagen, für Gerechtigkeit sorgen?"

Tauber beachtete die Frage von Wolke gar nicht.

Er wurde nun wieder ganz still und flüsterte: „Ich musste mich darum kümmern, sonst wäre er mit der Tat davon gekommen. Außerdem dachte ich, wenn er stirbt, verschafft mir das Erleichterung und meine seelische Pein hört endlich auf."

„Wer wäre dann davon gekommen, Herr Tauber. Reden Sie von Sven Stern?"

Schluchzend redete er leise weiter und versuchte seinen Schmerz in Worte zu fassen: „Meine kleine Mia, sie hatte doch noch ihr ganzes Leben vor sich. Sie war ein unschuldiger Engel."

Für einen kurzen Moment sagte er kein Wort, bevor er laut und jammernd, in seinem Schmerz gefangen, weitersprach: „Leider hat der Tod von Sven Stern nichts an meinem Schmerz verändert. Der Schmerz bleibt! Der Schmerz um Mia und Maya, er hört einfach nicht auf! Er tut so weh! Jeden Tag, jede Stunde, jede Sekunde – sie fehlen mir so!"

Dicke Tränen liefen ihm nun über sein Gesicht und sein gesamter Körper erbebte unter dem heftigen Schluchzen, das sich seiner Seele zu entringen schien.

Er konnte sich nicht beruhigen.

Die Trauer um Mia und Maya schien nun, nach acht Jahren, wie ein Vulkan aus seinem Inneren hervorzubrechen und all die Emotionen herauszuschleudern, die er bisher unterdrückt hatte.

Ein Mensch, vor Schmerz verkommen zu einem Häufchen Elend, saß ihnen gegenüber.

Wolke schaute Wald an und dieser nickte.

„Herr Tauber, ich glaube wir machen hier erst einmal eine Pause. Die Kollegen bringen Sie in Ihre Zelle, dort können Sie sich wieder beruhigen. Wir machen dann morgen weiter. Sollen wir einen Arzt für Sie verständigen?"

Tauber schüttelte verneinend mit dem Kopf.

„Brauchen Sie etwas zur Beruhigung?", fragte Wolke nochmals nach.

Wieder schüttelte er den Kopf.

Sie gab den Kollegen Bescheid und diese führten den immer noch schluchzenden Mann kurz darauf ab.

Als Tauber draußen war, guckte Wolke Wald irritiert an. „Was war das denn jetzt gerade? Verstehst du, was er da erzählt hat?"

Wald fuhr sich mit beiden Händen durch seine Haare, als ob ihm das beim Denken helfen könnte.

„Erst scheint er ganz gefühllos und kalt zu sein und dann geht auf einmal emotional die Post bei ihm ab."

„Ja, das auch. Was mich aber verwundert ist, dass er von Sven Stern als einem Mörder spricht und ihn anscheinend auch gekannt hat. Dabei hat Stern, soweit wir wissen, nichts mit dem Suizid-Geschehen zu tun. Er war doch zur Tatzeit gar nicht am Tatort. Wieso sollte er dann so leiden wie Mia und Maya? Meinst du, Tauber verwechselt da etwas?"

„Keine Ahnung. Merkwürdig finde ich auch, dass Tauber erst nach acht Jahren Rache sucht. Wieso hat er das nicht schon früher gemacht? Woher kennt er überhaupt Sven Stern?"

„Stimmt, dass müssen wir ihn unbedingt morgen fragen, wenn er sich wieder beruhigt hat und auch, wieso er Sven Stern als Mörder anprangert und plötzlich alle Wut gegen ihn gerichtet hat. Wo sieht er da den Zusammenhang? Spielt er nur darauf an, dass Stern den Suizid seiner Frau hätte verhindern sollen oder beschäftigt ihn etwas ganz anderes?"

„Das weiß ich auch nicht. Ich frage mich, auf welche Schreiben Tauber in seiner Tasche reflektiert hat, als er vor Stern stand? Diese haben ihn anscheinend vor der Tat noch einmal richtig hochgepuscht. Weißt du, was er damit gemeint hat?"

Wolke zuckte nur mit den Schultern.

„Nein, bisher haben wir von keinen Schreiben Kenntnis. Die ersten Ausführungen von Tauber zum Tathergang stimmen soweit mit unseren Erkenntnissen und den Aussagen von Nele und Tim überein. Aber ich habe keine Ahnung, warum er meint, dass Sven Stern für den Mord an Mia und Maya verantwortlich ist. Mich irritiert, dass laut unserem Bericht Stern noch nicht einmal in der Nähe des Geschehens war, als sich die Verkettung der Ereignisse abspielte. Da müssen wir auf jeden Fall dran bleiben, ebenso wie an dem Schreiben."

Einer ihrer Kollegen steckte den Kopf zur Bürotür herein und fragte: „Soll ich Herrn Schall hereinbitten? Er war mit uns im Klinikum Merheim und hat dort seinen Schwager identifiziert. Bei dem Obdachlosen handelt es sich tatsächlich um Sven Stern."

„Das sind doch endlich mal gute Ermittlungsnachrichten", frohlockte Wolke, „dann passen die Aussagen von Tauber zu unseren anderen Erkenntnissen. Schicken Sie Herrn Schall herein."

Dann wandte sie sich Wald zu.

„Vielleicht kann Herr Schall Licht ins Dunkel bringen. Hören wir einmal, was er zu sagen hat."

Der Schwager von Sven Stern betrat das Büro. „Guten Tag zusammen."

„Herr Schall, nehmen Sie doch bitte Platz."

Nachdem dieser sich gesetzt hatte, stellte Wolke Wald und sich vor. Anschließend eröffnete sie das Gespräch.

„Sind Sie bereit? Können wir mit der Befragung starten?"

Otto Schall nickte zustimmend mit dem Kopf.

„Wir möchten Ihnen zuerst einmal unser herzliches Beileid zum Tod Ihres Schwagers aussprechen. Wir hätten Sie gerne schon früher über seinen kritischen Gesundheitszustand informiert, aber wir wussten leider nicht, um wen es sich bei dem Verletzten handelte. Erst gestern sind wir auf Namen gestoßen, die die Vermutung nahelegten, dass der Verletzte Ihr Schwager sein könnte."

„Ich mache Ihnen keine Vorwürfe, Sie haben sicherlich alles unternommen, um herauszufinden, wer der Verletzte war. Ich kenne Sven schon viele Jahrzehnte und habe in den letzten Jahren leider den Kontakt zu ihm verloren. Wir haben uns nur noch ganz selten gesehen, deshalb habe ich ihn auch nicht vermisst. Die Lebensumstände waren eben so, wie sie waren."

„Was meinen Sie damit genau, Herr Schall?", fragte Wald nach.

„Er verkraftete den Tod meiner Schwester nicht. Nach ihrem Tod ist er langsam immer weiter abgerutscht. Er versuchte seinen Kummer mit Alkohol zu betäuben, was, wie jeder weiß, auf Dauer ein schlechter Seelentröster ist. So war es auch bei ihm. Er kam morgens nicht mehr aus dem Bett, ließ sich immer mehr gehen und verlor schließlich seinen Arbeitsplatz als Berufsschullehrer. Ohne Arbeit hatte er irgendwann kein Geld mehr, um die Miete zahlen zu können, so dass ihn sein Vermieter nach einigen Monaten Mietrückstand auf die Straße setzen ließ. Seine Wohnung glich zu dem Zeitpunkt einer Müllkippe. Eine junge Sozialarbeiterin bot ihm Unterstützung an, bei der Suche nach einer neuen Bleibe und um von seinem Alkoholproblem wegzukommen. Aber er wollte keine Hilfe annehmen."

Wieder blieb Schall einen Moment ganz still, bevor er weiter erzählte. Es schien, als wolle er sich die Ereignisse von damals noch einmal ganz genau in seinen Kopf rufen.

„Da Sven jede Hilfe ablehnte, lebte er ab da auf der Straße. Er isolierte sich von anderen Obdachlosen, denn er wollte niemanden um sich herum haben. Es machte den Eindruck, als hätte er sich vollkommen aufgegeben und wolle sich für den Tod seiner Frau bestrafen."

„Der Tod seiner Frau scheint Ihren Schwager wirklich tief getroffen zu haben und hat ihn anscheinend vollkommen aus der Bahn geworfen." Wolke versuchte die emotionale Lage Sterns in Worte zu fassen.

Schall nickte bestätigend mit dem Kopf. Die ganze Angelegenheit schien auch nicht spurlos an ihm vorbeigegangen zu sein. Er machte einen ganz zerknirschten Eindruck.

„Anhand welches eindeutigen Merkmals haben Sie Sven Stern denn identifizieren können? Das Gesicht eignete sich dafür vermutlich nicht mehr und der Anblick der Leiche war sicherlich auch kein schöner. Ich hoffe, es war nicht zu schlimm für Sie."

„Es war wirklich kein schöner Anblick, da haben Sie vollkommen Recht. Das Bild hat sich in mein Gedächtnis eingebrannt und das werde ich vermutlich nie wieder los. Aber nun zu Ihrer ersten Frage. Ich sagte Ihnen bereits, dass wir, also meine Schwester, Sven und ich, früher sehr viel Zeit zusammen verbrachten. Irgendwann, das muss mehr als fünfunddreißig Jahre her sein, waren wir zu dritt im Urlaub in Griechenland auf der Insel Samos. Damals war Samos noch nicht so von Touristen überlaufen und es gab dort auch keine Flüchtlingslager.

Jedenfalls hatten wir uns zwei Motorroller gemietet, um damit über die Insel zu fahren. Wir waren jung und übermütig und eines Tages forderte ich Sven zu einem kleinen Rennen auf einem der vielen geschotterten Wege heraus. Zu der Zeit waren dort noch nicht alle Straßen asphaltiert.

Zuerst ging unsere Strecke schnurstracks gerade aus, aber dann kam eine enge Linkskurve. Sven fuhr neben mir, ihm rutschte der Hinterreifen weg und er schlitterte mit seinem Knie gegen einen großen

Felsbrocken. Seither hatte er eine V-förmige Narbe an seinem rechten Knie.

Immer, wenn Sven im Sommer eine kurze Hose trug, dachte ich an unser Rennen und natürlich daran, was sonst noch hätte passieren können.

In der Klinik habe ich genau nach dieser Narbe gesucht und sie auch ziemlich direkt gefunden."

Es klopfte an der Türe und ein Kollege, der für die Identifizierung von Sven Stern zuständig war, streckte den Kopf herein.

„Ist es möglich, dass ich Herrn Schall kurz mitnehme, um die restlichen Formalien der Identifizierung zu erledigen? Es ist dringend, weil das Krankenhaus die Leiche erst freigeben kann, wenn die Formalitäten alle erledigt sind. Tut mir leid, Kollegen, dass ich dazwischen funke, aber es eilt wirklich."

Wald war ungehalten. „Das passt jetzt aber gar nicht. Wir sind mitten in einer wichtigen Befragung."

Nun schaltete Wolke sich in das Gespräch ein. „Einen Moment noch Kollege. Dann gehört Herr Schall ganz Ihnen."

Dann wandte sie sich an Otto Schall.

„Wir haben noch weitere Fragen an Sie. Wenn Sie mit dem Kollegen alle Formalitäten erledigt haben, können Sie, wegen der fortgeschrittenen Zeit, für heute nach Hause gehen. Aber morgen Vormittag kommen Sie bitte wieder hier zu uns auf's Revier. Zehn Uhr, passt das?"

Schall nickte mit dem Kopf.

„Selbstverständlich beantworte ich Ihnen morgen gerne alle weiteren Fragen."

„Ich hätte da jetzt noch eine kurze Frage, Herr Schall", mischte sich Wald schnell noch einmal ein.

„Können Sie sich erklären, warum der Täter Ihren Schwager als Mörder bezeichnet hat?"

Schall zuckte unmerklich zusammen.

„Ich kann gerne bis morgen über diese Frage nachdenken, vielleicht fällt mir noch etwas dazu ein." Damit verabschiedete er sich erst einmal.

Nachdem Schall alle Formulare gemeinsam mit dem Polizeibeamten ausgefüllt und seine Unterschrift darunter gesetzt hatte, machte er sich auf den Weg nach Hause.

Über die letzte Frage von Wald dachte er intensiv nach und kam zu dem Schluss, dass es an der Zeit war, reinen Tisch zu machen. Die ganzen Ereignisse um den Tod seiner Schwester hatten schon so viele Leben gekostet oder ruiniert, dass es nun endgültig an der Zeit war, die Ereignisse von damals aufzuarbeiten, damit ein Schlussstrich unter das ganze Geschehen gezogen werden konnte.

Diesen Schritt hätte ich schon viel früher gehen sollen. Vielleicht hätte Sven dann eine Chance gehabt, sein Leben in den Griff zu bekommen und sein schrecklicher Tod hätte nicht stattfinden müssen. Wir hätten die Verantwortung für unser damaliges Handeln übernehmen müssen ... mit allen Konsequenzen. Alles, was wir für Angie getan haben, hat sich im Nachhinein als völlig falsch erwiesen."

Aber zum damaligen Zeitpunkt, so hatten sie jedenfalls gedacht, schien es für alle, die einzig mögliche Lösung zu sein, weil legale Sterbehilfe nicht möglich war.

DIENSTAG, 22. DEZEMBER

Am nächsten Morgen stand Otto Schall bereits um 8:00 Uhr in Begleitung eines Polizeibeamten vor dem Büro der beiden Kommissare. Er holte, bevor er bereit war einzutreten, noch einmal tief Luft, sammelte seinen ganzen Mut, nickte dem Polizeibeamten zu, der daraufhin klopfte und ihn dann eintreten ließ.

„Guten Morgen, Herr Schall. Was machen Sie denn schon so früh hier?", begrüßte Wald ihn.

„Ich habe Ihnen etwas Wichtiges mitzuteilen."

„Das muss leider noch etwas warten. Wir haben jetzt erst noch eine Befragung mit Herrn Tauber. Danach haben wir Zeit für Sie. Möchten Sie solange warten oder lieber später wiederkommen?"

„Das geht nicht."

„Dann kommen Sie morgen wieder."

„Nein, Sie verstehen mich nicht richtig. Die Befragung mit Herrn Tauber muss warten."

„Wieso das?"

„Weil ich Ihnen etwas zu sagen habe, was Sie vorher wissen müssen."

„Sind Sie da ganz sicher?"

„Absolut sicher."

„Was kann denn so wichtig sein, dass es nicht warten kann."

„Das werden Sie gleich erfahren."

„Dann setzen Sie sich doch bitte", forderte Wald Schall auf, nachdem er mit Wolke stumm Rücksprache genommen hatte.

„Danke."

Erleichtert und dankbar sah Otto Schall Wald an. Dann setzte er sich wieder auf den gleichen Stuhl wie am Tag zuvor.

Bevor einer der beiden Kommissare eine weitere Frage stellen konnte, fing Schall an zu reden, da er Angst hatte, dass ihn sonst doch noch der Mut verlassen könnte und er einen Rückzieher machen würde.

„Bitte unterbrechen Sie mich nicht. Ich habe mich entschieden, Ihnen die ganze Wahrheit zu sagen. Es ist eine lange Geschichte, die ich Ihnen nun erzählen werde."

„Okay, legen Sie los."

„Meine Schwester Angela war bereits lange Zeit psychisch krank und hatte schon mehrere Suizidversuche hinter sich, wie Sie bereits wissen. Sie hatte bessere und schlechtere Tage und alle möglichen Diagnosen von den unterschiedlichsten Ärzten erhalten. Sie hatte auch alle alternativen Methoden, wie Heilpraktiker, Schamanen, Kräuterfrauen, traditionelle chinesische Medizin und so weiter, die Aussicht auf Hilfe versprachen, ausprobiert. Aber alles ohne Erfolg, keine Therapie führte dazu, dass es ihr wirklich gut ging und sie dauerhaft schmerzfrei war."

Wolke und Wald sahen sich kurz an, um sich abzustimmen und ließen Schall dann erst einmal weiter reden.

„Weder mein Schwager Sven noch ich konnten Angela helfen, wenn sie wieder einmal eine besonders schlechte Phase hatte. Eines Tages, Monate vor dem Tod meiner Schwester, erklärte sie uns, dass sie nicht mehr leben könne und wolle.

Den täglichen Kampf gegen die unsäglichen Schmerzen halte sie einfach nicht mehr aus. Sie habe keine Kraft mehr und sei müde. Sie habe nun lange genug dagegen angekämpft. Sie sei erschöpft und ohne Hoffnung, dass es ihr jemals besser gehen würde. Sie wolle nun endlich Erlösung und von ihren Qualen befreit werden.

Wir wussten von ihren Schmerzen, wunderten uns aber immer wieder darüber, denn körperlich war meine Schwester kerngesund. Es hieß immer, es sei psychosomatisch. Niemand hatte ihr bisher helfen können. Sie beschrieb uns ihre Schmerzen so, als ob ihr Körper von glühender Lava umschlossen wäre. Sie sagte, die Schmerzen seien die Hölle auf Erden."

„Herr Schall, auf was wollen Sie denn nun hinaus? Dass es Ihrer Schwester schlecht ging, glauben wir Ihnen gerne. Aber was hat das mit unseren Ermittlungen zu tun?", unterbrach Wolke ihn nun.

„Das werden Sie gleich erfahren. Ich muss dafür aber leider etwas weiter ausholen. Also, Sven und ich, versuchten immer wieder meine Schwester aufzubauen, ihr Hoffnung zu schenken und ihr gleichzeitig Kraft zu geben, aber ihr auch klar zu machen, dass sie ihr Leben nicht einfach aufgeben sollte. Wir erklärten ihr, dass wir sie brauchten und nicht verlieren wollten und das es vielleicht doch noch Hilfe für sie gäbe.

‚Nein, Angie, nein, das kannst du nicht verlangen.', sagte Sven ihr jedes Mal aufs Neue, wenn sie wieder damit anfing, dass wir ihr bei ihrem Suizid helfen sollten. Aber sie gab nicht auf und versuchte uns zu überzeugen, ihr Sterbehilfe zu gewähren.

Sven hingegen betete gebetsmühlenartig seinen Satz: **‚Nein, Angie, nein, das kannst du nicht verlangen.'**, immer und immer wieder herunter, aber Angela bestand auf ihrem gefassten Entschluss."

„Verstehe ich das jetzt richtig, Herr Schall, ihre Schwester bat Sie und ihren Mann, Sven Stern, um aktive Sterbehilfe?"

Wolke und Wald waren von der Entwicklung des Gesprächs vollkommen überrascht.

Otto Schall nickte nur mit dem Kopf und fuhr dann fort:

„Trotz aller Therapien wollte meine Schwester einfach nicht mehr leben. Nachdem wir das Ansinnen von Angela über Monate abgelehnt hatten, sie aber immer wieder davon anfing und uns schilderte, welche Qual jeder Tag für sie darstellte, freundeten wir uns langsam, schweren Herzens, mit dem Gedanken an.

Da in Deutschland die aktive Sterbehilfe unter Strafe stand und mit Freiheitsstrafen bis zu fünf Jahren geahndet wurde, mussten wir Angela versprechen, einen Weg zu finden, dass wir nicht, für ihren Wunsch zu sterben, bestraft würden.

Da sie schon mehrere Suizidversuche unternommen hatte, würde es vermutlich niemanden wundern, dachten wir, wenn sie nun einen Versuch begehen würde, der dann auch tatsächlich mit dem Tod enden würde."

„Damit lagen Sie dann ja wohl auch ganz richtig, wenn ich Ihre Ausführungen korrekt interpretiere," sagte Wolke.

Sie sah verstohlen, mit einem irritierten Gesichtsausdruck, zu Wald. Dieser war sprachlos, hob unmerklich die Schultern und wandte seine ganze Aufmerksamkeit wieder Schall zu, der bereits weiter die Ereignisse schilderte.

„Langsam entstand ein Plan, wie wir es anstellen wollten, dass der Suizid von Angela diesmal wirklich mit ihrem Tod enden und Sven und ich nicht in Verdacht geraten würden.

Angela hatte die Idee, dass sie sich eine Überdosis Morphin spritzen könnte. Medikamente hatte sie aufgrund ihrer psychischen Erkrankung und ihrer chronischen Schmerzen genug. Anschließend, damit der Suizid auch auf jeden Fall mit dem Tod enden würde, wollte sie noch aus dem Fenster springen. Wir sollten sie dabei unterstützen, falls sie nicht mehr in der Lage sein sollte, auf das Fensterbrett zu steigen.

Angela sah diesen Plan als den einzig durchführbaren für sich und uns an. Sie war fortan nicht mehr davon abzubringen. Wir fragten sie, warum noch springen, wenn sie doch schon eine Überdosis Morphin gespritzt hätte? Aber es schien für sie der Gedanke dahinter zu stecken, dass ein Suizid, der auf zwei unterschiedliche Arten durchgeführt würde, dann auch tatsächlich mit ihrem Tod enden würde. Sie wollte dieses Mal auf Nummer sicher gehen.

Sie hatte Angst, dass der Suizid missglücken und sie hinterher als Pflegefall enden könnte und wir uns noch mehr um sie kümmern müssten, als es sowieso schon der Fall war. Außerdem meinte sie, würde dadurch das Risiko für uns minimiert, der Sterbehilfe beschuldigt zu werden. Zwei Methoden der Selbsttötung stellten für sie eine Art Versicherung in alle Richtungen dar. Sie verbiss sich so in diese Idee, dass sie irgendwann keine andere Alternative mehr sehen wollte oder konnte.

So ließen Sven und ich uns schließlich darauf ein, auch wenn es sich falsch anfühlte."

„Kam Ihnen denn nie der Gedanke, dass auch andere dadurch gefährdet werden könnten?"

„Wie meinen Sie das?"

„So etwas wie das Szenario, das sich nach dem Sprung von Angela ereignet hat. Haben Sie nie darüber nachgedacht, das andere Personen durch die Tat hätten in Mitleidenschaft gezogen werden können?"

„Nein, wir waren irgendwie in unserem eigenen, kleinen Kosmos gefangen und irgendwann hatten Sven und ich die ganzen Diskussionen so satt, dass wir uns auf Angelas Vorschlag ein- und alle Bedenken außer Acht ließen. Die Außenwelt existierte zu dem Zeitpunkt nicht mehr für uns. Unsere Gedanken kreisten nur noch um den Suizid von Angela."

„Haben Sie wirklich alles andere um sich herum ausgeblendet?"

Wolke konnte es einfach nicht glauben.

„Nein, nicht alles. Unsere Überlegungen fokussierten sich darauf, wie Sven und ich es schaffen könnten, dass wir hinterher nicht wegen der Tat belangt werden könnten. Das war Angela dermaßen wichtig, dass sie immer wieder darauf drängte, diesen Teil des Ablaufs sicher für uns zu planen. Sie wollte uns, glaube ich, damit beschützen. Wir sollten nicht für ihren Todeswunsch büßen müssen."

„Wie haben Sie die Tat denn dann ausgeführt, dass Sie die Kollegen überzeugen konnten, nichts mit dem Suizid von Angela zu tun zu haben?"

Wald schwankte in seinen Gefühlen. Er wusste nicht, wem sein Groll in diesem Fall mehr galt, Schall oder Stern, oder dem offensichtlichen Unvermögen der Ermittler. Diese Fehleinschätzung der Kollegen hätte niemals passieren dürfen, da war er sich ganz sicher. Kein Wunder, dass der Ruf der Polizei immer schlechter wurde.

„Wir hatten uns überlegt, dass es vermutlich am besten wäre, wenn ich an dem Tag, an dem der Suizid stattfinden sollte, morgens bei Sven und Angela in der Wohnung wäre, um mich dort endgültig von meiner Schwester zu verabschieden. So haben wir es dann auch gemacht.

Als es dann soweit war, ist mir der endgültige Abschied von meiner Schwester sehr schwer gefallen. Ich brauchte mehrere Anläufe, bis ich mich schweren Herzens für immer von ihr trennen konnte. Svens Handy habe ich dann mit zu mir in die Wohnung genommen, damit wir belegen konnten, dass Sven zur fraglichen Zeit bei mir war, was wir auch aussagen wollten, falls jemand Nachforschungen anstellen sollte."

„Sie waren dann also zum Zeitpunkt des Mordes oder Suizides ihrer Schwester nicht mehr in der Wohnung?"

„Genau. Sven hat mir hinterher erzählt, wie sich der weitere Ablauf, bis wir uns bei mir getroffen haben, zugetragen hat.

Angela hatte sich eine Überdosis Morphin gespritzt und Sven hielt sie dann die letzten Minuten in seinen Armen. Er wollte ihr ganz nah sein und ihr den Tod so angenehm wie möglich machen.

Er schaffte es dann aber wohl nicht, so stark zu bleiben, wie er es gerne gewesen wäre, und fing an wie ein Schlosshund zu heulen, da Angela sein Ein und Alles war.

Sie tröstete dann Sven, jedenfalls soweit das ging. Er befand sich immer noch in dem Zweispalt, sie von ihren Schmerzen erlösen zu wollen, aber gleichzeitig wollte er sie auch nicht verlieren. Er versuchte ihr in den letzten Augenblicken so gut es ging beizustehen. Letztlich haben sie sich in den letzten Minuten, denke ich, gegenseitig gestützt."

„Also war Sven Stern bis zuletzt bei Angela?"

„Ja. Er befand sich seit Monaten in einem Dilemma und wusste bis zum Schluss nicht, ob die getroffene Entscheidung die Richtige war. Aber er liebte Angela so sehr und konnte ihr diesen letzten Wunsch nicht abschlagen.

Nachdem die Wirkung des Morphins einsetzte und Angela sich schon nicht mehr sicher auf den Beinen halten konnte, hievte Sven sie auf das Fensterbrett, damit Angela springen konnte. Doch sie hatte ihren Körper nicht mehr unter Kontrolle. Sie muss Sven mit kaum noch hörbarer Stimme angefleht haben, er müsse es jetzt für sie tun. Er müsse ihr Körper sein. Er müsse … und dabei habe sie ihn so zerbrechlich und flehend angeschaut, mit so etwas wie Urvertrauen in ihn, dass er es nicht über sich gebracht hatte, ihrem Wunsch nicht zu entsprechen.

Also gab er Angela einen kräftigen Schubs, aber ihr Körper bewegte sich kaum von der Stelle, so schwer war sie in ihrem fast weggetretenen Zustand. Also gab er ihr noch einen letzten Kuss, den sie kaum noch erwidern konnte, bevor er kräftig gegen ihren Körper drückte bis er weit genug über der Fensterbank hing, um dann plötzlich, wie von alleine, in die Tiefe zu stürzen."

Nach den letzten Worten von Schall herrschte für einen Moment absolute Ruhe im Raum. Die Worte schwangen noch nach und wirkten in jedem der drei Anwesenden auf eine andere Art nach.

„War das nun eindeutig Mord oder aktive Sterbehilfe?"

Wolke überlegte einen kurzen Augenblick.

„Auch wenn die Tat auf ausdrückliches Verlangen von Angela erfolgt ist, wäre es bei einer Anklage schwierig geworden, zu entscheiden, um welche Art von Tötungsdelikt es sich hierbei gehandelt hat. Jetzt weiß ich auch, warum ich froh bin kein Staatsanwalt oder Richter zu sein. Durch den Tod von Sven Stern hat sich die Angelegenheit aber vermutlich sowieso erledigt."

Sie schaute nochmals zu ihrem Kollegen Wald, um seine Sicht auf diese verzwickte Situation zu erfahren.

Wald schloss sich ihren Überlegungen an.

„Wir sind schließlich nicht für alles zuständig. Wir müssen den Staatsanwälten und auch den Richtern noch etwas Arbeit übrig lassen."

Damit hatte er bestimmt auf Fix und Teichner angespielt.

Aber Otto Schall war mit seinem Bericht immer noch nicht ganz fertig.

„Sven hatte überhaupt keine Zeit, das gerade Erlebte zu verarbeiten, denn einen Lidschlag später hörte er das Umfallen von Mülltonnen, gefolgt von quietschenden Autoreifen und einem dumpfen Aufprall, dem dann ein lautes, metallischen Geräusch, wie von zwei Autos folgte, die zusammengeprallt waren.

Er schaute nach unten auf die Straße und sah, was geschehen war. Ein Kleinwagen war zwischen einem am Straßenrand wachsenden Baum und einem Lastwagen eingeklemmt und ging gerade in Flammen auf."

„Habe ich das jetzt richtig verstanden?", fragte Wald. „Herr Stern hat den Unfall von oben beobachtet?"

„Jein, zum Teil. Die Entwicklung des Geschehens hat er nur durch das offene Fenster gehört, aber das brennende Auto hat er dann von oben gesehen. So jedenfalls hat Sven es mir geschildert.

Er kam vollkommen außer sich bei mir an und war nicht zu beruhigen. Er sagte immer und immer wieder: ‚**Ich hätte es verhindern sollen, so viel Leid.**'

Zu Anfang hofften wir, dass die Person oder die Personen, die in dem Auto saßen, gerettet werden konnten und ihnen nichts geschehen war, ebenso wie dem Fahrer des Lastwagens.

Sven machte sich enorme Vorwürfe und haderte mit seinem Schicksal. Er fragte sich, warum Angie gerade in der Sekunde fallen musste, als der Kleinwagen unten vorbei fuhr. Wäre sie eine Sekunde früher oder später gefallen, dann wäre es vielleicht nicht zu diesem schrecklichen Unfall gekommen.

Ich versuchte ihn zu beruhigen, was mir aber nicht gelang, so dass ich ihm schließlich einige Beruhigungstabletten gab, damit er in der Lage war, den Rest unseres Planes noch umzusetzen."

„Der Plan ging noch weiter?"

„Ja. Wir mussten abwarten, bis uns die Polizei über den Tod von Angela informierte und dann so tun, als wären wir von der Tat vollkommen überrascht."

„Hatte denn niemand Herrn Stern am Fenster stehen oder aus dem Haus kommen sehen?"

„Nein, ihn hat niemand bemerkt, als er das Haus verließ. Alle Augen waren wohl nur auf das Unfallgeschehen gerichtet, so dass er unbemerkt zu mir gelangen konnte. Als die Polizei Sven über den Suizid seiner Frau und den damit verbundenen Unfall verständigte, fiel es ihm nicht schwer, sein Entsetzen zum Ausdruck zu bringen, da er es nicht spielen musste, sondern seinen Empfindungen freien Lauf lassen konnte.

Er fragte sofort nach, ob es Verletzte gegeben habe und erfuhr, dass eine Frau und ein Säugling in einem

Kleinwagen verbrannt waren. Diese Nachricht hat ihn vollkommen aus der Bahn geworfen.

Nicht nur, dass er Angela verloren hatte, sondern die Schuldgefühle, die er ab diesem Tage wegen der daraus resultierenden Folgen mit sich herumtrug, haben ihn zerbrochen.

Ich habe mich oft gefragt, ob Sven letztlich den Schmerz von Angela in einer anderen Art und Weise weiterleben musste. Aber letztlich sind beide an ihrer jeweiligen Bürde zerbrochen."

Wolke schaute Schall verstehend an und auch Wald nickte mehrmals leicht mit dem Kopf.

Gedankenverloren sprach Schall weiter: „Ab da war Sven nicht mehr der Mensch, den ich kannte. Ich denke heute, Angela hat uns zu viel abverlangt, auch wenn keiner von uns mit diesen Folgen hatte rechnen können. Es hätte eine andere Lösung für Angie geben müssen."

Otto Schall verstummte und sah Wald und Wolke schuldbewusst, aber auch erleichtert an. Endlich hatte er sein Gewissen erleichtern können, indem er die Geschehnisse nach so langer Zeit jemandem erzählt hatte.

„Danke, Herr Schall, dass Sie uns die ganze Geschichte erzählt haben, auch wenn Sie sich dadurch selber belastet haben. Es war richtig, dass Sie uns vor unserem Verhör mit Herrn Tauber alle Details geschildert haben. Das wird uns sicherlich von Nutzen sein."

Nachdem sie die Aussage von Otto Schall zu Protokoll genommen hatten, durfte dieser gehen.

Er würde sich wegen seiner Verstrickungen in den Suizid seiner Schwester juristisch verantworten müssen.

***

Nachdem Otto Schall das Büro verlassen hatte und Wolke und Wald ihre Gedanken neu sortiert hatten, ließen sie Michael Tauber in ihr Büro bringen. Er wirkte wieder ruhig und gefasst.

„Herr Tauber, guten Morgen. Geht es Ihnen heute wieder etwas besser?", fragte Wolke.

Dieser nickte und setzte sich wieder gegenüber von Wald und Wolke an den Tisch.

„Uns beschäftigt immer noch, warum Sie die Tat gerade jetzt, Jahre nach dem Unglück, begangen haben? Wieso nicht schon früher?", setzte Wald die Befragung vom vorherigen Tag fort.

„Weil ich jetzt erst alle Fakten kannte."

„Das verstehe ich nicht. Was hat sich geändert? Welche Fakten hatten Sie vorher nicht? Am besten beginnen Sie ganz von vorne und erzählen uns eins nach dem Anderen."

Tauber nickte mit dem Kopf.

„Damals, als der Unfall passierte, ging die Polizei davon aus, dass der Selbstmord von Angela Stern der Auslöser für eine daran anschließende Abfolge unglücklicher Umstände war, die schließlich zum Tod von Mia und Maya führten."

Wolke und Wald warfen sich einen verstehenden Blick zu.

„Mia und Maya starben bei diesem Unfall. Angela Stern, die ich damals für die Verantwortliche hielt, weil sie den Unfall durch ihren Suizid verursacht hatte, war ebenfalls tot. Sie konnte nicht mehr zur Rechenschaft gezogen werden. Ihr Mann, Sven Stern, hatte ebenso einen Verlust zu beklagen wie ich. So jedenfalls war mein damaliger Kenntnisstand. Er hatte nichts mit dem Suizid seiner Frau zu tun, sondern hatte wie ich, einen Verlust erlitten."

„Sie verspürten also zu diesem Zeitpunkt keinen Hass gegen Sven Stern, sondern nur gegen Angela Stern", paraphrasierte Wolke das Gehörte.

„Ja. Genau so verhielt es sich. Die Polizei ermittelte damals, dass Sven Stern zum Unfallzeitpunkt bei seinem Schwager, Otto Schall, war. Er war also gar nicht zuhause und hätte den Suizid somit auch nicht verhindern können, selbst wenn er von den Selbstmordgedanken seiner Frau gewusst hätte."

„Was hat sich denn dann, Ihrer Meinung nach, geändert?"

„Alles."

„Was heißt: Alles? Geht das etwas genauer?"

„Eben alles. Auch hier hatte ‚Kommissar Zufall' wieder seine Finger im Spiel, wenn Sie so wollen."

„Von was für einem Zufall sprechen Sie? Können Sie uns das Ganze bitte so erklären, dass wir es nachvollziehen können?"

Tauber lehnte sich in seinem Stuhl zurück und holte tief Luft, bevor er fortfuhr.

„Ich habe eine Kundin, die sich ehrenamtlich um Obdachlose kümmert. Vor einigen Monaten kam sie zu mir in mein Optiker Geschäft und fragte, ob ich mir vorstellen könnte, einem Obdachlosen eine kostenlose Lesebrille anzufertigen, sozusagen als gute Tat.

Ich lehnte ihr Ansinnen zunächst ab, aber diese Frau gab nicht so schnell auf und kam immer wieder.

Nach einigen Besuchen erzählte sie mir, dass der Obdachlose früher Berufsschullehrer gewesen sei und Schreckliches in der Vergangenheit durchlebt hätte, denn seine Frau habe sich umgebracht. Das habe der Mann nicht verkraftet und dieses Ereignis habe ihn vollkommen aus der Bahn geworfen.

Jetzt wolle er sich all das Belastende, was ihm widerfahren war von der Seele schreiben, aber seine Augen seien zu schlecht, um dieses Vorhaben in die Tat umzusetzen. Sie könne sich aber gut vorstellen, dass es hilfreich für ihn wäre, wenn er seine Erlebnisse zu Papier bringen könnte, um mit der Aufarbeitung der schrecklichen Geschehnisse beginnen zu können."

„Wieso hat diese Erzählung Ihrer Kundin etwas an Ihrer vorherigen Meinung geändert?"

„Bei Berufsschullehrer dachte ich sofort an Sven Stern. Ich wusste von damals, dass er Berufsschullehrer war und wurde neugierig, ob es sich bei dem Obdachlosen tatsächlich um ihn handelte. Außerdem interessierte es mich, wenn er es denn wäre, wieso er auf der Straße gelandet war. Warum hatte ihn der Tod seiner Frau so getroffen? Ich lebte mein Leben schließlich auch weiter und funktionierte, obwohl ich Frau und Kind verloren hatte.

Zuerst vermutete ich nur, dass er es sein könnte. Ich wollte herausfinden, welche Dämonen er mit sich herumtrug, denn ohne wäre er vermutlich nicht so abgerutscht. Insgeheim hoffte ich aber wohl auch, dass der Kontakt zu ihm mir irgendwie Erleichterung für meinen eigenen Verlust verschaffen würde. Schließlich verband uns das gleiche Schicksal."

„Okay, das kann ich nachvollziehen. Und wie ging es dann weiter?"

„So stimmte ich schließlich zu, dem unbekannten Mann unentgeltlich eine Lesebrille anzufertigen, natürlich ohne meiner Kundin zu erklären, wieso ich meine Meinung geändert hatte. Sie war überglücklich und wir verabredeten, dass sie den obdachlosen Mann am Samstagnachmittag in mein Geschäft bringen sollte, damit wir die nötigen Untersuchungen durchführen könnten."

„Hatten Sie konkrete Vorstellungen, was Sie sich von einem Zusammentreffen mit Sven Stern erhofften? Es stellte doch sicherlich einen erheblichen Aufwand für Sie dar, wenn Sie Ihre Räumlichkeiten ebenso wie Ihre Zeit für die Anfertigung dieser Brille zur Verfügung stellen mussten?"

„Ja, das stimmt. Zu Anfang wollte ich wirklich nur wissen, ob es sich bei dem Obdachlosen tatsächlich um Sven Stern handelte, dessen Frau Angela meine Mia und Maya auf dem Gewissen hatte.

Ich wollte herausfinden, warum er seine Frau nicht schon im Vorfeld von ihren Selbstmord Gedanken hatte abbringen können und ihn dann vielleicht mit den daraus entstandenen Folgen und meinem Leid konfrontieren. Vielleicht würde ich in ihm einen Sündenbock finden können, jemanden, dem ich die Schuld am Tod meiner Frau und meiner Tochter geben konnte. Jemand, der noch lebte, den ich zur Rechenschaft ziehen konnte. Aber, ich glaube, so ganz genau wusste ich selber nicht, was ich mir von einem Treffen versprach. Allerdings wusste ich, dass es mir ein Bedürfnis war, ihn zu treffen. Es war so, als hätte das Schicksal mir einen Wink gegeben, dem ich folgen musste."

„Ist das Treffen dann so abgelaufen, wie Sie es sich vorgestellt hatten?"

„Nein, es kam ganz anders."

„Wieso?"

„Als ich Sven Stern fragte, warum er eine Lesebrille haben wolle, machte er so merkwürdige Andeutungen."

„Welche Art von Andeutungen?", mischte Wolke sich nun in die Befragung ein.

„Sven Stern sagte: ‚Das ist alles meine Schuld.' Damit konnte ich nichts anfangen. Daher fragte ich ihn, was seine Schuld sei. Daraufhin antwortete er: ‚Einfach alles. Ich hätte mich damals weigern müssen. Der arme Säugling und die arme Frau.'"

„Warum hat Herr Stern Ihnen das erzählt? Er hatte doch angeblich mit so gut wie keinem Menschen Kontakt. Wieso hat er sich dann gerade Ihnen gegenüber geöffnet?"

„Das kann ich Ihnen auch nicht sagen. Er war stark alkoholisiert, als er bei mir im Geschäft war. Vielleicht sind ihm einfach einige Worte über die Lippen gekommen, ohne dass er sich dessen bewusst war. Wirklich erzählt hat er mir auch nichts."

„Warum haben Sie Herrn Stern dann doch nicht mit dem Unfall und dem Tod Ihrer Frau und Ihrer Tochter konfrontiert?"

„Er tat mir einfach Leid. Er schien weder mit seinem Leben noch mit seiner Vergangenheit klarzukommen. Sollte ich diesem Mann noch mehr Schmerz zufügen? Wollte ich einem Alkoholkranken, zerbrochenen, auf der Straße lebenden Menschen noch mehr Leid zufügen, als er sich schon selbst zugefügt hatte? Augenscheinlich ging es ihm noch um ein vielfaches schlechter als mir. Ich konnte es einfach nicht, als er vor mir stand, obwohl ich es mir im Vorfeld so sehr gewünscht hatte."

„Was ist dann geschehen, dass Sie ihre Meinung geändert haben?"

„Ich bestellte Herrn Stern noch einmal, nach Geschäftsschluss, in mein Geschäft, um ihm die fertige Brille anzupassen. Anschließend erklärte ich ihm, er solle die neue Brille ausprobieren, indem er versuchen sollte eine längere Zeit zu lesen und einige Seiten zu schreiben. Dann solle er eine Woche später, wieder nach Ladenschluss, noch einmal zur Kontrolle vorbeikommen."

„Bei seinem letzten Besuch benutzte Herr Stern die Kundentoilette in meinem Geschäft. Als er gegangen war, wollte ich alles sauber machen, desinfizieren und lüften, damit die nächsten Kunden sich nicht beschweren könnten, als ich einige beschriebene Blätter Papier auf dem Boden der Toilette fand. Sie waren in einer ungelenken Handschrift verfasst. Herr Stern musste sie wohl dort verloren haben, denn außer ihm waren an dem Tag keine weiteren Kunden auf der Toilette gewesen."

„Was haben Sie mit diesen Schreiben gemacht?"

„Zuerst wollte ich sie einfach wegpacken, aber dann überkam mich die Neugier. Stand da vielleicht etwas über Mia oder Maya drin? Es interessierte mich, ob Stern über den Vorfall vor acht Jahren etwas zu Papier gebracht hatte oder, ob ihn etwas anderes derart beschäftigte. Ich nahm diese Zettel also mit zu mir nach Hause, um sie dort in Ruhe zu lesen."

„Und ... haben Sie die Schreiben gelesen?"

„Ja."

„Was stand in den Schreiben? Ging es tatsächlich um Mia und Maya?"

Tauber schaute Wolke gedankenverloren an. Dann setzte er seinen Bericht über die damaligen Ereignisse fort.

„Als ich zuhause war, nahm ich die beschriebenen Seiten mit zu meinem Sessel, setzte mich und begann zu lesen. Ich konnte nicht glauben, was ich da las. Zuerst ging es um Reue und sein schlechtes Gewissen, das ihm keine Ruhe ließ, was ich zuerst gar nicht verstand.

Aber dann schrieb Sven Stern über seine Frau Angela, ihre Schmerzen und ihren Wunsch zu sterben sowie über seine aktive Hilfe bei ihrem Suizid.

Er schrieb, wie er ihr geholfen hatte, nachdem sie sich eine Überdosis Morphin gespritzt hatte und selbst nicht mehr in der Lage war, selbständig aus dem Fenster zu springen."

„Herr Tauber, haben Sie die Schreiben noch?"

„Ja, ich habe sie seither immer mit mir herumgetragen, denn sie haben meine Wut gegen ihn geschürt. Sie waren der Beweis, dass Sven Stern den Tod verdient hat."

Wald wollte seinen Ohren nicht trauen und Wolke schüttelte unmerklich den Kopf.

„Haben Sie die Schreiben auch jetzt dabei?", fragte Wald.

„Nein, ich musste alle persönlichen Sachen abgeben, die ich bei mir trug, als ich in Gewahrsam genommen wurde. Die Schreiben müssten Sie also bei meinen Sachen finden."

„In Ordnung, Herr Tauber. Da kümmern wir uns später drum. Dann erzählen Sie erst einmal weiter."

Tauber holte tief Luft und knüpfte an das vorher Gesagte an.

„Ich las also, dass Angela ihren Mann angefleht hätte, ihr beim Sterben zu helfen und er habe sie dann, unter größter Kraftanstrengung aus dem Fenster geworfen, weil sie selber nicht mehr dazu in der Lage gewesen sei.

Ich konnte nicht fassen, was er da geschrieben hatte. Ich hatte das Geständnis eines Mörders vor mir liegen. Meine ganze Wut richtete sich schlagartig gegen Sven Stern. Ihn konnte ich noch zur Rechenschaft ziehen. Er konnte noch bestraft werden und für seine Tat büßen.

All die Jahre hatte er bisher die Tat vertuscht. Mia und Maya waren durch Sven Sterns Hand gestorben, zwei unschuldige Seelen.

Der Tod der beiden war so sinnlos. Sie wollten weiterleben, sie wollten ihr Leben nicht wegwerfen, sie freuten sich auf eine Zukunft, eine gemeinsame Zukunft mit mir, mit uns als Familie ... die Zukunft wurde ihnen und mir von einem Augenblick zum nächsten genommen.

Genommen durch den Wunsch einer lebensmüden Frau ihr Leben zu beenden und einem Handlanger von Ehemann, der diesem krankhaften Wunsch entsprach."

Die letzten Worte presste Tauber zwischen den Zähnen hervor und fing heftig an zu hyperventilieren.

„Wie kommen Sie denn auf krankhaften Wunsch, Herr Tauber? Da kann ich nicht folgen", unterbrach Wolke die Ausführungen.

„Es ist mir unbegreiflich, wie Sven Stern dem Wunsch seiner Frau nachkommen konnte. Auch wenn Frau Stern psychisch krank war, wie konnte ihr Ehemann sich auf so einen Vorschlag seiner Frau einlassen? Das kann doch nur krankhaft sein. Jeder normale Mensch hätte dieses Ansinnen nicht umgesetzt, sondern sich strikt dagegen ausgesprochen, die Konsequenzen aufgezeigt, nach anderen Möglichkeiten gesucht. Hatte Sven Stern kein Verantwortungsgefühl? Hat er die Gefahr, in die er andere Menschen damit gebracht hat, nicht einkalkuliert?"

In diesem Moment fragte Wolke sich, ob Tauber auch solche Überlegungen in Bezug auf sich selbst angestellt hatte.

Hatte er die Konsequenzen seines Handelns für sich überdacht? Hatte er einkalkuliert, dass sich das Feuer auch hätte ausbreiten können?

Sie konzentrierte sich wieder auf Taubers Aussage.

„Ich habe einfach nur rot gesehen und hatte das Gefühl, in mir brenne ein Vulkan, der heiße Lava aus meinem Inneren ausspucken musste, wenn ich nicht daran verbrennen wollte.

Dieses heiße Gift musste aus mir heraus. Es war eine toxische Mischung aus Hass, Trauer, Wut, Zorn, Enttäuschung sowie dem Wunsch nach Vergeltung und Gerechtigkeit."

Tauber stockte einen Moment in seiner Schilderung. Es schien so, als drohten ihn seine Gefühle erneut zu übermannen. Doch dann fasste er sich wieder und setzte seine Aussage ruhig weiter fort.

„Endlich hatte ich einen Schuldigen, den ich für all mein erlittenes Leid bezahlen lassen konnte. Ich wollte mich an Sven Stern für den Kummer und Schmerz, den ich all die Jahre seit dem Tod meiner Lieben mit mir herumgetragen hatte, rächen. Ich wollte Mia und Maya für ihre erlittenen Qualen rächen. Er sollte nicht ungeschoren davonkommen, sondern so leiden, wie wir alle gelitten hatten.

Ich glaube, bei mir ist in diesem Moment eine Sicherung durchgebrannt und mein ganzes Denken und Handeln war nur noch auf Rache aus. Ich wollte, dass Sven Stern ebenso leiden sollte, wie Mia und Maya gelitten hatten. Ich konnte an nichts anderes mehr denken, der Gedanke verfolgte mich Tag und Nacht und nahm mein gesamtes Denken und Handeln ein. Ich lebte ab diesem Moment nur noch für meine Rache."

Wolke dachte, dass sich sowohl Michael Tauber bei seiner Tat von seinen Gefühlen hatte überrollen lassen und seinen Verstand außer Kraft gesetzt hatte, ebenso wie Sven Stern.

„Herr Tauber, haben Sie nie daran gedacht, die Polizei zu verständigen? Ist Ihnen nie der Gedanke gekommen, dass die Strtafverfolgungsbehörden für Gerechtigkeit hätten sorgen können?"

Vollkommen fassungslos sah er Wolke an.

„Nein, niemals. Die Behörden und die Polizei hatten ihre Chance und haben diese vertan. Ich musste selber dafür sorgen, dass Sven Stern seiner gerechten Strafe zugeführt wurde. Das war ich Mia und Maya schuldig. Mehr konnte ich nicht mehr für sie tun."

„Okay Herr Tauber, war das jetzt alles, was Sie zu sagen haben oder möchten Sie noch etwas hinzufügen?", fragte Wolke abschließend.

Er überlegte einen Augenblick und sagte dann: „Nein, es ist alles gesagt, was gesagt werden musste."

„Das Protokoll unserer Befragung mit ihrem Geständnis müssen Sie dann später noch unterschreiben. Sie werden vorerst in Gewahrsam bleiben und die Staatsanwaltschaft wird nun alles weitere in die Wege leiten. Die Schreiben von Sven Stern werden wir an uns nehmen und zu den Akten legen. Was dann damit passiert, muss die Staatsanwaltschaft entscheiden."

Wald hatte zwischenzeitlich einen Kollegen verständigt, der nun das Büro betrat und Tauber abführte.

***

Nachdem die Aussagen von Tauber und Schall protokolliert waren, sagte Wolke: „Die Aussagen der beiden Männer haben uns, denke ich, einen guten Ablauf des Geschehens vermittelt. Ich kann mir jetzt gut vorstellen, wie sich alles zugetragen hat."

„Ja, die Aussagen stimmen in den wesentlichen Punkten überein. Die Beweggründe von Tauber sind nachvollziehbar, wenn für mich auch nicht akzeptabel. Ich bin immer wieder erstaunt, welche Kraft hinter den Emotionen von Wut und Rache stecken. Dennoch verstehe ich nicht, dass er wider jegliches bessere Wissen diese Tat begangen hat."

„Mir geht es bei Stern so. Ich kann die Handlung nachvollziehen, aber nicht akzeptieren, dass er vollkommen ausgeblendet hat, dass andere Menschen dadurch zu Schaden kommen konnten. Auch bei ihm war eine starke Emotion im Spiel: Liebe. Sie hat letztlich über seinen Verstand gesiegt."

„Wenn du es so ausdrückst, stimmt es. Beide Männer haben sich von ihren Emotionen leiten lassen. Aber leider beide in die falsche Richtung, wenn du mich fragst."

„Aber jetzt eine ganz andere Frage. Hättest du mit so einem Verlauf der Ermittlungen gerechnet?", fragte Wolke und sah ihn erwartungsvoll an.

Wald schüttelte verneinend den Kopf. „Jetzt ist allerdings klar, dass Nele und Tim nichts mit dem Anzünden von Sven Stern zu tun haben. Die beiden werden sich allerdings wegen des Containers verantworten müssen. Aber vielleicht kann Fix eine milde Strafe für sie erwirken, da sie immerhin versucht haben Sven Stern zu helfen."

„Warte mal kurz, ich rufe sofort Andreas an, damit er Nele und Tim Bescheid geben kann, dass sie aus dem Schneider sind. Den beiden wird vermutlich ein Stein vom Herzen fallen."

Nachdem Wolke kurz mit Andreas gesprochen hatte, breitete Wald seine Überlegungen weiter aus.

„Wenn ich so überlege, geht eigentlich alles auf den Todeswunsch von Angela Stern zurück. Hätte sie nicht auf diese Art und Weise sterben wollen und ihren Mann und ihren Bruder nicht eingespannt, ihr dabei zu helfen, wären Mia und Maya vermutlich nicht gestorben.

Sven Stern wäre nicht auf der Straße gelandet und Tauber hätte keinen Grund gehabt, Sven Stern anzuzünden, da Mia und Maya nicht verunglückt wären. Tauber wäre nicht zum Mörder geworden und Sven Stern würde höchstwahrscheinlich auch noch leben.

Eine ganz schreckliche, fatale Entwicklung, die sich da zugetragen hat. Es wäre vielen Menschen viel Leid erspart geblieben, wenn Angela Stern nicht hätte sterben wollen."

„Es sind oft schreckliche Schicksale, die sich auftun, wenn man einem Mord auf den Grund geht. Viele Handlungen werden mir aber wohl doch für immer unverständlich bleiben", äußerte Wolke.

„Daran wird sich auch nie etwas ändern. Die meisten Taten sind schwer oder gar nicht nachvollziehbar. Irgendwie setzen da wohl alle normal vorhandenen Kontrollinstanzen in den Tätern aus, wenn auch aus den unterschiedlichsten Gründen. Aber hättest du damit gerechnet, dass wir bei unseren Ermittlungen direkt noch einen zweiten Mord oder Totschlag oder was auch immer aufdecken würden?"

Wolke lächelte leicht. „Nein natürlich nicht. Es deutete nichts darauf hin, dass wir schließlich sogar zwei Straftaten aufklären würden. Das war wirklich eine Wendung, die sehr überraschend kam."

„Selbst bei unserem Brandopfer haben wir lange Zeit wegen schwerer Körperverletzung und nicht wegen Mord ermittelt. Aber mir ist klar geworden, dass für mich als Polizist der Tod durch einen aktiven Akt eines anderen Menschen einfach immer Mord oder Totschlag bleiben wird. Es gibt nur wenige Szenarien, wo ich mir aktive Sterbehilfe wünschen würde oder vorstellen könnte." Nach einer kurzen Pause setzte er noch hinzu: „Jetzt wissen wir auch endlich, wieso Sven Stern eine fast neue Lesebrille bei seinen Sachen hatte. Das Rätsel wäre also auch gelöst."

„Da hast du recht."

„Was mich aber noch beschäftigt ist, was sich aus einer aktiven Sterbehilfe an Tragödie entwickelt hat, weil es keine gesetzliche Regelung gibt. Das Ganze ist schon unfassbar. Nur gut, dass die Gesetze zur Sterbehilfe überarbeitet werden. Ich glaube, es ist wichtig, klare Gesetzesvorlagen für diesen Bereich des Lebens zu erlassen, was aber sehr schwierig sein dürfte, wenn alle Eventualitäten bedacht werden müssen."

„Ich glaube auch, dass das Thema ein sehr vielschichtiges ist", begann Wolke. „Aber ich merke, dass es mir einfach schwer fällt den Gedanken zu akzeptieren, dass körperlich gesunden Menschen auf Grund einer psychischen Erkrankung, auf eigenen Wunsch beim Sterben geholfen werden soll. Ich glaube einfach, dass diese Menschen aufgrund ihrer Krankheit oft nicht in der Lage sind, ihre momentane Lebenssituation korrekt einzuschätzen. Es ist Schade um jedes Leben, das so vorzeitig beendet wird, weil die Diagnose, soweit ich weiß, nie so sicher ist, dass eine Besserung des Zustandes vollkommen ausgeschlossen werden kann."

„Das sehe ich ähnlich. Bei körperlich schwerkranken Menschen können die Ärzte heutzutage mit fast hundertprozentiger Sicherheit die Aussage treffen, dass es keine Heilung mehr für einen Patienten gibt. Hier, finde ich, sollte der Wunsch auf einen würdigen Tod gestattet werden. Warten auf den Tod, ohne Perspektive der Besserung und einem steten, weiter voranschreitenden körperlichen Verfall, sollte ein Ende gesetzt werden können. Für mich ist der Unterschied, dass der Patient hier, selbstbestimmt, nicht durch seine Krankheit entscheidungsunfähig geworden, entscheiden kann, was bei einem psychisch kranken Menschen nicht unbedingt gegeben ist."

Wolke runzelte die Stirn. „Gut, dass wir nicht dafür zuständig sind, diese Gesetze zu erlassen. Ich bin bisher immer davon ausgegangen, dass in unserem Beruf klar ist, dass das Töten von anderen Menschen eine Straftat ist, die sich Mord oder Totschlag nennt und auch bestraft wird. Was machen wir denn sonst hier?"

„Ich glaube nur nicht, dass es so einfach ist. Das Thema Sterbehilfe ist dafür zu vielschichtig. Es besitzt so viele Nuancen, die wir gar nicht alle erfassen können", meinte Wald und ließ die letzten Worte einfach so im Raum stehen.

Dann wechselte Wolke abrupt das Thema.

„Grandler wird sich vermutlich vor der Presse wieder groß aufspielen: ‚Kölner Mordkommission arbeitet sehr effektiv. Mord an Obdachlosem innerhalb kürzester Zeit aufgeklärt.' So oder so ähnlich, wird er es der Presse verkaufen. Manchmal frage ich mich, warum er nicht zur BILD-Zeitung gegangen ist." Sie grinste über ihren eigenen Witz.

„Hat Staatsanwalt Fix schon die Vorführung beim Haftrichter für Tauber veranlasst?"

***

„Was hältst du davon, wenn wir nach dem heutigen Tag mit den Kollegen im Gaffel am Dom auf den aufgeklärten Fall anstoßen? Gegen einen ‚Halven Hahn' zum Kölsch hätte ich auch nichts einzuwenden." Wald sah Wolke erwartungsvoll an.

„Du willst wirklich nicht auf den Weihnachtsmarkt mit Glühwein oder Punsch?"

„Da es regnet ein klares: ‚nein'. Ich weiß, dass du privates und berufliches gerne trennst, aber heute könntest du doch einmal eine Ausnahme machen. Ich sage auch Ben und Martin Bescheid."

„Nach dem, was heute alles auf uns eingeprasselt ist, halte ich das für eine super Idee."

Wolke strahlte Wald an.

„Ich hatte mich schon gefragt, wie ich es anstellen sollte mein Gedankenkarussell zu den schwierigen Themen des Falls heute Abend abzuschalten. Vermutlich wäre mir das ganze Thema Sterbehilfe noch einmal durch den Kopf gegangen. Deshalb kann ich mir gut vorstellen, den Abend im Kreise meiner netten Kollegen ausklingen zu lassen. Die bringen mich sicherlich auf andere Gedanken. Ich sage Staatsanwalt Fix noch wegen des Haftrichters Bescheid und frage ihn, ob er auch Lust hat zum Gaffel zu kommen. Irgendwie gehört er doch auch mit zum Team."

Wenig später verließen Wolke und Wald ihr Büro, um sich auf den Weg zum Gaffel am Dom zu machen. Auf dem Flur begegneten sie Grandler.

„Ah, meine beiden Kommissare, die einen Mord mal eben aufgeklärt haben und gleichzeitig noch einen alten Fall in einem ganz neuen Licht erscheinen lassen. Zwei Morde auf einen Streich, kann ich das so sagen?" Beifall heischend sah er Wolke an. „Gratulation, jedenfalls. Noch vor Weihnachten haben Sie den Fall gelöst. Sehr schön. Ich wollte Sie gerade auf ein Kölsch einladen, um diesen Erfolg zu feiern. Na, wie sieht es aus? Sie werden Ihrem Chef doch keinen Korb geben wollen, oder?"

Grandler würde keinen Widerspruch dulden, dessen waren sich Wald und Wolke sicher.

„Chef, das ist wirklich nett von Ihnen", Wolke seufzte innerlich, „wollen Sie stattdessen nicht mit uns zum Gaffel am Dom kommen, dort warten die Kollegen schon auf uns."

Grandler strahlte Wolke an und freute sich wie ein kleines Kind: „Das nenne ich doch Mal eine gute Idee. Aber von Ihnen bin ich ja auch nichts anderes gewohnt. Da komme ich doch gerne mit. Als Chef bin ich doch für die Aufklärung eines Falles auch immer mit verantwortlich. Also ist Ihr Erfolg doch auch immer meiner. Außerdem spiegelt diese Einladung doch auch meinen guten Kontakt zu meinen Mitarbeitern wider, oder was meinen Sie, Frau Wolke? Ansonsten würden Sie mich doch nicht dabei haben wollen, korrekt?"

Wolke sah Grandler sprachlos an. Das war mal wieder typisch ihr Chef, der nichts schnallte und so von sich überzeugt war, dass es zum Himmel hoch stank.

Als Wald, Wolke und Grandler ins Gaffel am Dom kamen, suchten sie mit ihren Blicken die vollbesetzten Tische ab, bis sie schließlich ihre Kollegen an einem Tisch im hinteren Bereich des großen Schanksaales sitzen sahen.

Ben hatte sie als erster gesehen.

„Tach, Wölkchen, Tach Olli, schön, dass ihr da seid, äh ... Sie natürlich auch Herr Grandler."

Wald fragte: „Soll ich mich neben dich setzen, Benni Schatz?", dabei hauchte er Ben einen angedeuteten Kuss zu.

Die Begrüßung zwischen Ben und Oliver sorgte für allgemeine Erheiterung unter den Kollegen.

„Olli, du wirst mir immer sympathischer", scherzte Ben weiter, „komm, setz dich zu deinem besten Kumpel", dabei schlug er mit der Hand auf ein Stück freie Bank neben sich.

„Wenn du a Schdügg rüggschd?"

„Was meinst du?"

„Du sollst ein Stück rüber rutschen."

„Olli, Olli du bischt mir einer", versuchte sich Ben lachend an der schwäbischen Mundart.

Der für diesen Tisch zuständige Köbes, stand bereits mit einem vollen Kranz Kölsch neben Grandler und fragte nur: „Kölsch?"

Grandler zeigte mit Daumen, Zeigefinger und Mittelfinger an, dass drei Kölsch gebraucht wurden.

Die anderen hatten bereits alle eins vor sich stehen.

Wie selbstverständlich setzte Vera sich neben Andreas Teichner, der ihr zuraunte: „Felix hat mich einfach mitgeschleppt."

„Das war gut so."

Laut rief sie den Kollegen zu: „Die nächste Runde geht auf mich."

Als der Köbes sie alle mit einer zweiten Runde Kölsch versorgt hatte, sagte Wolke: „Ich bin froh, dass ich euch als Kollegen habe. Ihr seid die Besten, nicht nur beruflich sondern auch privat. Vorhin ist mir noch einmal bewusst geworden, was wir für ein tolles Team sind. Nach einem echt harten Tag weiß ich, dass wir zusammen lachen können, und das, obwohl wir Kollegen sind. Prost."

„Mir arbeide zesamme, ävver och dä Spass an dä Freud kütt bei uns nit ze koot", warf Grandler zum Erstaunen aller ein.

Ben flüsterte Oliver ins Ohr: „Soll ich übersetzen?"

„Nicht nötig."

Schon redete Ben weiter: „Das muss heute aber wirklich ein harter Tag gewesen sein, wenn Wölkchen so sentimental wird."

„Frau Wolke", setzte Grandler nun an, „wie Sie das nur immer machen, das hätte ich auch nicht besser zusammenfassen können. Aber ich war auch nicht schlecht, oder? Die nächste Runde geht auf mich, schließlich muss der Chef auch mal was springen lassen, stimmt's?"

Die Stimmung war gelöst und das Kölsch schmeckte. Leise fragte Wolke Andreas: „Hast du Lust, am zweiten Weihnachtstag zu mir zum Essen zu kommen? Du kannst auch gerne Nele und Tim mitbringen, jetzt wo sie nicht mehr verdächtigt werden, würde ich sie gerne etwas näher kennenlernen."

„Nichts lieber als das," flüsterte Andreas zurück und sah Vera verliebt an.

„Als ich Nele vorhin angerufen habe, um ihr die gute Nachricht mitzuteilen, war sie total aus dem Häuschen. Sie meinte, jetzt könne Weihnachten getrost kommen. Anschließend hat sie mich dann noch ihren Lieblingsonkel genannt, auf den in jeder Lebenslage Verlass sei. Aber das hätte sie schon immer gewusst."

„Hat dich das denn nicht gefreut, ihr Lieblingsonkel zu sein?"

„Doch, das schon. ... Aber außer mir hat sie keinen weiteren Onkel." Andreas lachte.

Laut durch das Lokal rufend zwängte sich ein Zeitungsverkäufer durch die Reihen des Schankraumes: „EXPRESS. Die neuesten Nachrichten! LEICHE BEI BAUARBEITEN IN OSSENDORF GEFUNDEN".

Wolke stöhnte innerlich auf. Hoffentlich kein Fall für Wald und sie. Es war immer das Gleiche. Der eine Fall war gerade gelöst und schon gab es

einen neuen. Manche Dinge änderten sich einfach nie. Sie seufzte.
Et kütt wie et kütt.

Ende

DANKSAGUNG

Mein ganz besonderer Dank gehört meinem Ehemann. Von der ersten Idee des Kriminalromans bis zur Veröffentlichung hat er mich sowohl in inhaltlichen als auch in sprachlichen Fragen unterstützt. Aber vor allem hat er mich motiviert während des Schreibprozesses nie aufzugeben.
Danken möchte ich auch meiner Schwiegertochter, Janine Goebel, für das professionelle Autorinnenfoto.
Ebenfalls gilt mein Dank Gudrun Vesper, die die erste Version des Krimis Korrektur gelesen hat. Da sich diese Version aber noch stark verändert hat, ist sie nicht für eventuell noch vorhandene Fehler im Text verantwortlich.
Außerdem möchte ich allen Erstlesern für ihre unterschiedlichen, aber positiven Rückmeldungen danken. Ihr Feedback hat mich darin bestärkt, den Kriminalroman zu veröffentlichen und weitere Krimis mit Wolke und Wald zu schreiben.

ÜBER DIE AUTORIN

© *Janine Goebel Fotografie*

Nach ihrem aktiven Arbeitsleben setzte die Autorin Elke Klein-Goebel ihren lange gehegten Wunsch, ein Buch zu schreiben, tatsächlich um. Sie reizte der Wechsel von einer konsumierenden Leserin hin zu einer gestaltenden Verfasserin. Schnell wurde ihr klar, dass sie einen Kriminalroman schreiben wollte, da sie in diesem Genre aktuelle gesellschaftliche Themen, menschliche Emotionen, irrationale Handlungen und die Aufklärung von Rätseln zu einer stimmigen Handlung verweben konnte.

Der Autorin war es ein Anliegen eine spannende Handlung und ein charakterlich sehr unterschiedliches Ermittler-Team zu erschaffen, das seine Leser in die Handlung hineinzuziehen vermag. Außerdem wollte sie ihren Lesern Einblicke in das ‚kölsche' Lebensgefühl vermitteln.

Die positiven Rückmeldungen der Erstleser und die Frage nach einer Fortführung der Kriminalreihe hat sie nun dazu bewogen, ihren ersten Kriminalroman zu veröffentlichen.

Die in Köln geborene Autorin, Jahrgang 1960, studierte Germanistik in Köln und Stuttgart. Sie lebte mehr als zwei Jahrzehnte mit ihrer Familie in Süddeutschland, bevor sie mit ihrem Mann vor einigen Jahren wieder in ihre Geburtsstadt zurückkehrte.